Partidas e Chegadas

TRISH DOLLER

TRADUÇÃO DE ISABELLA SARKIS

Partidas e Chegadas

FIRST PUBLISHED IN THE UNITED STATES BY ST. MARTIN'S GRIFFIN,
AN IMPRINT OF ST. MARTIN'S PUBLISHING GROUP.

FLOAT PLAN. COPYRIGHT © 2021 BY PATRICIA DOLLER.
ALL RIGHTS RESERVED.

COPYRIGHT © FARO EDITORIAL, 2021

Todos os direitos reservados.
Nenhuma parte deste livro pode ser reproduzida sob quaisquer meios existentes sem autorização por escrito do editor.

Diretor editorial **PEDRO ALMEIDA**
Coordenação editorial **CARLA SACRATO**
Preparação **DANIELA TOLEDO**
Revisão **HELÔ BERALDO e THAÍS ENTRIEL**
Ilustraçã de de capa **TITHI LUADTHONG | SHUTTERSTOCK**
Capa e projeto gráfico **VANESSA S. MARINE**

```
Dados Internacionais de Catalogação na Publicação (CIP)
            Angélica Ilacqua CRB-8/7057

  Doller, Trish
     Partidas e chegadas / Trish Doller ; tradução de
  Isabella Sarkis. -- São Paulo : Faro Editorial, 2021.
     256 p.

  ISBN 978-65-5957-063-8
  Título original: Float Plan

  1. Ficção alemã I. Título II. Sarkis, Isabella

                                              CDD 813
  21-3151
```

Índices para catálogo sistemático:

1ª edição brasileira: 2021
Direitos de edição em língua portuguesa, para o Brasil, adquiridos por FARO EDITORIAL
Avenida Andrômeda, 885 - Sala 310
Alphaville — Barueri — SP — Brasil
CEP: 06473-000
www.faroeditorial.com.br

*Em memória da Srta. Jean.
Já sinto saudades.*

*A cura para qualquer coisa está na água
salgada — as lágrimas, o suor ou o mar.*
(Isak Dinesen)

Anna,

Há um tipo de felicidade intensificada que aparece quando você sabe que sua vida está quase chegando ao fim, quando a decisão de acabar com tudo se torna real. Talvez seja adrenalina. Talvez seja alívio. E se essa sensação estivesse sempre presente, eu teria escalado montanhas ou disputado maratonas. Agora, ela é suficiente apenas para colocar um ponto-final em tudo.

Eu deveria ter deixado você em paz naquela primeira noite, no bar. Se tivesse feito isso, você não estaria lendo esta carta agora. Você estaria passeando com seu cachorro ou vendo TV com algum namorado. Você não merecia ser arrastada para os meus problemas e, definitivamente, não merece a dor que estou prestes a lhe causar. Não é culpa sua. Por dois anos, você tem sido minha única razão de viver. Gostaria de ter lhe dado o para sempre.

Você é forte, corajosa e algum dia ficará bem. Você vai se apaixonar e já odeio esse cara, porque ele é alguém melhor que eu. Algum dia, você será feliz de novo.

Eu a amo, Anna. Me perdoe.
BEN

Dez meses e seis dias

Saio da minha vida no Dia de Ação de Graças.
Compradores de última hora estão limpando as prateleiras atrás dos recheios de peru e de torta de abóbora, enquanto encho meu carrinho com tudo o que possa vir a precisar. (Feijão. Vegetais enlatados. Arroz.) Eu me movimento pelo mercado como uma pessoa que está atrasada para o fim do mundo. (Leite. Limão. Lanterna.) Ando com pressa para não perder as estribeiras. (Maçãs. Papel higiênico. Vinho tinto.) Tento pensar apenas no meu objetivo final, que é ir embora daqui. (Repolho. Baralho. Água mineral.) Ou no que possa estar esquecendo.
Minha mãe me liga enquanto estou colocando as sacolas do mercado no banco de trás do meu carro já lotado. Não contei para ela que não vou ficar para o jantar de Ação de Graças e

ela não está preparada para ouvir que estou saindo da cidade. Não está, porque eu mal saí de casa durante boa parte do ano. Ela vai fazer perguntas e eu não tenho respostas, então, deixo a ligação cair na caixa postal.

Quando chego às docas, *Alberg* está ali no mesmo lugar, o casco brilhante, pintado de azul-marinho, e a faixa vazia, ainda esperando por um nome. Por um momento, aguardo Ben aparecer na gaiuta da escotilha. Espero ver seu sorrisinho malandro e ouvir a excitação na sua voz quando me diz que hoje é o dia. Mas a escotilha está trancada com cadeado e o convés está coberto de cocô de passarinho — outra parte da minha vida que negligenciei.

Dez meses e seis dias atrás, Ben tomou uma caixa de um remédio tarja preta e completou com a tequila barata que morava embaixo da pia, até hoje não sei por quê. Ele já estava morto quando cheguei em casa do trabalho e o encontrei no chão da cozinha. Na carta de despedida, ele me disse que eu era sua razão de viver. Então, por que eu não fui o bastante?

Inspiro fundo, enchendo os pulmões. Expiro devagar. Entro no barco e destranco o cadeado.

O ar está pesado e quente, cheirando a cera de madeira, telas novas e um toque de diesel. Não tinha estado a bordo desde antes de Ben morrer. Aranhas fizeram teias nos cantos da cabine e uma camada de pó se assentou em cada superfície, mas as mudanças me deixam sem ar. O trabalho incrível do interior está preservado e brilhante. As feias e originais capas de almofada em xadrez marrom foram substituídas por lona vermelha e listras coloridas de estilo peruano. E uma gravura emoldurada e pendurada na divisória da frente em que está escrito: "EU & AMO & VOCÊ".

— Pra que tanto trabalho pra uma viagem que você nunca vai fazer? — falo alto, mas é outra pergunta sem resposta. Enxugo os olhos na manga da minha camiseta. Uma das coisas que aprendi é que o suicídio não machuca o coração de alguém somente uma vez.

Levo o resto da manhã para limpar o barco, carregar os itens que estão no meu carro e arrumar tudo. Há marcas do Ben em todo o lugar: uma panela no fundo do armário suspenso, um engradado de cerveja vencida na cabine, um colete salva-vidas laranja mofado dentro da geladeira. Jogo tudo no lixo, mas mesmo com minha samambaia pendurada no suporte acima da minha cabeça e meus livros na estante, o barco pertence a Ben. Ele o escolheu. Ele o reformou. Ele definiu o curso. Ele determinou a data de partida. Minha presença ali parece algo temporário, como uma camada de poeira.

A última coisa no carro é uma caixa de sapato recheada de fotos tiradas com a máquina Polaroid de Ben, uma flor de hibisco seca do nosso primeiro encontro, um punhado de cartas de amor com toques picantes e uma carta de despedida. Tiro da caixa uma única foto — Ben e eu num farol, tirada uma semana antes de ele morrer — e enfio a caixa na última gaveta da estação de navegação. Colo a foto com fita adesiva na parede perto do beliche em formato de V, logo acima do meu travesseiro.

E é hora de partir.

Meu único plano era passar o dia de hoje na cama — meu único plano desde a morte de Ben —, mas acordei assustada com um alarme. A notificação do meu alarme dizia: HOJE É O DIA, ANNA! A GENTE VAI NAVEGAR! Ben havia programado o evento no meu calendário quase três anos atrás — no dia em que me mostrou o barco a vela e me perguntou se eu velejaria pelo mundo com ele — e eu tinha esquecido. Chorei até meus olhos doerem, porque não existe mais um *a gente* e havia me esquecido de como ser *eu* sem o Ben. Então, saí da cama e comecei a fazer as malas.

Nunca velejei sem o Ben. Não é sempre que acerto as terminologias — *é um cabo, Anna, não uma corda* — e terei sorte se conseguir chegar ao final do rio. Mas estou com menos medo do que vai acontecer comigo se navegar sozinha pelo Caribe do que o que pode acontecer comigo se eu ficar.

Meu chefe me liga enquanto estou desamarrando o barco das docas, sem dúvida imaginando se vou aparecer, mas não atendo. Ele vai descobrir em um ou dois dias.

Faço contato pelo rádio solicitando a abertura da ponte levadiça e, lentamente, me afasto do cais, o motor engasgando depois de meses parado. A corrente me puxa rio abaixo e guio o barco entre o espaço aberto da ponte. Assim que o atravesso, sou ultrapassada por um grande barco esporte de pesca. Um cara usando uma camisa de pesca turquesa acena para mim do convés traseiro. Ele não é tão mais velho que eu, bonitão, com jeito de aventureiro e bronzeado. Aceno de volta.

Navego por condomínios de luxo, iates brancos enormes e elegantes e uma rede de canais com casas tão grandes que a casa de minha mãe mal ocuparia o primeiro andar. Ela nunca foi alguém que sonhasse com mansões, mas quatro pessoas ocupando uma casa de dois quartos é um pouco demais. Mamãe diz que ama ter todas as suas garotas sob o mesmo teto, mas voltar para casa dela foi algo que eu nunca tinha imaginado. Minha vida era para ser com o Ben.

Quando alcanço a ponte levadiça na Terceira Avenida, o encarregado me avisa que preciso esperar porque ele acabou de deixar um grande barco esporte de pesca passar. Ben sempre manejava o barco quando precisávamos esperar, então, comecei a fazer pequenos círculos — com medo de bater em outro barco a vela que estivesse esperando — até que os carros pararam e a ponte começou a se abrir.

Navios de cruzeiro se alinham ao cais, seus conveses empilhados como camadas de um bolo de casamento. Navios de carga partem para o Atlântico, com destino a portos pelo mundo todo. O *Alberg* parece pequeno e insignificante enquanto navego entre eles e considero continuar segura, rumo ao sul pela costa, em vez de me aventurar em águas abertas. Mas a rota que Ben tinha traçado em sua carta náutica me levaria para a Baía Biscayne antes de fazer a travessia para Bimini. Então, me preparo para fazer isso.

Tentei me prevenir com tudo o que precisaria nessa passagem. Faço um balanço rápido enquanto passo uma camada de filtro solar. Água. Petiscos. O chapéu de caubói de palha de Ben que enfiei na cabeça para me proteger do sol. Latas de Coca. Rádio portátil. Saco de dormir no armário mais próximo da cabine junto ao meu colete salva-vidas e correias. Celular.

Logo vou estar fora de alcance, então, ligo para a minha mãe.

— Queria que você soubesse que estou no barco do Ben e vou navegar por um tempo.

— Navegar? — Ela bufa um pouco pelo nariz. — Anna, querida, de que raios você está falando? É Ação de Graças. O peru já está no forno.

— Hoje é o dia em que o Ben e eu iríamos partir para a nossa viagem ao redor do mundo — explico. — Eu... Eu não posso mais ficar em Fort Lauderdale. Dói demais.

Ela fica quieta por um tempo tão longo que acho que a ligação caiu.

— Mãe?

— Isto *ser* loucura, Anna. Loucura. — Minha mãe vive nos Estados Unidos há mais tempo que Rachel e eu estamos vivas, mas o sotaque alemão aparece com frequência quando ela está falando, em especial quando está estressada. — Você não vai para o mar *numa* barco que você mal sabe velejar. Você *ter* que vir para casa e buscar ajuda.

Essa não é a primeira vez que conversamos sobre eu buscar ajuda profissional, mas não preciso de um terapeuta para me dizer que sou a única pessoa que decide por quanto tempo meu luto deve durar e que não é problema meu fazer os outros se sentirem menos desconfortáveis ao meu redor. *Não* estou preparada para seguir em frente com a minha vida. *Não* estou disponível para encontrar uma nova alma gêmea. E estou *mesmo* de saco cheio de dividir o quarto com a minha irmã e uma criança de dois anos.

— Eu aviso quando chegar às Bahamas. — Atrás de mim, um cargueiro azul e brilhante, lotado de contêineres, diminui sua distância do barco. — Tenho que ir, mãe, mas estou bem. De verdade. Te ligo de Bimini. *Ich liebe dich.*[1]

Escorrego o celular para o bolso do meu *short*, sentindo-o vibrar com uma nova ligação, enquanto alcanço a borda do canal, perto do quebra-mar. Mamãe deve estar ligando de novo para tentar colocar algum juízo na minha cabeça e suspeito que meu telefone vai vibrar no silencioso até perder o sinal. Mas não posso me preocupar com isso quando um navio enorme está na minha cola.

O cargueiro passa rugindo, gaivotas girando e brigando por causa dos peixes que se agitam na esteira do barco. Pescadores esportivos seguem depressa. Outros barcos a vela. Os arranha-céus vão ficando menores e o Atlântico cor de safira se estende em direção ao horizonte. O mar está tranquilo e o ar leve.

É um dia perfeito para fugir de casa.

Quase um quilômetro além-mar, viro o barco na direção do vento e coloco o motor no modo neutro. A vela mestra se abre com facilidade, balançando com a brisa, mas não sei se ela está totalmente esticada no mastro. Mesmo com a bujarrona desenrolada e as velas içadas, não sei se fiz tudo direito. Mas o barco está se movendo na direção certa. Não está em rota de colisão com nenhuma outra embarcação. Nada está quebrado. Eu me sinto vitoriosa enquanto desligo o motor e me acomodo em uma almofada para a viagem de seis horas até Miami.

Estas águas não são totalmente desconhecidas. Ben e eu velejamos uma vez até Miami e ancoramos para passar a noite. Outra vez, passamos o fim de semana no Parque Nacional de Biscayne. Navegar até as Bahamas seria nossa primeira tentativa para ver se

---

1. N.T.: "Eu te amo", em alemão.

conseguíamos viver dentro de um barco de onze metros. Parecia grande até que entrei a bordo pela primeira vez e vi que era como uma casinha flutuante. Será que Ben e eu conseguiríamos viver tão perto assim um do outro? Será que nossa relação teria durado? O eterno não saber está alojado em meu coração como uma pedra, uma dor chata e constante, que transborda em momentos como este, quando imagino como teria sido nosso futuro.

Um golfinho aparece na superfície ao lado do barco, me tirando de meus pensamentos. Não consigo ficar séria ao me lembrar de uma discussão que tivemos sobre golfinhos. Ben dizia que eles eram estupradores e assassinos.

— Não se engane com o sorriso permanente e seu canto alegre. Eles são uns canalhas.

— Animais não vivem sob o código moral dos humanos — contra-ataquei —, então, talvez você devesse ficar mais revoltado com um estupro real do que com golfinhos sendo golfinhos. Os humanos são os reais canalhas.

Ele ficou me olhando por um bom tempo e deu o sorrisinho que deixava meus joelhos bambos.

— Caramba, Anna, quanta sorte eu tenho de ter você?

Um segundo golfinho se junta ao primeiro e eles nadam ziguezagueando em frente ao barco, brincando com a velocidade de cinco nós do barco. Eles pulam para fora da água, se mostrando um para o outro, e quase tenho a sensação de que Ben mandou os dois para mim — o que é ridículo; mas assisto aos dois, enquanto eles nadam em direção a qualquer lugar.

— Era pra você ter ficado comigo. — Minhas palavras voam com a brisa. — Por que você foi para um lugar aonde não posso ir com você?

Não sei se estou falando com os golfinhos ou com Ben. De qualquer forma, não tenho resposta.

Ao pôr do sol, enquanto o céu está sendo tomado pela escuridão, dirijo o *Alberg* pela marina dentro de Miami Beach. Ben tinha circulado *No Name Harbor* como nosso destino para a noite, mas nunca manejei uma âncora sozinha, ainda mais no escuro. Manobro o barco sem jeito para passar a noite ali, agradecendo que não tenho testemunhas das minhas péssimas habilidades com as docas e meus nós mal amarrados.

Já usando uma camiseta velha de Ben, deslizo no beliche em V e abro a escotilha da frente. Enquanto tento ver as estrelas através da poluição leve de Miami, penso na última vez em que Ben e eu dormimos no barco; uma das últimas vezes em que fizemos amor. O sexo não é do que mais sinto falta em relação a Ben, mas sinto saudades disso também. Antes de Ben, eu não tinha ideia de que a solidão pudesse doer em lugares tão diferentes no corpo de uma pessoa.

Agora, o imagino deitado ao meu lado. O calor das suas mãos na minha pele nua. O toque da sua boca na minha. Mas quanto mais eu tento imaginá-lo perto de mim, mais distante ele parece estar.

Encalhada

O sol da manhã esquenta minhas pálpebras e eu acordo com a percepção de que dormi demais.

— Merda. — Me arrasto da cama e saio pulando pela cabine, vestindo um short jeans. Meu plano era deixar Miami bem antes do sol nascer, para que conseguisse chegar a Bimini ainda de dia. — Merda. Merda. Merda.

Escovo os dentes às pressas e penteio o cabelo. Ando até o escritório da marina, onde pago uma soma absurda pelo que poderia ter sido minha última noite de sono. Com a pressa de quem está atrasado, corro para o barco, solto as cordas e, por pouco, não bato num cruzador de vinte metros na minha saída das docas.

— Você teve sorte de não ter batido no meu barco — um homem diz do convés traseiro. Seus olhos estão escondidos sob os óculos de sol, mas sua boca está se movendo em desaprovação.

— Pode deixar — digo, meu rosto queimando de vergonha. — Estou atenta.

Desço o barco, passando pelos navios de cruzeiro e balsas, e saio para o oceano, onde levanto as velas e movo o barco na direção apontada pela bússola, marcada na carta de Ben.

Se eu estivesse fazendo essa viagem num barco a motor, já estaria em Bimini. Estaria deitada na praia, passeando pelas lojas ou desfrutando de um coquetel de frutas num bar na beira do mar. Teria atravessado a Corrente do Golfo e chegado algumas horas depois. Mas velejar para Bimini é uma tarefa que dura o dia todo.

Ben e eu costumávamos alterar turnos ao dirigir o barco, mas, sem ele, não me sinto confortável saindo do leme. Não posso ir até a cabine para tomar um pouco de sol ou ir ao banheiro. Não posso ler um livro. E a passagem entre a Flórida e as Bahamas é uma rota movimentada.

O vento está muito fraco. O *Alberg* só consegue atingir a velocidade de quatro nós. Luto para permanecer alerta, enquanto o sol se move pelo céu. Acordo num solavanco e me encontro desviando do curso, as velas girando para trás e balançando. Desesperada, jogo água na minha blusa, mas não está gelada a ponto de me acordar. Bebo uma Coca-Cola morna, esperando que a cafeína me deixe em pé. Coloco uma *playlist* do *punk* rock mais escandaloso que consigo encontrar e canto alto com toda a força dos meus pulmões. Qualquer coisa para me manter acordada quando meu sistema superaquecido está quase entrando em parafuso.

A próxima vez que acordo é com o barulho de um navio de carga passando a uns dez metros do barco, seu casco subindo como uma enorme parede de aço. Tão perto que posso ver um marinheiro me observando da popa. O *Alberg* balança levemente com o susto. Se o capitão me viu, não sei. Se ele buzinou para mim, não ouvi. Meu coração está pulando no peito e meu corpo todo está tremendo enquanto coloco o veleiro de volta na rota certa.

Você não vai para o mar num barco que você mal sabe velejar.

O medo e a vergonha brotam em mim, enquanto a voz da minha mãe ecoa na minha mente. Eu poderia ter morrido, batido o barco num navio de carga. Se não consigo fazer oitenta quilômetros até Bimini, como vou conseguir fazer a longa passagem das

Ilhas Turcas para Porto Rico? Mamãe está certa. Deveria voltar para casa.

E fazer o quê, exatamente?

Larguei o trabalho. E o apartamento onde morava com Ben agora pertence a um casal de Nova Jersey. Até a imensidão do mar azul que me cerca parece menos vazia em comparação à minha vida sem ele.

❉❉❉

Na noite em que a gente se conheceu, ele estava sentado no fundo do bar, um livro de cartas náuticas aberto à sua frente e uma garrafa de cerveja perto do seu braço bronzeado. Eu ainda não tinha ideia de que aquilo era um livro de cartas náuticas. Só sabia que não era normal alguém ficar vidrado daquele jeito em um bar temático de piratas, onde as garçonetes se vestiam como atendentes de tabernas.

Carla, minha melhor amiga, estava fatiando limões quando iniciei meu turno. O pessoal do turno do dia deveria deixar o bar abastecido para o da noite — um favor que a gente retornaria ao fechar o bar —, mas ela sempre deixava as guarnições para o último minuto.

— Qual é a do arquiteto? — Peguei outra faca e comecei a fatiar um limão siciliano, mesmo não sendo meu trabalho. Eu normalmente ficava com as outras garçonetes, mas estava cobrindo a Denise, que entrou de licença-maternidade.

— É um mapa — Carla respondeu. — Ele vai viajar pelo mundo ou alguma coisa do tipo. Sei lá. Ele é gato, mas parei de ouvir. De qualquer forma, ele seria perfeito pra você.

— Hein? Por quê?

Ela ficou me cutucando com os ombros.

— Porque você, Anna Beck, está desesperada por um marinheiro na sua vida.

— Ai, meu Deus! — Caí na risada e olhei para me certificar de que ele não tinha me ouvido. Seu foco estava naquela carta náutica como se não houvesse mais nada ali. — Você é péssima.

Carla se inclinou e me deu um beijo na bochecha.

— Mas você me ama, né?

— Eu te amaria mais se você ficasse e cortasse as laranjas.

— Tenho um encontro e estou fedendo como se um barril de cerveja tivesse explodido na minha cara... porque um barril de cerveja explodiu mesmo na minha cara — ela disse, colocando as fatias de limão no carrinho de guarnições. — Então, vou ter que arriscar o seu amor por mim.

— Te espero acordada? — Eu dividia um apartamento com a Carla e duas outras garçonetes do bar. O apartamento basicamente servia para dormir e não me lembro de nenhum momento em que estivemos as quatro ao mesmo tempo por lá.

— Eu não esperaria — ela disse com um sorrisinho.

— Não esquece de usar camisinha! — gritei atrás dela, mas a Carla não tinha vergonha de nada. Ela me soprou um beijo enquanto saía, gritando de volta para mim:

— Espero usar várias!

Fatias de limão prontas, sequei as mãos e comecei a checar se os clientes precisavam de alguma coisa. Me apresentando. Trazendo cerveja gelada. Finalmente, cheguei no cara da carta náutica.

— Pronto pra mais uma bebida?

— Não, estou bem, obrigado — ele disse, sua concentração fixa na carta náutica à sua frente. Mas ele olhou para cima e nossos olhos se encontraram. Os dele eram castanho-escuros e gentis, como se desse para mergulhar neles e aterrissar numa boa. — Ah, hum... ok. Vou tomar outra cerveja.

— Ok, então.

— Por favor — ele adicionou, enquanto eu me virava em direção ao refrigerador e aquele jeito educado me pegou. Parece ridículo, improvável e tão pateticamente absurdo que eu pudesse me apaixonar por alguém à primeira vista. Mas quando voltei com a garrafa de cerveja, ele me abriu um sorriso e eu soube ali mesmo que ele seria parte do meu mundo.

— Aliás, eu sou Anna.

— Ben. — Ele estendeu a mão para mim. Carla não estava errada. Ele era gato, com estilo de surfista. Definitivamente, fazia meu tipo. Seu cabelo castanho-claro, na altura dos ombros, tinha aspecto tão macio que eu queria correr meus dedos nele.

Em vez disso, apontei a carta, que tinha uma linha feita a lápis e que ia da Flórida até uma das ilhas das Bahamas.

— O que você tá fazendo aí, Ben?

— Acabei de comprar um barco velho, um *Alberg* — ele disse, e seu rosto se iluminou como o de uma criança na manhã de Natal. — Ele precisa de reforma, mas o meu plano é consertá-lo e viajar pelo... Hum, alguém no bar está te chamando.

— Opa! Eu trabalho aqui, né? Espera um pouquinho. Já volto.

Ele sorriu, mas seus olhos estavam sérios.

— Não vou a lugar nenhum.

O Ben era assim. Ele não tinha malícia, não fazia joguinhos. Ele era sempre sério e doce, e, desde o começo, me deu seu coração por inteiro.

❖❖❖

O céu está escuro quando chego a Bimini. O pôr do sol dourado e rosa há muito desapareceu no horizonte. Odeio navegar em um porto desconhecido no escuro, mas a culpa nesse caso é toda minha. Viro o barco para a posição do vento, subo a bujarrona e desço a vela mestra. Depois de treze horas no mar, meu corpo está acabado. Meu rosto parece que foi esticado, queimado pelo sol e pelo vento. E depois de tirar o *short* duas vezes no meio do oceano para fazer xixi pelo dreno de esgoto, estou pronta para um banho quente.

Usando a lanterna de Ben, procuro na água por marcadores de navegação, enquanto me aproximo do canal que corta as ilhas a

Norte e a Sul de Bimini. É difícil enxergar alguma coisa no escuro e há uma luz muito difusa vindo das ilhas. O *Alberg* engasga quando a quilha se arrasta pelo fundo e meu coração engasga junto.

— Não! — Jogo o leme, tentando virar na direção do que eu espero que seja o meio do canal, mas o barco para por completo. — Eu não posso ficar encalhada justo agora!

Coloco o motor na marcha a ré, esperando conseguir sair dessa confusão, mas nada acontece. O som que sai de mim é a mistura de uma risada histérica e um choro. Estou tão perto da terra que sou capaz de pular do barco e sair nadando.

— Puta merda.

Procuro meu celular ao redor do lazareto para ver a tabela da maré, mas estou sem sinal. O que provavelmente é melhor — não quero saber quantas mensagens e chamadas perdi. Jogo o celular inútil de volta no armário e rezo pela maré alta. Do contrário, vai ser uma noite longa.

Já que o barco não está se mexendo, desço até a cozinha de bordo e faço um sanduíche de peito de peru — o mais próximo que consigo chegar de um jantar de Ação de Graças. Minha mãe deve estar bem magoada por eu não estar lá e penso novamente em abandonar esse plano impulsivo. Assim que desencalhar, posso voltar para a Flórida. Implorar para ter meu emprego de volta. Morar no barco. Fingir que está tudo bem até conseguir. Seria legal, não? Exceto pelo fato de que Ben não estava feliz com o legal, ele queria o extraordinário. Eu não deveria desejar o mesmo?

Se ele estivesse aqui, ele riria da minha vergonha por ter encalhado e diria:

— Se ninguém viu, aconteceu mesmo? — Ele penduraria uma luminária na retranca, abriria uma cerveja gelada e colocaria para tocar uma *playlist* com suas músicas favoritas para navegar. Ele transformaria o momento numa festa. Assim que termino de comer meu sanduíche, faço tudo isso, performando um ritual de invocação que deve trazê-lo de volta.

E não funciona.

Sem Ben parece exagero. Desligo o som depois de algumas músicas e passo a ouvir o calmo e ritmado *shh-shh-shh* das ondas contra a praia. Mas pensar nele me deixa inquieta. Eu me levanto e ando de um lado para o outro da cabine, balançando o barco, esperando que o fundo do mar o solte. Me sinto patética, mas, de repente, o barco muda. Começa a flutuar junto com a corrente. Ligo depressa o motor e dou a ré em direção à parte mais profunda do canal, onde permaneço, até atingir o ancoradouro.

Não há muitos barcos enquanto fico de pé na proa para jogar a âncora na água, o que é um alívio, pois não sei quanto cabo deixar para fora e, mesmo quando a âncora parece segura, não tenho experiência para dizer se está firme. Ligo a luz da âncora no topo do mastro e iço a bandeira amarela de quarentena, de forma que os fiscais da alfândega saibam que ainda não dei entrada nas Bahamas.

A última coisa que faço é rastejar até o beliche — sem nem trocar minhas roupas — e rezar para Deus, Ben e o universo para que a âncora não saia do lugar à noite e que, pela manhã, o barco não esteja esmagado contra a costa.

Caleidoscópio Bêbado

O CÉU ESTÁ AZUL-CLARO quando acordo. Um azul que poderia ser do amanhecer ou do anoitecer. O relógio na prateleira marca 6h09. Também não ajuda em nada. Parece impossível que eu tenha dormido a noite toda e a maior parte do dia seguinte, mas quando chego à cabine, vejo a ponta do sol tocando o horizonte. O céu do anoitecer está salpicado de vermelho e roxo, como o trabalho de um pintor frenético. Como se diz por aí: "Céu vermelho, prazer de marinheiro". Então, estou com sorte. O dia deve ser de céu claro.

  O barco não ficou à deriva enquanto eu dormia. Não balançou com a corrente e nem bateu em outros barcos. Um pequeno milagre. Vou até a proa para verificar o trabalho meia-boca da noite passada. Qualquer que fosse o lugar que a gente ancorasse juntos, Ben acordaria a cada duas horas para ver se a âncora estava firme. Muito balanço o faria pular da cama, certo de que estaríamos à deriva. A sensação de alívio me escapa, substituída pela culpa. Eu deveria ter prestado mais atenção. Ben teria.

Mas a âncora está no lugar e me sinto descansada como não me sentia há meses.

E faminta.

Remar o bote até a costa para jantar em uma ilha tropical parece atraente. O som do *reggae* vindo de bares à beira-mar viaja pelas águas, mas acabei perdendo o horário de expediente da alfândega. Talvez ninguém vá reparar, mas não estou preparada para quebrar leis que podem resultar numa multa pesada. Então, resolvo abrir uma garrafa de vinho e faço um espaguete sem carne. Como direto da panela.

Amanhã, vou até a alfândega e ao escritório de imigração e darei um jeito de ligar para minha mãe. Ela deve estar louca de preocupação, mas meu celular ainda está sem sinal e não tem internet grátis flutuando por aí.

Amanhã, decidirei o que fazer depois de amanhã. Vir de Miami era a parte mais fácil. Será que minha boa sorte acidental vai se manter por todo o arquipélago?

À noite, lavo as louças do jantar e descanso no convés frontal, olhando o céu e lembrando a vez em que Ben e eu fizemos isso juntos. Ele apontou uma constelação. Não lembro qual, lembro apenas que estávamos ancorados numa baía cheia de manguezais em Key Largo e o céu estava repleto de estrelas, parecia que tínhamos o universo inteiro na ponta dos dedos.

— Ali — ele disse. — Aquela estrelinha embaixo. Aquela é sua, Anna. Pra sempre.

Eu não o lembrei de que, às vezes, as luzes que vemos são resquícios de estrelas já mortas. Não poderia ser minha se já não existisse mais.

Se tivesse prestado mais atenção para onde ele estava apontando, conseguiria achar aquela estrela esta noite. Mas não tem problema. Já sei como é tentar se guiar à luz de uma estrela que está morta.

❋❋❋

    Minha segunda manhã em Bimini amanhece tão brilhante que não tenho ideia de como consegui dormir o dia anterior inteiro, mas hoje estou bem acordada. Inflei o bote e remei até a marina, onde está o escritório da alfândega. Trago meu passaporte, registro do barco, papelada alfandegária e dinheiro, para as taxas. Ben e eu lemos histórias horríveis sobre oficiais caribenhos que pedem propinas e adicionam "impostos" porque ninguém tem autoridade para prendê-los, mas os fiscais nas Bahamas são muito profissionais enquanto carimbam meu passaporte e aceitam meu dinheiro.
    Tudo certo com a alfândega, volto para o barco, onde tomo um banho rápido. Depois de seca e vestida, meu cabelo trançado, tranco a cabine e vou para a praia.
    A rua principal da ilha está alinhada com lojas de tons pastéis, bares, restaurantes e casas, e há mais carros do que eu esperava para uma ilha de apenas onze quilômetros de comprimento e algumas centenas de quilômetros de largura. Bimini me lembra daqueles brinquedos favoritos, surrados e gastos, mas que ainda são amados. Entro num mercadinho pequeno e azul, onde compro um *chip* para o meu celular. Minha primeira ligação é para casa.
    — Ai, graças a Deus! — o alívio inunda a voz da minha mãe, mas ouço Rachel reclamando no fundo. Às vezes, é como ter duas mães, como se eu tivesse cinco anos, em vez de vinte e cinco. — Liguei para a guarda costeira para relatar que você estava desaparecida, mas eles disseram que não poderiam fazer nada se você deixasse o país.
    — Me desculpa não ter ligado antes — digo. — Cheguei bem tarde anteontem à noite e dormi por quinze horas direto. Acabei de chegar à costa e arrumei o meu celular.
    — Não entendo, Anna. O que você está fazendo é ridículo!
    Eu não liguei para brigar com ela, mas fico nervosa.

— Você é a primeira a me falar que tenho que seguir com a minha vida.

— Mas não é o que está acontecendo — minha mãe continua. — Você está navegando no barco do Ben, vivendo os sonhos dele. Você não está deixando o Ben no passado. Você está se afundando na memória dele.

— Talvez eu precise afundar.

— Anna, já faz quase um ano.

— Não sabia que havia uma data de validade para o luto.

— Não é isso que estou falando. Você deveria fazer terapia. — Ela funga, percebo que está chorando e me sinto ainda pior. — Eu nunca tive que me preocupar com você e agora é só o que faço.

— Me desculpa.

— Não quero que você se desculpe, *Liebchen*.[2] Quero que você seja feliz. O Ben ia querer que você fosse feliz.

Uma das piores coisas da minha vida após o Ben é como todo mundo parece saber o que ele ia querer. *Ele ia querer que você voltasse a namorar. Ele ia querer que você fosse feliz.*

— É, bem — digo —, a morte dele basicamente causou o contrário.

— Por favor, volte pra casa.

— Não posso.

Mamãe começa a chorar e ouço Rachel bufar ao pegar o telefone. Eu me preparo para a tempestade.

— Anna, você precisa parar com essa merda. Pense nos outros em vez de em você mesma, só pra variar.

Quando crianças, Rachel e eu éramos próximas. Com uma diferença de apenas dois anos, a gente brincava juntas, ia para escola juntas. Até ir embora, papai dizia que éramos farinha do mesmo saco. Mas depois que Rachel teve a Maisie, algo mudou. Às vezes, um sentimento de ciúme me invade, mas não entendo por

---

2. N.T.: Forma afetuosa de chamar alguém; "amor".

29

quê. Rachel trabalha com o que ama e tem uma menina linda. Eu tenho um buraco onde antes havia a minha vida.

— Fala pra mamãe que ligo daqui a uns dias. — desligo e coloco o celular no mudo.

A travessia da Flórida definitivamente não foi um sucesso inequívoco — não quando dormi e quase fui tragada por um navio cargueiro, nem quando fiquei encalhada a apenas alguns metros de onde queria chegar —, mas talvez eu tenha tirado todas as merdas do caminho. Talvez eu consiga viajar pelo resto das Bahamas e do Caribe.

Exceto pela passagem das Ilhas Turcas e Caicos para Porto Rico, o caminho é de quase 650 quilômetros de mar aberto, açoitado pelos ventos. Não há atalhos. E não há nenhuma forma de eu conseguir fazer isso sozinha. Preciso encontrar alguém para me ajudar.

Na marina, há um quadro de avisos cheio de cartões de visita para fretamentos de mergulho pregados e folhetos de torneios de pesca desbotados pela chuva. Deixo um bilhete que diz:

> Procura-se tripulação experiente para ajudar na passagem das Ilhas Turcas e Caicos para Porto Rico. Remuneração negociável, refeições incluídas. Envie mensagem para 555.625.6470 para mais informações.

Inquieta, deixo o complexo do *resort* em direção ao sul. A ilha está totalmente acordada, cheia de turistas que andam em carrinhos de golfe e habitantes locais que se cumprimentam enquanto passeiam pela rua principal. Viro em uma rua menor que corta a ilha estreita e termina em um lugar cheio de pequenos restaurantes à beira-mar. Um grupo de homens jovens está conversando na porta de uma das lojas, falando alto, bebendo cerveja e ouvindo *dance music* que sai dos alto-falantes, colocados nas laterais do prédio. Além dos restaurantes está a praia, onde algumas pessoas esticaram cangas. Um cachorro rola na areia e crianças brincam num oceano que é tão vívido — a espuma do mar é verde, turquesa e cobalto — que nem parece real.

Entro num restaurante chamado CJ's, onde peço sanduíche de ovo para o almoço e pego uma cerveja do refrigerador.

— Você pode esperar fora — a mulher atrás do balcão me avisa —, a gente te chama quando estiver pronto.

Atrás do prédio, há um convés de madeira com mesas de piquenique e vista para a praia. Uns dois caras estão bebendo cerveja enquanto conversam, mas o sotaque deles é muito rápido para eu entender o que estão falando. Tiro uma foto da praia com meu celular e, então, me sento num banco à sombra de um pinheiro para esperar pelo almoço. *Contente* não é exatamente a palavra que eu usaria para descrever como me sinto, mas Bimini me faz sentir um pouco mais iluminada, um pouquinho mais esperançosa. Agora, tudo o que preciso são um sanduíche de ovo e uma cerveja.

✳✳✳

Depois do almoço, compro uma segunda cerveja e desço do convés para a areia. Em todo lugar à minha volta, há pessoas reunidas. Famílias. Casais. Grupos de estudantes universitários que, provavelmente, vieram de balsa. Fico andando na beira da água e finjo que está tudo muito bem em estar sozinha numa ilha tropical no meio de um oceano brilhante.

As ondas batem nos meus tornozelos e um garoto negro de mais ou menos oito ou nove anos, usando um *short* marrom que dança largo na cintura estreita, chega até mim com um monte de bastões de mergulho nas mãos.

— Você pode jogar pra gente?

Atrás dele, outras crianças me olham com carinhas esperançosas. Uma garotinha num maiô rosa-shoking pula de um pé só, tentando manter o equilíbrio na areia fofa. Outro garoto balança a cabeça, como se desejando que eu diga sim.

— Claro — pego os bastões, entro um pouco mais fundo na água e lanço o mais alto que consigo. Todas as crianças gritam e correm para a água. Elas mergulham, seus pés agitados na superfície. Um garoto aparece com dois. Uma menina, com um. O primeiro garoto, com os três bastões que faltavam, segurando-os alto sobre a cabeça, como se fosse um troféu. Me lembrou de quando minha irmã e eu mergulhávamos atrás de moedas nas piscinas de hotéis, quando saíamos de férias. A vencedora era aquela que coletava mais moedas e Rachel quase sempre ganhava.

— De novo, por favor? — o menino pede.

— Ellis! — uma mulher grita, sentada sobre uma canga perto dali. — Pare de incomodar a moça. Ela não tem que ficar brincando com você.

— Não tem problema — eu digo, aceitando os bastões de Ellis. Jogo novamente e, enquanto as crianças brincam nas ondas, volto para o CJ's, para tomar outra cerveja.

No balcão, há três homens brancos vestidos em camisas de pesca em tons pastéis, calções de banho e óculos de mergulho. O de camisa azul-clara me vê pegando uma cerveja do refrigerador. Dos três, é o mais próximo da minha idade. Ele abre um largo sorriso e diz:

— Deixa que eu pago essa pra você.

De repente, fico furiosa com Ben. Sei que ele tentou tratar sua depressão. Quando a gente se conheceu, ele já estava tentando encontrar uma combinação de remédios que funcionasse. Mas se ele era suicida, por que não pediu ajuda? Por que ele não me contou? Era para ser a gente, agora, não eu sozinha.

Vá se foder, Ben Braithwaite.

Faz tempo que não paquero um cara, mas é ridiculamente

fácil. Tudo o que tenho que fazer é entregar a cerveja para ele, sorrir e dizer:

— Muito obrigada. Eu sou a Anna.

— Prazer em conhecer você, Anna. Sou o Chris — seu nariz está descascando, sardento e muito adorável. Na real, ele está coberto de pintinhas marrom-claras. — Esse é o Doug — ele me aponta o cara de camisa rosa. Mais velho. Trinta e muitos. Aliança de casamento. — E o Mike — de camisa amarela. Cabelo ralo. Atraente como um cara genérico e meio bobo pode ser.

ChrisDougMike. Eles são passíveis de se confundir, como a maior parte dos caras que vinham ao bar pirata. Mas eu curto o jeito doce com que Chris fala meu nome, deixando minhas pernas bambas. Ele tem uma pinta no canto do lábio inferior que parece uma fruta tentadora. Além disso, estou um pouco tonta. Ele me vê encarando sua pinta na boca e me dá um sorrisinho convencido.

— Então, o que você veio fazer em Bimini? — ele pergunta, enquanto vamos para uma das mesas no convés. Ele se senta ao meu lado.

— Velejar.

Ele ri.

— Só você?

Balanço a cabeça.

— É. Saí de Fort Lauderdale na quinta-feira.

— Espera — seus olhos azuis se apertam, enquanto ele me estuda. — Você estava num barco azul no rio?

— Sim.

— Eu sabia que já tinha visto esse cabelo louro antes. — Ele passa os dedos numa das minhas tranças e dá um leve puxão na ponta. O gesto é prematuramente íntimo, mas já estamos em rota de colisão. — Dei tchauzinho quando passamos por você.

— Ah, claro — digo, sorrindo. — Você foi a razão pela qual precisei esperar dez minutos na ponte da Terceira Avenida, enquanto eles deixavam o tráfego passar.

— Desculpa — seu sorrisinho torto diz que ele não está arrependido coisa nenhuma. — Espero que isso não mude sua opinião sobre mim.

— E qual você acha que é a minha opinião?

— Espera — ele toma um grande gole da cerveja e fico olhando seu pomo de Adão se mover enquanto ele engole. — Você estava interessada o bastante para me deixar te pagar uma cerveja. Você já estava querendo me beijar — meu rosto fica quente e o sorrisinho reaparece. — Você acha que tenho potencial, então, não quero estragar as minhas chances.

— De quê?

— De fazer o que você me deixar fazer.

A tarde passa, enquanto compramos cervejas uns para os outros. ChrisDougMike são canadenses que trabalham com vendas — vendedor de carros, distribuidor de bebidas, companhia de seguros — e vieram a Bimini para pescar cavala-da-índia. Eles falam sobre varas e molinetes, recontando histórias de pesca de que não vou me lembrar amanhã, e Chris se aproxima cada vez mais. Paro de me importar com a conversa quando nossos joelhos fazem contato embaixo da mesa. Nossos cotovelos se encostam. Braços. Ombros. Como se estivéssemos derretendo um no outro.

Em algum momento, Doug e Mike vão até a praia, deixando-nos a sós. Chris se inclina para mim, seus lábios beijando meu pescoço, minha orelha, fazendo minha pele se arrepiar.

— Quer ir pra outro lugar? — ele sussurra. — Eu tenho um quarto.

Pela primeira vez desde que ele morreu, não penso no que Ben ia querer. Ele não é a vozinha na minha cabeça, me incitando a ir, ir, ir. E ele, definitivamente, não está no calor entre as minhas pernas. A palma calosa da mão de Chris escorrega pelo meu vestido, acariciando a parte interna do meu joelho.

— Anna — um aperto gentil.

— Sim. Vamos.

A caminhada da praia até o *resort* é como um caleidoscópio bêbado, pedaços espalhados de necessidade e fragmentos cheios de vergonha. Minhas costas pressionadas na parede de uma loja de roupas fechada com a boca de Chris no meu pescoço e seus dedos dentro da calcinha do meu biquíni, me fazendo arfar. Correndo. Perdendo um chinelo. Caindo de costas em sua cama. A sensação de sua boca, de sua língua em todos os lugares que não foram tocados em meses por ninguém além de mim mesma. Desejo quente, úmido e irracional.

Minhas pernas ainda estão tremendo quando Chris sai da cama, pelado, para pegar uma camisinha do seu armário. Seu telefone vibra na mesinha ao lado da cama, enquanto ele abre o pacote do preservativo. A tela está acesa, com a foto dele beijando uma bela loura vestida de noiva. Merda.

— Anna, espera.

Meu nome não soa mais doce e, caramba, sou muito ingênua! Ben nunca mentiu para mim ou fez joguinhos. Então, nunca me ocorreu que Chris pudesse ser casado ou que essa fosse uma pergunta que eu deveria ter feito. E se tivesse perguntado, ele teria me dito a verdade?

Pego meu vestido do chão do quarto do hotel e o visto pela cabeça, enquanto Chris fica parado na porta do banheiro, olhando de mim para o telefone que toca e de volta para mim, como se ainda tivesse escolha. Como se houvesse qualquer coisa que ele pudesse me dizer que me convenceria a ficar. Meu biquíni está perdido na cama, então, eu o deixo lá com meu chinelo remanescente e um enorme pedaço da minha dignidade.

Olho de volta para ele, enquanto saio pela porta.

— Vá se foder.

Saio tropeçando pelo caminho do *resort*, para o final das docas, onde meu bote está amarrado. Desço a escadinha para o bote, onde sento por... não tenho ideia por quanto tempo fico sentada lá, ouvindo miseravelmente os sons alegres que vêm de uma ilha que não está pronta para adormecer. Fugi de Fort Lauderdale porque não estava pronta para seguir em frente, ainda assim, me jogo em cima do primeiro cara que aparece. Me sinto suja. Infiel.

Sinto muito, muito mesmo, Ben. Me perdoa, por favor.

Quero remar logo para o barco, puxar a âncora e navegar para longe desse lugar, mas não estou sóbria para nada disso. E Bimini não é realmente o problema. Em vez disso, me encolho no bote e começo a chorar.

Ponto de interrogação

Acordo na cama do *Alberg* como se a noite passada não tivesse sido nada além de um pesadelo, exceto pela dor dilacerante no meu crânio e por não ter nenhuma lembrança de como cheguei à cama. Ao jogar o edredom para o lado, descubro que estou usando o vestido de ontem. As solas dos meus pés estão sujas, minha boca está com gosto de vômito e meu biquíni se foi por completo. Consigo me lembrar da minha volta vergonhosa e de chorar dentro do bote, mas, além disso, a noite terminou em um ponto de interrogação.

Estou saboreando o pequeno alívio de estar segura quando ouço o ranger do piso da cabine e sinto o cheiro de... café? Eu me viro para ver um homem de cabelo escuro curvado sobre a pia, bebendo da caneca do Capitão América, a favorita do Ben. Uma parte de mim quer pular da cama e arrancá-la da mão dele, porque essa caneca é do *Ben*, mas a parte maior em mim, a mais racional, está tentando entender por que há um estranho no barco.

Ele não está fuçando nos armários como um ladrão, procurando por bens de valor. Ele parece relaxado, confortável, como se tivesse sido convidado. Será que o convidei?

A cena passa para um próximo nível de inesperado quando percebo que a metade de baixo da sua perna direita — do seu joelho até seu tênis Adidas — é mecânica e de aparência complexa. Não é carne e osso.

Eu não faço a menor ideia do que está acontecendo.

— Hum... Oi?

Ele se vira em minha direção e, em qualquer outra circunstância, acordar olhando para esse cara, provavelmente, seria uma experiência religiosa. Ele parece alguém que deveria estar tocando guitarra e cantando em bares, com um cabelo escuro bagunçado e um queixo desalinhado.

— Ah, que bom — ele diz. — Você acordou.

— Quem é você?

— Você não lembra? — ele coloca a mão sobre o coração, cobrindo as letras douradas meio apagadas que dizem CIARRAÍ no peitoral da sua camisa verde desbotada. Ele é mais velho que eu uns cinco anos, mas seu sorriso é como o de um garoto de dez anos de idade que esconde um sapo nas costas. E seu sotaque parece irlandês. — Agora você acabou de destroçar meu coração.

Eu me sento na cama e fico balançando as pernas na beirada. Após quase ter transado com um homem casado, não tem como eu ter feito sexo com um estranho diferente. Acho.

— A gente...?

— Caramba, não! — ele coloca café em outra xícara. A minha, com flores e um *A* rosa, de Anna. — Você estava mais bêbada que um macaco, mas gostei da proposta.

— Ai, merda.

— Estou brincando — ele diminui o espaço entre a gente e me passa a caneca. Aceitar uma bebida, mesmo uma com cafeína, de um estranho não é um erro que eu deveria cometer duas vezes, mas o café cheira bem e estou desesperadamente precisando de um. Pego a caneca.

— O que aconteceu foi o seguinte: te encontrei desmaiada no seu bote e não seria certo te deixar lá com a sua bunda de fora pra Deus e o mundo em Bimini verem — seu sotaque se intensifica quando ele toma velocidade ao falar. — Então, remei até o barco e te ajudei a chegar na cama; foi quando percebi que estava preso, a não ser que eu pegasse o seu bote e, nesse caso, você ia ficar presa. Dormi no convés. Espero que você não se importe de eu ter pegado um saco de dormir emprestado.

Como se a noite passada já não tivesse sido vergonhosa o bastante, esse homem ainda viu a minha bunda. Ele ainda me salvou de... bom, sabe-se lá o que poderia ter acontecido enquanto estava inconsciente e seminua. Outra pessoa, alguém menos honrado, poderia ter me encontrado antes. Ele me resgatou dessa possibilidade — e da minha própria estupidez.

— Uau, bem... obrigada pela gentileza.

Ele esfrega o cabelo bagunçado com uma das mãos e olha para o chão antes de olhar para mim.

— Bom, não queria ver você em apuros, só isso.

— E não é que eu não esteja muito agradecida, porque estou, mas... quem é você?

— Ah, verdade. Keane Sullivan.

— Anna — opto por não dar muitos detalhes pessoais. Sabe lá o que eu devo ter dito ontem enquanto estava bêbada. — Como você sabia qual era o meu barco?

— Só tinha um sem um bote. — Keane diz, dando de ombros. — As chances pareciam favoráveis.

— Bom, obrigada. Por tudo — tomo um gole de café e dou uma olhada no celular para ver se alguém respondeu à minha oferta de trabalho enquanto eu estava fora fazendo péssimas escolhas. Tem uma notificação e uma série de dígitos que não se parece em nada com um número de telefone. A mensagem diz: *"Sou* um marinheiro profissional e capitão de entrega atualmente em Bimini. Se você ainda não tiver contratado ninguém, estou interessado".

— Com licença um minuto — digo, escrevendo uma resposta rápida.

Ainda não contratei ninguém.

— Você está com fome? — Keane pergunta, mexendo no bolso de trás. Ele tira o celular e olha para a tela. — Desculpa. Preciso ver isso — ele digita uma rápida mensagem enquanto fala. — Toda vez que estou de ressaca, ovos fritos e torrada com manteiga me deixam novo em folha.

Pensar em comer faz meu estômago roncar e esse homem fez mais por mim do que qualquer um poderia ter feito.

— Eu não sei se... — meu celular recebe uma nova mensagem.

Me encontre no restaurante Big Game em uma hora? Vou estar vestindo uma camiseta verde. Aliás, o meu nome é Keane.

Meus ombros balançam com a risada que seguro ao responder: *Você vai me reconhecer pela minha bunda.*

Keane olha para o celular e de volta para mim, morrendo de rir. Rimos até ter lágrimas nos olhos e minhas costelas doerem. Eu não ria assim desde que Ben morreu. O som murcha na minha garganta porque... merda... não estou pronta pra isso. Não pensei em dividir o barco com outra pessoa, mesmo que por uns dias. Keane é mais alto, mais largo e sua presença ocupa muito espaço. Minhas dúvidas têm dúvidas.

Keane percebe.

— Está tudo bem aí, Anna?

— Eu, bem...

Ele me entrega um papel gasto e dobrado, seu currículo, uma lista de duas páginas com barcos nos quais ele trabalhou e entregas que fez. Ben comprou um barco antes de saber navegá-lo, mas Keane... ele navegou pelo mundo todo, inclusive pelo selvagem Oceano Antártico.

— Olha, se for por causa da perna, garanto que sou mais capaz com uma perna do que a maioria das pessoas com duas — ele explica, sem um pingo de arrogância. — Eu consigo te levar para Porto Rico.

— Não é a perna. Juro — digo, enquanto devolvo o currículo. Tem algo de tão certo em Keane Sullivan que é reconfortante. Ele parece alguém em que eu possa confiar. — Quer dizer, o que você fez por mim a noite passada prova que você é a pessoa ideal para o cargo, mas não pensei nisso direito. Desde que deixei a Flórida, tenho feito uma série de péssimas escolhas e preciso pensar se continuar essa viagem seria uma delas.

Ele balança a cabeça enquanto dobra a lista e a coloca de volta no bolso.

— Entendo. Se você mudar de ideia, tem o meu número.

— Obrigada novamente — digo.

— Não esquenta, Anna — Keane responde. — Você se importaria de me dar uma carona para as docas?

Carla me contou uma vez que a melhor forma de tomar uma decisão é tirar a sorte na moeda. Ela disse que quando a moeda está no ar, você normalmente descobre o que quer de verdade. Não tem moeda nenhuma girando aqui, mas quando Keane se volta para subir a escada de mão, percebo que se deixá-lo ir, não vou encontrar ninguém melhor. E não quero mesmo voltar para casa.

— Mudei de ideia sobre aqueles ovos.

✱✱✱

Keane se joga em seu café da manhã como se estivesse sendo cronometrado. A boca está cheia de comida, enquanto ele me conta como saiu de casa, em County Kerry, Irlanda, quando tinha apenas dezessete anos.

— Meus irmãos mais velhos eram jogadores de futebol e arremessadores, mas eu era atraído pelo mar e adorava mexer em barcos — diz ele, espalhando geleia de morango em sua torrada. — Assim que aprendi a nadar, minha mãe me inscreveu em uma escola de vela no clube da cidade e é o que tenho feito desde então.

— Então, você só... veleja?

— Basicamente. Comecei como tripulante em barcos locais por diversão. Depois, fui do time da Faculdade de Charleston, na Carolina do Sul, e fui trabalhando em iates que faziam campanhas sérias — ele conta. — Construí uma reputação como um proeiro de classe mundial e me tornei um contratado por qualquer pessoa que quisesse vencer corridas.

— Ah... a gente deveria estar falando sobre o seu pagamento.

— Isso não era para ser uma transição — Keane diz, gesticulando para mim com o garfo antes de pegar um pedaço de ovo. — Mas, veja... preciso chegar a Porto Rico, então, se você me der uma carona, faço o trabalho de graça.

— Tem certeza?

Ele balança a cabeça.

— Absoluta. Pra ser sincero, estou empolgado pra velejar neste belo barco. Como você o conseguiu?

— O meu namorado encontrou o barco num estaleiro em Fort Lauderdale.

— O cara da foto? — Keane gesticula, apontando a cama.

— Sim.

— E você se importa de eu perguntar por que ele não está aqui com você?

Tenho medo de responder à pergunta, porque não quero que o Keane passe a me tratar como se eu fosse de vidro. Apesar do meu péssimo julgamento na noite passada, ele tem me tratado como uma pessoa normal, sem problemas. Mas preciso ser honesta, pois caso eu fique mal, ele vai entender por quê.

— Ele, bem... ele se suicidou faz dez meses.

Ele olha para cima, os olhos castanhos arregalados.

— Caramba, que merda!

Uma risada me escapa e coloco a mão na boca, horrorizada comigo mesma. Não tem nada de engraçado na morte de Ben, mas a reação de Keane me pega desprevenida. Lágrimas enchem meus olhos e o mundo fica borrado.

— Quando perdi a minha perna — ele diz —, as pessoas viviam se lamentando. Sei que elas estavam realmente chateadas por eu ter passado por esse trauma horrível, mas fiquei de saco cheio de ouvir isso. Gostaria de ouvir só uma vez alguém dizer "Caramba, que merda!".

— É mesmo uma merda — esfrego os olhos com as palmas das mãos. Dessa vez, rio porque estou envergonhada, já que ele só conseguiu me ver no meu pior. — Obrigada.

— De nada — há uma luz de compreensão nos seus olhos e, pela primeira vez em meses, não me sinto como uma comida sem identificação, mofada e esquecida, no refrigerador de alguém. Eu me sinto vista.

— Quando você está pensando em deixar Bimini? — Keane pergunta.

— O mais rápido possível.

❊❊❊

Tomar banho me faz sentir humana novamente e, enquanto Keane leva o bote para pegar suas coisas do iate, que ele entregou ontem vindo de Key West, olho as mensagens do celular que tenho ignorado.

As mensagens de voz de minha mãe se alternam entre nervosas e chorosas, mandando que eu ligue de volta, depois me implorando para voltar para casa. Ouvi-las me deixa comovida. Sua vida não tem sido fácil. Papai arrastou-a para os EUA como uma esposa de militar e depois foi embora quando minha irmã e eu éramos crianças. Tenho tentado, de verdade, não a deixar preocupada, mas não tenho o seu estoicismo alemão. Não posso fingir que meu luto não existe.

Há uma ligação perdida do meu chefe, me informando que estou oficialmente demitida. E uma segunda ligação para me lembrar de que, se eu não devolver meus uniformes, serei cobrada por eles.

Por fim, há uma mensagem da mãe de Ben. Ela mal falou comigo quando seu filho estava vivo e, após sua morte, ela me deu um aviso prévio de uma semana para que eu saísse do apartamento dele. Me largou como lixo. Ela deixou várias mensagens nessas últimas semanas, mas apaguei todas, assim como apaguei essa.

Em vez de ligar para minha mãe, enviei um *e-mail*, explicando que havia contratado um guia respeitável para viajar comigo até Porto Rico. *Tente não se preocupar tanto*, escrevo. *Te ligo quando chegar a San Juan. Ich liebe dich.*

A louça está lavada e guardada, e minha cama está feita, então, ouço meu nome. Saio da cabine, enquanto Keane manobra o bote junto ao veleiro. Com uma das mãos, ele me passa uma enorme bolsa de lona amarela que está tão pesada que eu tropeço para trás.

— Isso aqui está cheio de pedras?

Ele ri.

— Não, só todas as coisas que possuo nesse mundo.

— Sério?

— É — ele me passa os remos e sobe no barco, puxando o bote para cima atrás dele. Já vi pessoas com pernas mecânicas que precisam de bengalas ou muletas, mas Keane se move com a graça de alguém que conhece barcos, com ou sem prótese. — E tenho pensado que já é hora de diminuir a carga.

Enquanto puxo o plugue para desinflar o bote, não menciono para ele que meu guarda-roupa inteiro está enfiado dentro deste barco, incluindo um par de sandálias de tiras no armário suspenso e uma saia de lantejoulas bronze dobrada em uma gaveta. Ele não precisa saber que sou uma garota complicada e que faz tudo por puro impulso, sem planejamento algum. Ele vai descobrir em breve.

Tão injusto

Velejar com alguém que fica no seu lugar quando você está cansado ou precisa fazer xixi é uma experiência bem diferente da de velejar sozinha. Keane e eu criamos um horário de revezamento de quatro horas, o que nos daria tempo para comer, tirar uma soneca ou ler. Em seu primeiro turno, Keane joga uma linha de pesca da popa, buscando qualquer coisa que possa morder a isca. Bimini está desaparecendo no horizonte.

Estou na cabine, tentando decidir o que fazer para o jantar, quando a linha começa a puxar e a vara de pesca de Keane se dobra em arco.

— Anna — ele me chama —, uma ajudinha, por favor?

Assumo o leme, enquanto ele pega a vara para lutar com o peixe do outro lado da linha.

— Pode ser uma barracuda ou até um pequeno tubarão — seus bíceps se tencionam, enquanto ele gira o molinete, puxando o peixe cada vez mais para perto. Ao alcançar o barco, o peixe é um borrão prateado sob a superfície, debatendo-se violentamente, lutando contra seu destino. Quando Keane o coloca no chão da cabine, ele se contorce e pula, as guelras se abrindo no ar.

— Que peixe é? — pergunto.
— Cavalinha — ele alcança a manivela do guincho e estremeço quando ele dá um forte tapa na cabeça do peixe para matá-lo. Keane troca a manivela por uma faca afiada e fatia a cavalinha, da cabeça à cauda. Por dentro, o coração ainda pulsa, sem perceber que o peixe já está morto.
— Quer um pedaço?
— O quê? Agora?
— Não dá para esse *sashimi* ficar mais fresco — ele diz, me oferecendo uma lasca irregular do peixe cru.

A carne está quente e salgada na minha língua, nada como os rolinhos frescos e organizados do meu *sushi bar* favorito. Aqui, não temos potinhos com molho *shoyu* ou montes decorativos de *wasabi*, só uma cabine que mais parece uma cena de assassinato. Como um segundo pedaço, e um terceiro, me achando meio parecida como *O senhor das moscas*.

— Achei que seria terrível, mas...
— Incrível, não é? — Keane diz, separando a carne da pele. Ele joga as miudezas ao mar. — Vou separar um pouco pro jantar e colocar o restante na geladeira para outro dia.

Ele junta o restante do peixe e o leva para a cozinha, enquanto eu uso meu balde de lavar louças para enxaguar a cabine. Quando ele volta para continuar seu turno, permaneço no convés.

— De onde você é na Irlanda?
— Você nunca deve ter ouvido falar, mas sou de uma cidadezinha na costa sudoeste chamada Tralee — Keane explica. — A cidade conhecida mais próxima é Killarney.
— Eu também nunca ouvi falar de Killarney, então...

Ele ri.
— Você é da Flórida?
— Nascida e criada em Fort Lauderdale.
— O que você faz por lá?
— Você conhece o Hooters?

Keane me olha, mas seus olhos estão escondidos sob os óculos de modelo aviador, então, não tenho a mínima ideia do que ele possa estar pensando.

— Como conceito, sim, mas nunca fui.

— O lugar onde eu trabalhava era como o Hooters, mas de temática pirata — explico. — As garçonetes se vestiam como piratas sensuais e as atendentes usavam *tops* pretos com a palavra *rapariga* nas costas.

— Você gostava de lá?

— Quando você trabalha em um bar como aquele, as pessoas tendem a achar que você está se exibindo, ou se achando, ou que você é decadente e tem baixa autoestima — explico, pensando nos comentários que a mãe de Ben costumava fazer. — As pessoas não costumam levar em consideração que a maior parte das mulheres ali estão, simplesmente, para pagar as contas e sustentar suas famílias, num sistema patriarcal que não parece que vai acabar tão cedo. Não me sinto empolgada por ser objetificada, mas consegui bastante dinheiro deixando rolar, então, meus sentimentos sobre isso são complicados.

— Os meus também. Não sei se me sinto confortável comendo num lugar onde parece que o pessoal faz parte do cardápio, mas piratas sensuais? — Keane abre um sorrisinho. — Eu também não odiaria.

— Justo. — Me levanto e vou andando em direção à escada. — Vou pegar uma Coca. Você quer?

— Sim, obrigado... rapariga.

Mostro o dedo do meio e sua risada me segue até a cabine. Abro a porta da geladeira, meus olhos fixos na parede atrás. *EU & AMO & VOCÊ*. A tristeza me atinge como uma onda e subo na cama para olhar a foto do Ben.

Na manhã em que tiramos a foto, ele me acordou quando ainda estava escuro, sussurrando:

— Vamos, amor, vamos ver o sol nascer.

Vesti uma roupa qualquer e ele me levou até o farol. Nós nos sentamos no capô da sua velha Land Rover azul e, enquanto o sol nascia, ele me beijou sob um céu dourado e azul, salpicado com tons de rosa. Tiramos a foto — com o farol ao fundo — para copiar a foto que tiramos no nosso primeiro encontro, meus lábios pressionados na sua bochecha, enquanto ele sorria para a câmera. Eu não tinha ideia de que aquela seria a nossa última foto.

É tão injusto que Keane esteja aqui e Ben não. Keane não deveria ser o cara sentado no lugar favorito do Ben, com suas mãos no leme. Esta noite, ele vai dormir no barco do Ben e isso também não é nada justo. Keane Sullivan parece ser um cara bacana, mas ele não é o Ben e não consigo deixar de pensar que talvez tenha cometido outro erro. Passo os dedos pela foto na parede. *Ele está aqui para fazer um trabalho. Ele não precisa ser meu amigo. Ele não precisa ser nada meu.*

Pego as latas de Coca da geladeira e volto para o convés, mas meu humor está arruinado.

— Você se importa de assumir aqui um pouquinho? — Keane diz.

Sinto-me aliviada quando ele desce abaixo do convés, mas pouco tempo depois, eu o ouço chacoalhando algo na cozinha e sinto um cheiro de peixe frito. Ele volta meia hora depois, com pratos de cavalinha frita, feijão vermelho e arroz integral.

— Você não precisa cozinhar — digo. — Não está na descrição do cargo.

— Você parecia precisar de um pouco de espaço.

— Eu... Sim, precisava. Obrigada por ter feito o jantar.

— Não foi nada.

Chegamos ao ancoradouro em Chub Cay à meia-noite. Juntos, enrolamos as velas, antes que Keane se dirigisse até a proa. Ele me direciona para um grande espaço entre dois veleiros maiores.

— Agora, dê marcha a ré — ele diz.

Coloco o acelerador em marcha a ré e vejo como ele abaixa a âncora lentamente na água, deixando o barco flutuar para trás, até que a corda da âncora fique esticada e o gancho prenda no fundo. É um método muito diferente da minha técnica de jogue-e-espere-que-funcione em Bimini, quando eu tive sorte de a âncora ter ficado firme.

— Da próxima vez, à luz do dia — Keane diz, retornando para a cabine e desligando o motor —, você deveria fazer a ancoragem.

Percebo agora quanta coisa o Ben fazia quando velejávamos juntos. Quantas vezes eu sentava e deixava que ele cuidasse de tudo. Ben pode não ter sido um marinheiro habilidoso, mas ao menos ele aprendeu a calcular uma rota e ancorar o barco. Como pude ser tão inocente em pensar que poderia fazer esta viagem sozinha?

— Ok.

Ben ainda está na minha cabeça quando pego meu pijama, uma toalha e minha barra de xampu. Minha pele está suada e quente, e meu corpo dói após um longo dia na água. Desço a escada na lateral do barco e, quando Keane vai para baixo do convés, tiro minhas roupas depressa e pulo. O choque inicial da água fria tira meu fôlego, mas leva embora toda a sensação grudenta do dia.

— Anna, você está intencionalmente no mar? — Keane chama da cabine.

— Sim.

— Só conferindo.

Ele permanece embaixo, enquanto subo dois degraus da escada para me lavar. O ar noturno, a água fria e o cheiro de limão do sabão são uma combinação sensual e meu corpo clama por algo diferente. Caio na água novamente, para me enxaguar, correndo os dedos pelo meu cabelo, para fazer espuma, e pelo meu corpo, imaginando que Ben está me tocando. Não é a mesma coisa, mas meus dedos entre minhas coxas são o suficiente para enviar um arrepio de liberação pelo meu corpo. Suficiente a ponto de voltar para o barco e descer até a cabine.

— Está se sentindo melhor? — Keane pergunta e meu rosto fica quente, como se ele soubesse.

Balanço a cabeça.

— Sim... obrigada.

— Espero que você não se importe, mas bombeei um pouco de água fresca para uma chuveirada. — Ele mostra o balde. — Agora que você terminou, vou para o mar, mas preciso lavar minha perna em água fresca quando voltar.

— Sem problemas. A gente tem um sistema que produz água doce.

Keane está usando seu calção de natação quando sobe até a cabine, onde arruma seus utensílios de banho enquanto se senta para remover a prótese. Ele vai tirando suas roupas, camada por camada, até ficar com a pele à mostra. Sua perna termina no meio da panturrilha, estreitando-se em um toco fino. A luz do sol na cabine é forte o bastante para ver as cicatrizes que cruzam o final da perna como trilhos. A pele é pálida comparada ao resto do corpo bronzeado.

Keane se iça a bombordo do barco e gira em torno de si mesmo.

— *Allons-y*[3] — ele diz, piscando para mim, antes de se afastar e cair na água.

Enquanto ele se banha, coloco meu pijama e jogo as roupas do dia dentro da sacola de roupa suja. Um bom tempo depois, Keane está de volta ao barco. Carrego o balde de volta para a cabine, onde ele trocou seu calção de banho por uma bermuda esportiva larga. Ele lava a água salgada da perna, depois lava o forro — a parte que ele mantém mais próxima da pele.

— A água salgada pode deixar traços de um resíduo abrasivo — ele explica. — Com a minha prótese presa à perna o dia todo, é importante não ter nada entre as duas.

Quando termina, Keane joga a água e coloca o forro e seu calção molhado para secar. Ele desliza ao longo do banco da ca-

---

3. N.T.: "Vamos lá", em francês.

bine até a escada e desce facilmente com uma perna até o chão da cabine. Já fez isso antes.

Recolho a escada da lateral e volto para a cabine. Keane está fazendo sua cama, usando um dos sacos de dormir como lençol e outro como travesseiro. Pego um dos meus travesseiros extras na cama e passo para ele.

— Use isto.

— Não precisa.

— Tenho quatro travesseiros. Por favor, pegue.

— Obrigado. — Ele se acomoda na cama, descansando a cabeça escura no meu travesseiro. Apago as luzes da cabine e subo na minha cama. Não demora muito para que a respiração de Keane diminua num ritmo de sono, mas estou bem desperta. Da primeira vez que dividi a cama com o Ben, não consegui dormir. Cada lugar onde seu corpo tocou o meu parecia vivo e minhas terminações nervosas estavam tão acesas que fiquei acordada a noite toda. Não é assim agora. Keane Sullivan não está me tocando. E não sinto nada por ele. Mas não estou tão longe que não consiga ouvir o barulho do saco de dormir quando ele se vira. Parece muito perto.

O chão range quando salto da cama, edredom e travesseiro na mão. Vou até a cabine e ajeito uma cama para mim em um dos bancos. Não é confortável como a cama em V, mas o ar está fresco. O espaço em volta parece amplo e as estrelas enchem o céu. Não demora muito para que eu caia no sono.

Desequilibrada

— Eu estava roncando? — Keane se senta do outro lado da cabine, vestido com uma camiseta azul-clara e *short*, sua prótese no lugar. Eu me sento e ele me entrega um sanduíche de queijo com ovo, envolto em papel toalha.

— Obrigada. Não... — respondo. — Não estava conseguindo dormir.

— Você sente a falta dele.

— O Ben e eu deveríamos estar fazendo essa viagem juntos e, no dia em que decidimos partir, eu simplesmente... fui. Mas agora... — paro, procurando as palavras certas.

— Agora você está num barco com um cara estranho, que não é seu amante nem seu amigo e não parece certo — Keane adivinha.

— Você é bem perspicaz.

Ele dá uma mordida enorme em seu sanduíche e levanta um dedo enquanto mastiga. Sob a luz do sol, seus olhos ficam salpicados de verde e dourado. Ele engole.

— Eu não estou aqui pra te causar estresse, Anna. Se você se sentir mais confortável comigo dormindo no convés, eu durmo. Vou agir do jeito que for melhor pra você.

Meus olhos se enchem de lágrimas, pensando em tudo o que ele tem feito por mim em tão pouco tempo.

— Por que você está sendo tão legal comigo?

Suas sobrancelhas se juntam como se a pergunta fosse absurda.

— E por que eu seria diferente?

Respiro fundo, para manter o choro longe, e mordo um pedaço de ovo que estava caindo para fora do sanduíche.

— É óbvio que a sua situação é muito mais dolorida que a minha — Keane diz —, mas entendo a perda. Acredite. — Antes que dissesse outra coisa, ele se levanta. — Assim que você comer, podemos partir. A não ser que você queira ancorar e dar uma volta.

— Prefiro continuar a viagem.

Com o sol atrás de mim, termino meu sanduíche. Keane faz o café enquanto escovo os dentes, me visto e faço tranças no cabelo. Juntos, arrumamos as camas e deixamos a cabine segura para velejar.

— O vento vai soprar forte hoje, então, pode ficar um pouco turbulento — diz ele. — Podemos ligar o motor ou tentar velejar.

— Vamos velejar.

— Essa é a minha garota! — as palavras mal saem da sua boca quando seu pescoço fica vermelho. — Apenas... figura de linguagem — ele limpa a garganta. — Vou pegar a âncora, posso?

Em questão de minutos, passamos de uma água verde tão clara que dá para ver o fundo, cheio de peixes e estrelas-do-mar grandes como pratos, para um azul tão escuro que parece sem fundo. Para a Língua do Oceano, uma trincheira que se estende por mais de um quilômetro. A fotografia que tiro de Chub Chay desaparecendo atrás de nós é linda, mas as cores reproduzidas não chegam aos pés das originais.

— Será que chega a cansar? — penso alto. — Tipo, não consigo me imaginar ficando cansada desse azul ou do verde ao redor das ilhas. É tão pacífico.

— Acredito que se você fica num lugar por muito tempo, você pode começar a se cansar — diz Keane. — Mas se você continua se movendo, todas as maravilhas permanecem. Ao menos, essa é a minha experiência.

Nesse aspecto, ele me lembra do Ben. Sempre em movimento. Nunca esperando por árvores florescerem e tamparem a vista da floresta. Sinto um aperto no peito, mas me seguro, não quero chorar na frente do Keane de novo. Nem nunca mais. Em vez disso, penso no que está à minha frente. Nassau nunca fez parte do plano original. Não está no mapa. Mas desde o momento em que pisou no barco, Keane fez uma lista de coisas que me esqueci de trazer — cabos de segurança, refletor de radar, um cadeado para o bote. Precisamos parar para comprar equipamentos.

— Você já esteve em Nassau?

— Uma vez — Keane diz. — É mais cheio que Bimini, com os cruzeiros indo e voltando. Um pouco menos rústica. Muito mais turistas. Mas a gente deve conseguir tudo o que precisa.

— Não quero ficar muito tempo.

— Entendido — ele diz. E depois: — Você vem de uma família grande, Anna?

— Tenho uma mãe, uma irmã mais velha e uma sobrinha de dois anos — explico que nunca mais vi meu pai desde que ele se foi, que ele tem uma família nova. — E você?

— Ah, a minha família é aquele grande estereótipo irlandês católico — ele conta. — Meus pais são casados há quase cinquenta anos e sou o mais novo de sete. Minha mãe me chama de desempate, porque tenho três irmãs — ele pronuncia *trrrrês* no lugar de *três* — e três irmãos. O que quer dizer que sempre havia alguém me ameaçando com uma cinta, se não ficasse do lado deles.

— Mas parece divertido.

Seu sorriso se ilumina.

— Ah, é, sim!

— Você encontra com eles sempre?

— Normalmente, no Natal — Keane diz. — Meu pai tem um *pub*, então, a família toda vem de longe, irmãos, irmãs, e acho que já estamos com doze sobrinhos e sobrinhas, e nos juntamos no *pub* pra celebrar. É a minha época favorita do ano.

— Aposto que você é o tio legal, né?

Ele ri e abre os braços, como se a resposta fosse óbvia.

— Os mais velhos convenceram os pequenos de que sou um super-herói. Faz com que eles não estranhem a perna.

— Que fofo!

O vento esfria e as ondas começam a quebrar no casco, espirrando uma bruma leve que deixa meu cabelo espesso e salga meus lábios. Colocamos nossas jaquetas.

— Acho que devíamos baixar a vela principal — Keane diz. — Você sabe como?

— Não.

— Pegue o leme. Assim que eu estiver no convés, se dirija ao vento.

Ele sobe na cabine, enquanto o barco balança com as ondas, e não sei se devo me preocupar. Ele está usando tênis de velejar com boa tração e se segurando ao redor do mastro, mas não consigo deixar de pensar se ele está seguro. Enquanto baixa a vela alguns metros, criando uma superfície de menor área, Keane está tão desequilibrado quanto qualquer um estaria em um mar agitado, mas mantém o mesmo cuidado ao descer para a cabine.

— Você não precisa se preocupar comigo.

— Na verdade, ainda estava tentando decidir se você valeria o esforço — digo, tirando uma risadinha dele. Keane ri com frequência. Não que Ben não risse, mas havia dias em que ele não saía da cama. Ele mal falava, muito menos ria. Esses dias eram complicados, porque queria me enfiar na cama e abraçá-lo até que ele se sentisse melhor, mas eu também queria me afastar dele. Como se aquela escuridão fosse contagiosa. Eu deveria ter passado mais dias na cama com ele. Eu deveria ter me empenhado mais em ajudá-lo a ficar vivo.

— Eu já sei como o corpo responde a certas situações em um veleiro — diz Keane, me trazendo de volta à realidade. Ele assume o timão e me sento ao seu lado, na parte alta do barco. Nassau ainda está longe para ser vista, o que me traz a sensação de que estamos navegando para lugar nenhum. — Aprendi a me adaptar. Tenho que ficar mais alerta do que antes, mas sou deficiente, não ineficiente.

— Bom, quando for a minha vez de baixar a vela, espero que você se preocupe comigo, porque, de nós dois, é mais provável que eu caia no mar.

— Se isso acontecer, salvo você — ele encosta o cotovelo no meu. — Mas vamos adicionar os exercícios de baixar a vela e de homem ao mar à lista de coisas que você deve aprender.

Avançamos pesadamente por várias milhas irregulares antes de Keane abaixar a vela.

— Estamos perdendo a luz do dia agora. Melhor ligar o motor pelo resto do caminho.

Ele baixa a vela mestra enquanto iço a bujarrona. O caminho permanece difícil e as ondas ainda quebram no casco, mas, com o motor funcionando, fazemos um tempo melhor. Dividimos um saco de *chips* de banana que Keane encontra no bolso de sua jaqueta e assistimos aos barcos de pesca esportiva e aos iates que nos ultrapassam a distâncias variadas.

Passa do meio-dia quando Keane chama as marinas de Nassau pelo rádio para pedir um lugar nas docas.

— Não estou a fim de levar mantimentos nem suprimentos para o ancoradouro — ele diz. — E deixar um bote sem cadeado num porto é como deixar as chaves do carro e esperar que ele esteja lá quando você voltar.

Apesar da minha preocupação de quanto isso vai custar, estou ansiosa por sair do barco e usar um banheiro decente. Quem sabe até comer em um restaurante?

Sua próxima chamada, alguns quilômetros depois, é para o Controle do Porto de Nassau, pedindo permissão para entrar no porto e informá-los de que temos reserva para uma noite. Que viemos de Bimini. As torres rosa-coral do *resort* Atlantis são visíveis no espaço entre as ondas. Enquanto nos aproximamos, o vento começa a acalmar e a orla da Ilha Paraíso emerge, areia branca e vegetação verde. Tiramos as jaquetas, o barco passando da Língua do Oceano de volta à água turquesa rasa, onde cardumes de peixes prateados refletem a luz do sol.

Entre a Ilha do Paraíso e Nova Providência, o porto de Nassau está cheio de barcos de todos os tamanhos e variedades, incluindo cinco navios de cruzeiros, o que quer dizer que as ruas próximas ao porto estarão cheias de turistas. Contornamos as docas dos cruzeiros e passamos sob as duas pontes que conectam as ilhas antes de chegar à marina. Keane entrega o leme e prepara as cordas, enquanto levo o barco até o cais. Estou muito longe — com medo de repetir o desempenho de Miami —, mas ele joga uma corda em volta da estaca e nos puxa para perto.

Marca profunda

Nassau é tão decepcionante quanto familiar. Fora o fato de ter que dirigir do lado esquerdo da estrada, é bem parecido com a Flórida. A principal rua de compras está cheia das mesmas lojas turísticas, as mesmas franquias de restaurantes e lojas de luxo como em Key West. Com dez dólares dá para comprar três camisetas baratas, exatamente como nas lojas de surfe em Fort Lauderdale. Tem Starbucks. Burger King. KFC. E com todos os norte-americanos branquelos enchendo as calçadas, parece até que você está nos Estados Unidos. Entendo por que o Ben não queria vir aqui. Não há nada de errado com Nassau, mas também não há nada de muito especial.

Nossa primeira parada na manhã seguinte foi na loja de suprimentos marinhos, para os itens da lista de Keane, e também uma âncora mais pesada, gás propano extra para o fogão e uma lona para esticar ao longo da retranca, para fornecer sombra quando estivermos ancorados. Ben ia instalar uma capa de Bimini sobre a cabine, mas ele nunca o fez.

Almoçamos num restaurante típico, que serve ensopado de caramujo com tomates e pimentas, e depois pegamos um táxi rumo à versão de Nassau do Walmart para reabastecer a cozinha. Enquanto coleciono recibos, me preocupo com o fato de que não terei dinheiro suficiente para terminar a viagem. Ben deixou uma quantia razoável na nossa conta conjunta, mas ainda há muitos quilômetros pela frente, tantas ilhas entre Nassau e Trinidad. Tantas coisas que podem dar errado. E quando tudo terminar, ainda tenho que voltar para casa.

Depois de organizar tudo, vou até o banheiro da marina para tomar uma ducha. Volto e encontro Keane parado em frente a um pequeno *laptop*, uma carranca gravada em seu rosto geralmente ensolarado. Ele fecha o computador com força, sem perceber que estou de volta, pega seus itens de banho e sai do barco. Enquanto ele está fora, pego meu próprio *laptop* e conecto no Wi-Fi da marina para ler um *e-mail* da Carla.

> Anna,
> Uma pequena parte de mim está furiosa porque você foi embora sem nem falar nada. Somos melhores amigas todo esse tempo por uma razão. Tipo, você sabe que pode me confiar os seus rolos. Mas uma grande parte de mim está feliz por você finalmente ter voltado pro mundo. Seja corajosa, mas tome cuidado. Seja esperta, mas imprudente de vez em quando. Se for fazer sexo com um estranho, use camisinha. E não afunde o barco.
> Com amor,
> Carla

Mando de volta uma resposta rápida, avisando que estou em Nassau e que contratei um guia. Algum dia, vou contar a ela como conheci Keane Sullivan, mas, por ora, seria muito estranho. Estou a ponto de escrever para minha mãe quando recebo uma mensagem da Rachel.

> Você roubou o barco?

> O quê? Não! Ben o deixou pra mim.

> A mãe dele está tentando falar com você. Porque ela está contestando o testamento do Ben, ela basicamente disse que você roubou o barco. Ela está te dando a chance de retornar antes que eles coloquem o advogado na jogada.

> De jeito nenhum. Meu nome está na escritura.

> Você tem como provar?

> Sim.

> Escaneia e manda pra mamãe.

> Ok. Como ela está?

> Estou surpresa de ver que você se importa.

> Não começa.

> Só mande a prova de que você é a dona do barco.

Resmungo, esperando que ela fale mais alguma coisa, mas Rachel não manda mais nada.

Keane ainda não retornou, então deixo um bilhete dizendo que estou cuidando de umas coisas e escondo a chave da escotilha sob a esponja absorvente, dentro de uma velha lata de cera de tartaruga. A lata é quase tão velha quanto o barco e é um desses produtos tão comuns que ninguém consideraria procurar pelas chaves ali dentro. De qualquer forma, estou nervosa e penso em esperar pelo Keane, mas preciso encontrar um café com *lan house* antes que fique tarde.

O café fica a poucos metros da marina. Escaneio o documento, o anexo em um *e-mail* para a minha mãe e retorno em meia hora. A toalha vermelha de Keane está pendurada na corda de salvamento, mas não o encontro em lugar nenhum. Enquanto me lembro de nossa tarde em Nassau, não consigo pensar em nada que eu possa ter feito de errado. Comprei tudo o que estava na lista sem reclamar e gastei mais do que pretendia. Alguma coisa — ou alguém — que viu no seu computador deve tê-lo chateado.

Assisto a um filme no meu *laptop* enquanto o espero voltar. Faço uma salada para o jantar, com uma alface que já está murchando e as sobras da cavalinha. Faço a cama de Keane e a minha. Tento não me preocupar com quem não devo. À minha volta, Nassau está acordada e pulsando com energia. Pessoas dão risada e conversam por toda a marina. Mesmo quando escurece, barcos entram e saem pelo canal. Eu me distraio com um livro até que meus olhos ficam muito pesados para permanecerem abertos.

Um baque sacudindo o barco me acorda, meu coração martelando no peito e meu cérebro automaticamente pensa que há um ladrão no barco ou pior.

— Puta que pariu! — a expressão é alta, clara e veio de Keane. Solto o ar, tremendo, e subo para a cabine, esperando que ele não tenha acordado a marina inteira. Encontro Keane sentado no chão, esfregando a parte de trás de sua cabeça desgrenhada.

— Você está bem?

— Merda — ele reclama, dessa vez. — Não queria te acordar, tive uma aterrissagem zoada, só isso. Anna...

— Você está bêbado?

— Tô, mas, Anna...

O álcool que exala dele é forte o bastante para pegar fogo.

— O quanto exatamente você bebeu?

— Só quatro doses de uísque irlandês — ele levanta dois dedos e estreita um dos olhos, me fazendo imaginar que, se ele está tão bêbado, está vendo dobrado. Seu sotaque está mais forte, mais irlandês do que o normal. — Mas perdi a conta das canecas de cerveja depois da oitava.

— Oito canecas? Como é que você não está morto?

— Com certeza vou estar me perguntando o mesmo de manhã, mas, Anna, escuta — ele diz, sua voz séria. — Tem algo que preciso te falar. É de importância primordial.

— O quê?

— Nadar com os porcos é uma péssima ideia.

O próximo destino no mapa de Ben é Big Major Cay, uma ilha em Exuma, habitada apenas por porcos selvagens. Ben e eu amávamos ver vídeos das pessoas nadando com os porcos e acampando à noite na praia. No mercado, disse para o Keane que queria ir para a Praia dos Porcos. Ele simplesmente acenou com a cabeça e pegou um saco de dois quilos de batatas, para que pudéssemos ter algo para alimentá-los. Então, estou confusa — e com um pouco de raiva.

— Não é, não.

— É, Anna. — Keane deita no chão da cabine, bêbado demais para permanecer em pé. — Eles podem muito bem ser adoráveis com seus focinhos pequenos — ele mexe o nariz —, mas eles vão comer todas as suas batatas e não vão querer mais nada com você.

— Não importa — estou um pouco mais do que com raiva. — Isso é algo que o Ben e eu queríamos fazer, então, a gente vai fazer.

— Bom, o Ben era um idiota — ele diz. — Um idiota por perder tempo com uns malditos porcos e um idiota por ter deixado você pra trás.

Suas palavras deixam uma marca profunda no meu coração, do jeito que a pele fica depois de levar um tapa forte. Espero que ele se desculpe ou que diga qualquer coisa, mas o silêncio é pontuado pelo ronco alto de um bêbado dormindo. Minha parte boa quer remover sua prótese para que sua pele não fique irritada, mas não vou ser uma pessoa boa esta noite. Keane Sullivan pode ir pro inferno.

Deixo Keane deitado na cabine e imagino se ele acha que essa viagem toda é uma grande piada. Se ele está tapeando a americana bobinha que fugiu de casa só para conseguir uma viagem grátis para Porto Rico. Mas meus pensamentos se apegam à última coisa que Keane me disse — que Ben era um idiota por ter me deixado pra trás — e fico imaginando o que, exatamente, ele quis dizer.

❈❈❈

Keane se senta, reclamando e piscando sob a luz do sol, enquanto piso no convés com meu café e um pão. Ele corre a mão na parte de trás da cabeça.

— Caramba! — ele olha os dedos, examinando-os como se esperasse ver sangue, e olha para mim. — Qual é o tamanho da desculpa que estou te devendo?

— O que te faz achar que me deve uma?

— Porque você está olhando pra mim como se eu fosse uma pedra no seu sapato — ele diz. — E se eu não tivesse feito nada, você provavelmente teria me trazido uma xícara de café também.

— Talvez até um pão.

— Vixe! O que exatamente eu disse?

— Que nadar com os porcos é uma péssima ideia.

Ele inspira fundo e solta o ar devagar.

— Bom, pra ser honesto, é uma grande armadilha pra turistas, mas devia ter mantido a minha opinião pra mim mesmo. Não é meu lugar questionar as suas decisões. Você é a chefe.

— Você também disse que o Ben... — paro. No melhor cenário, expor o Keane vai ser embaraçoso. No pior, ele será forçado a admitir algo que jamais teria dito se estivesse sóbrio, algo que eu não gostaria de confrontar. — Você disse que o Ben era um idiota por perder o tempo dele com porcos.

— Cristo! — ele tomba para trás até cair deitado no convés novamente. — Sou um filho da puta inútil e você deveria me mandar pra fora do barco agora. Sinto muito, Anna. Reagi mal a uma notícia chata que recebi e foi errado descontar em você. Você me perdoa?

— A gente vai para a Praia dos Porcos.

— Sim, a gente vai.

— Você deveria se lavar — digo, enquanto ele lentamente se põe de pé. — Ficou com essa perna a noite toda.

Keane volta do chuveiro, vestindo uma camiseta verde-oliva e um *short* cáqui. Ele cheira a protetor solar, em vez de uísque.

— Tenho mais uma coisa pra resolver antes de irmos — ele diz, deixando seu *kit* de higiene pessoal e uma perna protética diferente, que tem uma teia de plástico branco. O encaixe dela é azul com uma estampa de pingos de chuva, o que sugere que se trata de algum tipo de perna à prova d'água. — Não deve demorar mais do que quinze ou vinte minutos.

Fiel à sua palavra, ele volta no horário e carrega um motor pequeno no ombro. Um tamanho exato para um bote.

— Vou ter que construir um suporte para ele — ele ergue uma sacola plástica de compras —, mas agora não vamos ter que remar.

Um motor de popa para o bote foi outra coisa que Ben nunca quis comprar. Ele poderia ter comprado um motor novo em folha, mas um de seus passatempos favoritos era procurar pechinchas *on-line*, então, sei muito bem quanto custa um motor de popa.

— Eu não posso... não tenho grana pra isso.

— Conheço um cara — Keane diz. — E esse foi uma barganha, porque não funciona. Ainda.

Tento não sorrir, mas não consigo evitar. Foi um gesto tocante e, apesar de não o conhecer bem, comprar um motor quebrado como um pedido de desculpas parece algo que Keane Sullivan faria.

— Tem certeza de que você consegue consertá-lo?

Ele dá de ombros.

— Uns 82% de certeza.

Uma gargalhada me escapa. Eu provavelmente conseguirei perdoá-lo.

— Obrigada.

— Não, Anna, obrigado você.

— Cala a boca — digo. — Vamos cair fora daqui.

Um pequeno incêndio

Com Nassau às nossas costas, o *Alberg* encontra um sulco de seis nós e voa em direção às Exumas. Voltamos às águas profundas, de azul rico e ondulante, e o barulho das ondas batendo contra o barco é música. Vento e água chegam juntos, como uma canção. Prazer e culpa tecem um emaranhado ao redor do meu coração quando tento conjurar Ben, mas não há nada como isso em nossa história. Nunca terei outra memória com ele.

Escapo para a cabine, tentando impedir que Keane me veja chorar. Estou secando os olhos na minha camiseta quando o ouço me chamar.

— Traga o balde quando vier, tá bom?

Seu tom é calmo, então, não estamos afundando. Não acho que preciso entrar em pânico, mas agarro o balde e volto para cima depressa. Alguma coisa bate na minha cabeça e mergulha de volta para o mar. Meia dúzia de peixes-voadores está espalhada pelo convés, em vários estágios da morte. Alguns pequenos corpos prateados estão imóveis — mortos com o impacto —, enquanto outros suspiram, suas asas finas se abrindo e balançando, como se estivessem tentando decolar.

— Recolha-os — Keane diz, enquanto outro peixe voa para dentro da cabine. — Podemos comê-los no jantar.

Peixes-voadores não são algo novo para mim. Ben e eu os encontramos uma vez, mas ficar com um foi puramente acidental. Ele voou para o nosso lado, pela gaiuta da escotilha, e não conseguimos encontrá-lo até que voltamos para a doca. Não me importo muito com esses kamikazes, então os coloco dentro do balde.

— A faca de filetar está dentro da minha bolsa — Keane diz. — É melhor você limpá-los antes de colocá-los no gelo.

— Eu?

— Por que não? É a oportunidade perfeita pra aprender. Eu te ensino.

O balde oscila na minha mão, enquanto os peixes se mexem lá dentro. Eles são muito menores que a cavalinha e consigo me ver cortando um dedo. Entrego o balde para ele.

— Não vai rolar. Com certeza posso cozinhá-los, mas se você quiser esses peixes para o jantar, precisa limpá-los.

Keane olha para mim. Seus olhos estão escondidos atrás dos óculos de sol, mas o canto da boca se retorce como se quisesse rir. Finalmente, ele abre um sorrisinho e aceita o balde.

— Justo.

Eu assumo o timão.

— Então, Anna — ele diz, fatiando a barriga de um peixe do tamanho de sua mão. Ele é absurdamente eficiente, ainda que gentil. —Você se importa se eu te perguntar quantos anos você tem?

— Vinte e cinco. E você?

— Faço trinta no final do mês. Pra dizer a verdade, no dia 30.

— Minha mãe sempre disse que esses eram os aniversários mágicos. Quando a sua idade é a mesma que a data do seu aniversário — digo. — O meu aconteceu quando fiz cinco anos.

— E foi mágico?

— Bem, ganhei tudo o que queria — explico. — Minha avó me fez um bolo com rosas na cor roxa, ganhei uma boneca princesa com uma tiara que acendia, e meu pai tirou as rodinhas da minha bicicleta. Parecia mágico na época, mas, olhando para trás, minhas expectativas eram as de uma criança de cinco anos.

— Por outro lado, você acreditou por vinte anos que certos aniversários são mágicos — ele diz e um segundo depois: — Eu queria ter vinte e cinco anos de novo.

Há alguma coisa em sua voz que me segura de perguntar por quê. Ele não faz nada para preencher o silêncio desconfortável enquanto termina de limpar os peixes. Mesmo ao voltar depois de ter colocado os peixes no gelo, Keane se senta na cabine, olhando para o horizonte. Vamos seguir esse caminho por quilômetros, pela corrente de Exumas, até parecer que o sol está tocando o horizonte. Se o céu vermelho em Bimini parecia o trabalho de um artista zangado, agora é como se dedos bagunceiros, molhados de tinta roxa, se arrastassem devagar pelo dourado.

— Caramba — Keane finalmente murmura. — E não é que somos um par sombrio? Você sentindo falta do seu Ben e eu todo sentimental por causa da merda que estou lidando. Então, esse céu aparece e acho que deve ser Deus me perguntando como ouso chafurdar na autopiedade quando ele está me dando esse presente.

— Você ainda acredita em Deus?

Ele dá de ombros.

— Claro. Você não?

— Ele não tem me feito muitos favores ultimamente.

— Eu te entendo — Keane diz. — Mas momentos assim me lembram de como a minha vida poderia ter ficado muito pior.

— Pior do que perder a sua perna?

— É — ele diz. — Eu poderia ter sido o cara que fez isso comigo mesmo.

Quero saber o que aconteceu, mas não quero bisbilhotar, e Keane não vai mais fundo no assunto. Em vez disso, ele se levanta.

— Acho que vou fritar aquele peixe. Com fome?

— Eu disse que faria o jantar.

— Estou inquieto.

Ele me deixa no convés, enquanto a noite cai e as estrelas povoam o céu. Panelas tinem e Keane assovia uma canção desconhecida enquanto cozinha. Ben e eu nunca nos sentimos confortáveis usando o forno quando estávamos lá embaixo. A inclinação e a guinada do barco tornavam as condições imprevisíveis demais. Quase sempre trazíamos comida de piquenique para evitar cozinhar. Mas Keane parece não se importar com o vento e as ondas. Depois de mais ou menos uma hora, ele traz uma vela de citronela, o que resta da garrafa de vinho que abri em Bimini e, então, volta com pratos de peixes-voadores assados com batatas e repolho.

Ele assume o leme e dou uma garfada num pedaço de peixe. O exterior é crocante e o interior é suave, não lembra em nada gosto de peixe.

— Isso é melhor do que qualquer coisa que eu poderia ter feito — digo. — Estou me sentindo muito mimada.

— Lembre-se disso com carinho — ele diz —, porque quando estivermos fazendo a passagem de Turcas e Caicos para San Juan, sem terra à vista e a possibilidade de ondas de dois a três metros, você vai estar rezando por algo diferente de sopa instantânea e miojo.

— Sério?

— A coisa pode ficar feia.

— Nossa, nunca conseguiria fazer isso sozinha — digo. — Eu mal consegui ir de Miami para Bimini.

— Mas conseguiu. — Keane toma um gole de vinho direto da garrafa e, depois, me oferece. Colocar minha boca onde a dele encostou parece algo muito pessoal, mas afasto o pensamento. É só vinho. — Aliás, nem eu gostaria de fazer a passagem para San Juan sozinho.

— Você acha que vou conseguir velejar pelo Caribe por minha conta?

— Com certeza — ele diz. — Você vai estar pulando de ilha em ilha de novo, então, você consegue fazer isso depressa, a não ser que pegue um mau tempo. E já que estamos quase no inverno, sempre há essa chance.

— O que devo fazer em caso de mau tempo?

— Se você estiver velejando, continue — ele diz. — Mas se você puder esperar, fique onde está e beba um pouco mais de rum, até que o tempo melhore. Sempre melhora.

Nós acabamos com o peixe e, enquanto lavo a louça, Keane avisa que é hora de tomar o rumo que nos levará à Praia dos Porcos. Está escuro, não vou conseguir visitar a praia até o amanhecer, mas sinto uma excitação fervilhando em mim quando penso que estou para completar um dos objetivos de Ben — e ver os porcos com meus próprios olhos. Vou para o convés e tomamos o atalho.

Com o barco na rota, terminamos a garrafa de vinho, passando-a de um para o outro. Quando alcançamos a ilha, o álcool causa um pequeno incêndio na minha barriga, que está quente e contente. Em Bimini, eu estava bêbada e fora de controle, mas esta noite aproveito a paz.

Não somos o único barco no ancoradouro. Mais de uma dúzia de outros pontuam a baía em forma de lua crescente quando subo até a proa para baixar a âncora. Está tarde, a maior parte dos barcos está com as luzes apagadas e as luzes das âncoras são como estrelas extras.

— Quer sair para nadar um pouco? — Tiro minhas roupas até ficar de biquíni e piso no trilho de popa.

— De um a Bimini, o quão bêbada você está? — Keane pergunta.

Dou risada.

— Uns três.

— Já entro com você.

Mergulho do barco para dentro da água, onde fico boiando, olhando para os cometas que cruzam o céu noturno e tentando não pensar em Ben. Do canto do olho, consigo ver Keane flutuando ao meu lado. Permanecemos assim por um longo tempo, sem falar nada. Nem quando uma lágrima escorre do canto do meu olho para o oceano.

Meus dedos estão enrugados quando voltamos para o barco. Vou para baixo, encho o balde de água potável para Keane limpar a perna e depois visto meu pijama. Já estou na cama quando ele entra na cabine.

— Obrigada por me trazer aqui — digo. — Sei que você não está muito animado com a ideia.

— Estou bem com a ideia — ele diz. — Só espero que atenda às suas expectativas.

❦❦❦

Ben ficava muito empolgado com a história dos porcos. Algumas delas contam que eles foram deixados por marinheiros que desejavam voltar para comê-los. Outras, que os porcos nadaram até lá por causa de um naufrágio. De qualquer forma, eles não eram domesticados e acho que esse era o ponto que mais atraía Ben. Ele foi a Princeton, se formou em administração e foi trabalhar na empresa de logística da família para viver de acordo com as expectativas de seus pais. Eu era uma aberração. A mãe dele *odiava* o fato de ele ter se apaixonado por uma garota que trabalhava num bar como o que eu trabalhava. Eu era muito loura, muito bonita e muito comum para um cara jovem e rico com um futuro brilhante. Às vezes, me pergunto se nosso relacionamento teria sobrevivido às expectativas familiares de Ben. Às vezes, imagino se ele tirou sua vida para ser livre.

Enquanto remo para a praia com meu saco de dois quilos de batata, já tem pessoas na praia. Algumas vieram de lancha pela manhã, ancorando na parte rasa. Outras vieram de bote dos barcos no ancoradouro. Um pequeno barco turístico chegou há uns quinze minutos, com alguns hóspedes de um *resort* em alguma ilha próxima. As pessoas parecem estar se divertindo, tirando *selfies* e filmando os porcos. Talvez Keane esteja errado.

Chego às águas rasas e uma grande porca de pintas marrons coloca uma pata na lateral do bote, rugindo para mim enquanto tenta subir. Receosa e com um pouco de medo, lanço uma batata e ela recua para engoli-la, esmagando a casca e a carne branca crua. Alguns porcos olham para essa nova fonte de comida, chegam perto e me cercam. Não demora muito, esvazio o saco de batatas.

Sem comida, os porcos me abandonam, nadando à procura de outra pessoa para alimentá-los, da forma como Keane predisse. Quero chorar. Não porque ele estava certo. Não porque os porcos não são fofos. Mas porque Ben estava errado. Não há liberdade verdadeira ali. Apenas uma ilusão, construída com frutas podres, nacos de pão e sacos de dois quilos de batatas.

Deixei Keane sentado no convés, batendo no motor para o bote e xingando, colocando e tirando partes num esforço para fazê-lo funcionar. Ainda não estou pronta para voltar, não estou preparada para admitir que ele tinha me avisado. Arrasto o bote até a areia e sigo a linha da maré, recolhendo estrelas-do-mar encalhadas. Jogando ao mar as vivas, ficando com as mortas. Alguém em seu funeral me contou que Ben sempre estará vivo em minhas memórias, mas não é a mesma coisa merda nenhuma.

O sol da manhã percorre seu caminho no céu em direção ao meio-dia e um lagarto de origem desconhecida passa sobre meu pé quando retorno para o bote. Os porcos não me incomodam quando remo de volta para o *Alberg*.

— Está tudo bem, Anna? — Keane me pergunta quando subo na escadinha. O motor de popa foi retirado e me pergunto se ele conseguiu consertá-lo ou se todos aqueles "merdas" foram ditos em vão.

— Não sei.

Ele abre os braços.

— Precisa de um abraço?

Rio e choro quando corro para seus braços. Braços que sabem exatamente o quanto preciso ser abraçada, contra uma camisa quente que cheira a sal e graxa de motor, e conforto.

— Em outro dia eu teria adorado os porcos — conto em seus ombros —, mas hoje... você estava certo.

— Eu não queria estar.

— Podemos ir?

— Claro que sim. — Keane me solta e parte de mim deseja ficar um pouco mais de tempo no abrigo que seus braços me deram. — O que você quiser.

Aumentado

Port Howe, na ponta sul da Ilha Cat, é uma pausa bem-vinda após quase cem desajeitados quilômetros de navegação a motor a partir da Praia dos Porcos. A água é calma, o sol mal se pôs e apenas outro barco está ancorado na baía, um grande navio queche chamado *Chemineau*. O som de *rock'n'roll* das antigas viaja pelas águas, acompanhado de risadas, uma leve fumaça de cigarros e uma voz feminina que canta seus *trá-lá-lás* com Van Morrison.

— Olá! — uma voz poderosa explode ao longe e três pares de braços se erguem, acenando para nós. Em uma das mãos, posso ver o brilho de cinzas queimando. Essa é a primeira vez que somos saudados em uma ancoragem.

Keane grita de volta, com as mãos em torno da boca, enquanto aceno. Nós posicionamos o barco próximo o bastante para parecermos amigáveis, mas não tanto a ponto de correr o risco de colisão.

— Venham! — a voz poderosa nos chama quando nossa âncora está posicionada.

Depois de passar os últimos dias em um estado de melancolia, estou meio de saco cheio de mim mesma. Conhecer gente nova nunca me empolgou, mas estou disposta a sair desse barco. Keane desce para a cabana e vasculha sua mochila.

— Você vem? — ele pergunta, cheirando e descartando uma camiseta cinza.

— Sim.

Ambos estamos bagunçados pelo vento e lambuzados de protetor solar, mas esfrego meu rosto e troco a velha camisa branca de Ben — meu uniforme de navegação não oficial — por um *top* florido vermelho. Fico de pés descalços e espirro um perfume para disfarçar o suor. Keane coloca uma calça *jeans* e fico pensando se ele está tentando esconder a prótese.

— Faz conhecer gente nova ficar menos estranho — ele diz, lendo a minha mente.

— Acho que estou um pouco surpresa. Você não parece incomodado com isso.

— Não me incomodo mesmo, mas não quero que essa seja sempre a primeira coisa que alguém nota em mim. — Ele tira uma garrafa de Guinness da bolsa. — Prefiro que eles notem a minha personalidade charmosa e o meu rosto que é pura tentação.

— Que personalidade charmosa?

— Então você admite que sou pura tentação?

Inclino a cabeça para trás e aperto os olhos.

— Não. Não consigo ver isso.

Keane coloca a mão sobre o peito.

— Assim você parte o meu coração, Anna.

Dou risada.

— Vamos lá, querido, vamos conhecer nossos novos vizinhos.

Juntos, colocamos o bote a postos e eu seguro a cerveja, enquanto Keane nos encaminha até o outro barco. A retranca principal e a retranca da mezena da embarcação estão enfeitadas com lanternas chinesas de papel e a música mudou para Crosby, Stills & Nash. Isso me lembra a coleção de vinis antigos de Ben, trancada em um galpão em Fort Lauderdale junto com as outras coisas que a mãe dele tirou de mim. Ben ia adorar remar para conhecer gente nova num barco enfeitado com lanternas chinesas. Ele diria que o objetivo da viagem seria experimentar um mundo maior. Sinto saudades do meu mundinho que girava em torno dele, mas esta noite me recuso a deixar a tristeza bater à porta.

Keane joga uma corda para um homem enorme, com um pescoço largo e o cabelo da mesma cor do luar. Sua pele é bronzeada, sua face, larga. Tudo nele é grande. E quando ele sorri, tem uma falha entre os dentes da frente. Ele parece muito mais velho que eu e que Keane, e nos dá as boas-vindas a bordo do *Chemineau* com apertos de mão vigorosos e um sotaque estranho quando nos diz que seu nome é Rohan.

— Estes são os meus amigos — ele diz, levando-nos para a cabine principal, onde uma mulher está sentada com o braço envolto no ombro de outro homem, como um gato. Fumaça espirala do cigarro que está entre seus dedos. Ambos têm cabelo escuro, mas a pele dele é clara, enquanto a dela é escura. — James. — Rohan gesticula em direção ao homem. — E Sara.

Keane nos apresenta e mostra a Guinness, como se fosse uma garrafa cara de vinho.

— Um presente modesto, eu sei. Mas trouxe da Irlanda da minha última visita à minha casa, então, vocês podem ter certeza de que é um artigo legítimo.

Rohan nos convida a sentar e depois desaparece na cabine. Keane toma um assento oposto ao de James e Sara. Eu me movo para me sentar ao lado dele, mas Sara dá um tapinha no lugar vazio ao seu lado.

— Anna. — A alça do seu *top* branco escorrega casualmente por seu braço. Seus lábios são vermelhos e o delineado preto em seu olho é perfeito. Ela parece bacana e sofisticada, e me sinto uma jeca suada. Não sei se Keane está olhando para ela, mas ficaria surpresa se ele não estivesse. Ela é tão bonita que eu mal consigo tirar os olhos dela.

— Você mergulha?

Ben havia comprado lições de mergulho para nós dois no último Natal, mas não pegamos os certificados de presente antes de ele morrer.

— Eu já mergulhei de *snorkel*.

— A gente precisa mudar isso — ela diz, como se fôssemos velhas amigas. Seu sotaque é britânico, o que aumenta seu fator *glamour* em um milhão. — É o que fazemos. A gente mergulha.

James — olhos escuros e boca taciturna — explica que eles passaram os últimos seis meses explorando as baías e os recifes das Bahamas. Mergulhando em cavernas, nadando com baleias e pescando lagostas. Como Sara, ele tem sotaque britânico.

— No papel, Rohan opera fretamentos de mergulho em Nassau e nós somos sua tripulação — diz James. — Mas ele só pega alguns trabalhos para nos sustentar com cerveja e *Nitrox*.

Rohan volta com garrafas geladas de cerveja e explico que Keane e eu estamos velejando da Flórida para Porto Rico e que, depois, vou continuar seguindo sozinha pelo Caribe. Quem ouve pensa que sou bem mais experiente do que sou de fato. Deixo Ben fora da história, da mesma forma que Keane esconde sua prótese. Não quero que a primeira reação deles seja de pena.

Enquanto conversamos — e James fuma como uma chaminé —, aprendo que o sotaque de Rohan é de sua terra natal, a África do Sul. James é ex-surfista profissional da Cornualha. E Sara é uma *influencer* britânico-franco-algeriana no Instagram e ganha dinheiro para tirar fotos de si mesma. Assim como Keane, eles já viajaram muito e, quanto mais eles mergulham em suas aventuras, mais provinciana me sinto. Sara fica falando sobre as férias que tirou com amigos para mergulhar em Pulau Perhentian Kecil, uma ilha que eu nunca conseguiria localizar num mapa. James fala sobre o ano que ele passou no Japão dando aulas de inglês. E Keane conta uma história de uma regata que ia de Sidney a Hobart a bordo de um iate de corrida de vinte metros. Eles passam de uma história a outra quando acham pontos em comum e fico com vergonha de somente ter visitado o Grand Canyon.

— Eu sempre quis conhecer o Grand Canyon — Sara diz e estou grata pela gentileza. — Mas essa é a questão da América, não é? É tão grande que fica impossível para os norte-americanos conhecerem o país todo, ainda mais se visitarem outros.

Ben se enturmaria tão melhor do que eu... Sua família era rica o bastante para viajar pelo mundo e ele fez mochilão sozinho pelas Américas Central e do Sul quando estava na faculdade. Ele teria mais aventuras para compartilhar, e eu só tenho as discussões com minha irmã no banco de trás do carro dos nossos pais.

Após algumas cervejas, peço licença para ir ao banheiro. Comparado ao *Alberg*, o *Chemineau* é enorme e, apesar da bagunça de equipamentos de mergulho e roupas espalhadas, é muito bem equipado. A cama V é grande o bastante para alguém do tamanho de Rohan e a cozinha é como uma cozinha de verdade, com micro-ondas e uma combinação de lavadora/secadora. Quando saio do banheiro, Sara está me esperando na porta.

— Então, o Keane... — ela diz. — Ele está com você?

— O quê? — a pergunta me pega desprevenida.

— Estou tentando descobrir se vocês estão num relacionamento.

— Ah, não — digo. — Estamos apenas viajando juntos.

Sara sorri.

— Ele é um prato que eu gostaria de provar.

Na minha cabeça, Keane é o cara que tirou o meu da reta da forma mais literal possível, mas vê-lo sob a ótica de Sara me traz uma visão mais apurada sobre ele. Como assim eu nunca tinha reparado?

— É, acho que... sim.

A risada de Sara é baixa e lenta.

— Você só percebeu agora?

— Não. Quer dizer... talvez?

Suas sobrancelhas perfeitas se curvam.

— Isso muda a sua resposta?

Eu não quero reclamar Keane Sullivan para mim, mas de repente sinto um instinto protetor quando penso na sua perna. Será que Sara vai sentir o mesmo quando ela descobrir? Ou ela vai vê-lo como defeituoso?

— Não, ele não é meu.

De volta ao convés, é como se Keane tivesse aumentado e eu notasse tudo. Como seu sorriso sempre parece estar à beira de uma gargalhada. A expansão dos seus gestos quando ele fala, como se o mundo todo estivesse convidado para sua festa particular. E seus ombros são... perfeitos. Olhar para ele é como olhar para uma lâmpada acesa e, quando fecho meus olhos, ainda consigo ver seu formato.

Sara não volta para seu antigo lugar ao lado de James. Ela se move para mais perto de Keane e isso causa uma tempestade de emoções em mim. Não é ciúme, e sim um sentimento de que é melhor ela merecê-lo. E me sinto ridícula, porque o caso deles não é da minha conta.

Passa da meia-noite quando James apaga seu último cigarro, se levanta da cadeira e acena.

— Pra mim, é isso. Prazer em conhecer vocês.

— Para onde vocês vão em seguida? — Rohan me pergunta. Sara toca o braço de Keane e ri. Ele está contando uma história sobre outra corrida de barcos e o sorriso de Sara, sua atenção total, o fez virar o corpo em direção a ela.

— Estamos indo em direção a Turcas e Caicos — digo. — Rum Cay amanhã, depois Samaná e Mayaguana.

Rohan toma um longo gole de cerveja.

— Amanhã pela manhã vamos para a costa em Port Howe — ele diz. — Quem sabe vocês se juntam a nós e viajamos para Rum Cay no dia seguinte?

— Amei essa ideia — Sara diz, interrompendo Keane. — Anna, a gente poderia ir no seu barco. Deixamos esses garotos para trás.

— O que você acha? — pergunto para Keane, tentado telegrafar minha preocupação que a Ilha Cat não está nos planos de Ben. Mas Keane não capta meus sinais e diz:

— Parece ótimo.

— Então, está marcado — Rohan diz, como se fosse uma proclamação oficial. Ele se levanta e começa a pegar as garrafas verdes vazias que lotam a mesa. Com os braços carregados, ele deseja boa-noite e vai para a cabine. Nos reduzimos a três e um de nós está sobrando.

— Acho que vou voltar para o barco. Se você... — paro, não quero dar a entender que eles vão cair na cama assim que eu sair, mesmo tendo certeza de que é isso o que vai acontecer. — Posso voltar no...

— Imagina, até parece — Keane diz. — Estou pronto para irmos.

Se Sara está desapontada, ela disfarça com boas maneiras, beijando a nós dois no rosto e dizendo o quanto está feliz em nos conhecer.

— Anna, é sério. Nós duas velejando. Pense nisso. E nos chame de manhã, se vocês quiserem ir conosco até a costa.

— Pode deixar.

Keane se curva para ela e sussurra algo que faz seus lábios se mexerem em um lânguido e sensual sorriso, e nós partimos.

— Galera legal — ele diz, enquanto remamos a curta distância entre os barcos. Ele olha para o *Chemineau* e imagino se Sara está parada no convés, se ele está olhando para ela.

— É.

— Está tudo bem?

Aceno que sim com a cabeça, mas a verdade é que não sei. Agora que vi Keane sob uma nova ótica, não consigo vê-lo de outra forma. Ele é um homem — um homem incrivelmente bonito — e estamos juntos num barco pequeno. O pensamento me deixa nervosa de um jeito que não me senti antes.

— Dia longo. Um pouco de cerveja demais. Mas foi legal.
— Você quer ficar mais um dia?
— Não sei.
— O que você quiser, Anna, é o que quero — ele diz. — Mas, para ser sincero, há lugares nessa ilha que você deveria ver, o que inclui uma plantação em ruínas e um belo monastério abandonado.

Apesar de a ilha não estar na rota de Ben, quero ver isso.
— Ok, vamos ficar.

Fantasmas

Keane está de *jeans* novamente quando saímos da escada do barco para o bote inflável de Rohan. Sara se espreme para dar lugar para ele. Eles sorriem um para o outro primeiro, como se o resto de nós não estivesse ali.

— Bom dia! — Rohan berra numa voz muito alta para essa hora da manhã. — Dormiram bem?

Meus sonhos foram com Ben se curvando para sussurrar alguma coisa no ouvido de Sara. Sobre Ben indo embora com ela, me deixando sozinha numa praia cheia de porcos, balançando meus braços, desesperada, e ficando rouca de tanto gritar para ele voltar. Acordei chorando e com a garganta doendo, como se tivesse realmente gritado. Mas, na sua cama, Keane estava dormindo pesado. Subi para o convés e terminei a noite enrolada no meu cobertor, esperando para que meu coração acelerado e meus joelhos tremendo percebessem que tinha sido apenas um sonho.

— Sim — minto. — Obrigada.

É uma viagem curta até a costa e nós colocamos o bote na praia perto da mansão Deveaux. Keane explica que a propriedade foi cedida a Andrew Deveaux para ser usada como fazenda de algodão, um prêmio pelo seu papel na resistência contra os espanhóis em Nassau, nos anos de 1780. A maior parte da casa continua de pé, incluindo algumas vigas grossas do telhado, mas o interior é uma concha oca, coberta de gesso e madeira velha. James sai chutando entre os entulhos, um cigarro aceso na mão, enquanto Rohan usa sua câmera cara para tirar fotos de uma árvore que cresceu atravessando a parede. Todas as janelas viradas para a baía têm uma vista maravilhosa e me inclino na moldura da porta aberta para olhar para a água verde e azulada e para o belo barco azul que me levou até ali.

— Alguns dos habitantes da ilha acreditam que os espíritos daqueles que já viveram em uma casa permanecem nas suas ruínas. — Keane se aproxima de mim. — Eles constroem casas novas ao lado das antigas para não irritar os espíritos. É uma maneira bacana de viver, não acha? Deixar o presente coexistir pacificamente com o passado.

Ele sai pela porta e se encaminha para a praia, onde Sara está deitada numa toalha, tomando sol. Ele se senta ao lado dela e joga um pouquinho de areia na sua barriga chapada, até que ela levanta a cabeça para olhar para ele. Eu me viro para o outro lado e vou em direção à cozinha da casa, onde os tijolos da lareira estão expostos, alguns enegrecidos pelo fogo e outros esverdeados pelo musgo. Se há espíritos aqui, duvido que estejam mais felizes do que quando estavam vivos, com fortunas construídas à custa de seu sacrifício e da ponta de seus dedos sangrando pela colheita do algodão. Sinto-me assombrada, mas acho que trouxe comigo meus próprios fantasmas.

Rohan chega para tirar fotos do que restou da cozinha da casa.

— Adoraria uma bebida — ele passa a mão pelo suor que encharca sua testa. — Tem um bar no *resort* subindo a estrada.

— Oi! — James grita rumo à praia, onde Keane está dando tapinhas em sua canela protética através do tecido da calça *jeans*. Ele deve estar contando para Sara sobre a perna. — Drinques!

Keane ajuda Sara a se levantar e eles andam juntos em nossa direção, seus braços se movendo enquanto ele fala e o sorriso de Sara ainda largo. Talvez ela o mereça, afinal de contas.

— Ela gosta dele mesmo — James diz. Estou prestes a dizer que o sentimento parece mútuo quando ele continua: — Hoje. Amanhã, ela já perdeu o interesse.

Rohan concorda.

— Ela sempre perde.

Keane e Sara nos alcançam, e Rohan — já cansado de estar em terra firme — conta seus planos de passar o resto do dia bebendo rum. James e Sara rapidamente embarcam no novo plano, mas Keane não parece nada entusiasmado e eu não estou a fim de começar a beber rum às dez e meia da manhã.

— Estou a fim de caminhar até o eremitério. — Keane se vira para mim. — Você vem comigo, né, Anna?

— Com certeza.

Andamos por uma "estrada" de conchas quebradas — uma estradinha simples, sem trânsito — até um pequeno *resort*. Não é chique. Apenas uma fileira de quartos pintados de amarelo vibrante, de frente para o mar e com belas árvores floridas. Os três mergulhadores vão direto para o bar, enquanto Keane pede um telefone no balcão para ligar para um serviço de táxi.

Encontramos Sara, James e Rohan no bar, com seus coquetéis, e dizemos a eles que voltaremos em três ou quatro horas. Eles parecem empolgados em saber que têm tanto tempo para beber.

— Não sei como eles conseguem beber tanto — digo, enquanto Keane e eu voltamos à estrada, para esperar nossa carona. — Bom, você sabe o que acontece quando eu bebo demais.

— Você nunca me contou como você chegou àquele ponto.

— Eu estava sozinha em Bimini e tão brava com o Ben que comecei a beber — conto para ele. — E aí, quando um cara tentou me pegar no CJ's, deixei rolar. Voltamos pro quarto dele e já estávamos a ponto de... — a lembrança de Chris pelado ao pé da cama aparece como um *flash* na minha cabeça e meu rosto fica quente de vergonha. — A mulher dele ligou, eu não sabia que ele era casado, e saí fora. É claro que deixei um par de coisas pra trás.

Eu esperava que Keane fosse dar risada, mas ele pareceu enojado e espero que ele não me julgue mal.

— Que bom que eu não fiquei sabendo disso naquela hora. Eu teria socado a porra da cabeça dele.

— Ei! — bato no cotovelo dele com o meu. — Você me trouxe de volta para o meu barco. Foi muito além do que você deveria ter feito.

Ele corre os dedos pelo cabelo, deixando-o em pé nas pontas.

— Decência não devia ser considerado muito além.

— Bom, acho que a sua mãe te criou melhor do que a da maioria.

À menção de sua mãe, ele relaxa e abre um sorrisinho.

— Cuidado, Anna. Costumo me apaixonar por garotas que dizem coisas legais sobre a minha mãe.

— Ah, sério? E por quantas garotas já se apaixonou?

Ele pisca.

— Só uma.

Por um momento rápido, imagino se ele está falando sério, mas flertar parece ser o modo padrão de Keane Sullivan, então, dou risada.

— Será que aquele é o nosso táxi?

Uma *minivan* prateada e solitária, que há muito tempo perdeu seu brilho, vem pela estrada.

— A sorte está ao nosso favor.

Nossa motorista é Eulalia, uma senhora negra que nos pergunta aonde estamos indo. Keane conta que queremos caminhar até o eremitério e pergunta a ela sobre um local para almoçarmos.

— Ah, e a senhora sabe se amanhã tem alguma missa católica?

— No Cristo Redentor, às onze — ela diz. — Sem padre, é apenas uma liturgia.

— É um pouco tarde — ele diz. — E quanto aos batistas ou anglicanos? Quando eles se reúnem?

— Você pode ir a diferentes igrejas? — pergunto. — Trocar de time por um dia?

— Bom, tecnicamente, não, mas confio que o bom Deus fica felizão quando vê que seu pessoal não se importa muito em quais bancos as pessoas estão sentadas.

Eulalia ri até sair lágrimas do canto dos olhos. É ótimo não ter outros carros em nenhuma das direções, porque ela não está prestando muita atenção na estrada.

— Eulalia é um nome lindo — Keane diz, aumentando seu charme, fazendo-a sorrir para ele pelo retrovisor.

— Minha mãe disse que foi uma profecia — ela conta. — Eulalia quer dizer "bendita" e saí da barriga cheia de coisas para dizer.

Keane ri.

— Meu nome também é profético. Minha mãe me deu o nome de São Cristóvão, santo protetor dos viajantes. Saí de casa aos dezessete anos e não parei de me mover desde então.

— Seu nome é Cristóvão? — pergunto, me lembrando do outro Chris, o que adoraria esquecer.

— É, mas ninguém me chama assim com exceção da minha avó e do padre que me batizou — Keane explica. — Eu tinha que ter um nome de santo adequando, mas Keane é o nome de solteira da minha mãe.

Quando chegamos ao assentamento em New Bight, Eulalia e Keane já são amigos e somos convidados para almoçar em sua casa.

— Uma hora no eremitério deve ser tempo o bastante e volto para buscar vocês — ela diz. — Depois do almoço, levo vocês de volta para Port Howe.

Keane se inclina para o banco da frente e dá um beijo na sua bochecha.

— Eulalia, você é um presente. Obrigado.

Enquanto dirige de volta pela estrada, para a base do Monte Alvernia, ela nos conta sobre o padre Jerome, um padre católico, arquiteto e missionário, que veio à ilha ainda jovem para construir igrejas. Ele construiu o eremitério e viveu lá pelo resto de sua vida, descendo o morro apenas para comprar comida e roupa para aqueles que pediam.

A subida de sessenta metros é curta mas íngreme, e árvores que permeiam o caminho rochoso oferecem um pouco de sombra fresca. Aninhados entre os galhos, ao longo do caminho, há pequenos monumentos esculpidos com imagens de Jesus carregando a cruz para a crucificação.

— São chamados de estações da cruz — Keane explica. — Durante a Quaresma, nós, católicos, celebramos as estações com orações, música e meditações sobre o sofrimento do Senhor.

Ele faz silêncio e lentamente fica para trás. A princípio, examino seu rosto em busca de sinais de dor, preocupada com ele. Ele para em cada uma das estações. Quando percebe que o estou observando, abre um sorrisinho e dá de ombros.

— Você pode tirar um garoto da Irlanda...

— Tá tudo bem — digo. — É legal que você tenha algo em que acreditar.

Sigo em frente, deixando-o com sua meditação, e fico sem fôlego quando chego ao cume. Do topo do Monte Alvernia, vejo toda a Ilha Cat — o verde perpétuo das árvores nunca tocadas pelo inverno e a brilhante areia branca. A oeste, a água é turquesa e barcos a motor deixam rastros brancos em seu encalço. A leste, o oceano azul-marinho se estende rumo à América. Para o sul, o

Alberg permanece na baía, cercado por mastros prateados dos veleiros. Nosso pequeno pedaço de água ficou cheio.

Aqui em cima é absolutamente pacífico. Nada de tráfego. Nada de música. Nada de barulho, apenas o farfalhar das árvores e o canto dos pássaros que as habitam. Estou a ponto de dizer a Keane que Ben teria amado esse lugar quando percebo que Ben não o teria amado. Ele teria amado o sotaque lírico de Eulalia e a bebedeira com os mergulhadores. Ele teria amado conversar com Rohan. Ben amava estar em movimento e não perdendo tempo em contemplações silenciosas. Ele teria preenchido o silêncio com palavras. Mesmo sendo falante, Keane Sullivan sabe ficar calado.

— Eu amei esse lugar — digo. — Obrigada por me trazer aqui.

— Quase todas as minhas melhores descobertas foram por acaso — Keane diz. — Às vezes, você tem que largar o mapa e seguir de acordo com seus instintos.

Vasculhamos as edificações, nos apertando em passagens estreitas e espreguiçando no estrado duro de madeira que o padre Jerome usava como cama.

— Eu nunca seria um ascético. — Keane está deitado de costas, suas mãos cruzadas sobre o peito. Ele tem que dobrar os joelhos para caber. — Que eu saiba, uma caneca de Guinness, um edredom fofo e um corpo quente pressionado contra o meu de vez em quando são necessidades humanas básicas. E, para ser franco, cobiço o seu edredom, Anna.

— Sua religião não tem regras sobre cobiçar o edredom do próximo?

Ele se senta, rindo.

— Não seria um pecado se você compartilhasse.

— Ok. Você pode usá-lo toda vez que eu não estiver com ele.

— De acordo.

O táxi prateado de Eulalia está nos esperando no pé do morro e ela nos leva até uma pequena casa de madeira, pintada da cor do céu. O quintal de areia e grama está envolto por uma cerca de piquete branca descascada e um cachorro caramelo dorme num pedaço de sombra ao lado dos degraus da entrada. Somos recebidos na porta por um cheiro de peixe assado e pelo marido de Eulalia, Robert, um homem grande de cabelo grisalho. Ela nos apresenta e nos conduz à mesa de sua cozinha, onde pedaços de pargo frito nadam em tigelas com tomates, cebolas e pedaços de batata.

Os altos e baixos da voz de Eulalia são como música. Ela fala sobre sua ilha, sobre a irmã, que tem uma padaria, e sobre a melhor amiga de sua mãe que subia todos os dias o morro, pois trabalhava com o padre Jerome. Sentar à mesa de Eulalia é como estar envolta no mais gostoso dos abraços. Faz eu sentir saudades de casa por conta de algo que nunca realmente tive com a minha família. Algo que esperava que Ben e eu fôssemos construir juntos.

— Eu não quero ir embora — digo para Eulalia quando estamos subindo novamente em sua *van*. — Você pode me adotar e me deixar viver aqui com você?

Ela ri.

— Acabei de mandar meu filho mais novo para a faculdade, em Toronto. Não quero outros filhos, mas você pode vir me visitar a qualquer hora. Estarei aqui.

A *van* se arrasta de volta pela estrada por onde viemos, em direção a Port Howe, e observo a ilha, que passa pela minha janela. Eulalia nos deixa de volta, com beijos e abraços, como se não tivéssemos acabado de nos conhecer esta manhã. Keane tenta pagar a tarifa do táxi, porém ela o manda embora.

— O Natal está chegando — ela explica, querendo dizer que as famílias em férias compensarão o nosso passeio gratuito. Damos um último abraço nela, como agradecimento.

Confissão

Encontramos os mergulhadores amontoados na praia, bêbados e rindo, após terem sido expulsos do bar do *resort*. Eles estão fechados em seu pequeno universo, mas nos puxam de volta para sua órbita e Rohan nos leva de novo para o *Chemineau*. Sara e Keane olham um para o outro, como adolescentes, e estou cansada, depois da caminhada e de encher a pança com o cozido de peixe da Eulalia. Quero voltar para o *Alberg*, mas parece grosseiro pedir para ir.

— Vou tirar uma soneca — Rohan diz. — Por favor, sintam-se em casa. Telefone via satélite. Wi-Fi. Lavadora. O que vocês precisarem.

— Na verdade, precisava checar o meu *e-mail*.

James me leva para a cabine, para a estação de navegação, e uso o *laptop* deles. Há três *e-mails* da minha mãe — o que não é comum, já que ela raramente usa o computador —, todos perguntando por que não enviei o documento do barco. No terceiro *e-mail*, ela está frenética, preocupada que a mãe de Ben esteja tentando me colocar na prisão pelo grande roubo do barco. Reenvio o *e-mail* original, com o documento escaneado, e envio um *e-mail* para Carla.

> Passei a manhã na Ilha Cat, visitando o monastério de um ermitão e almoçando com o pessoal daqui. Vamos passar por várias ilhas remotas no caminho para Turcas e Caicos, mas devo conseguir escrever mais quando chegarmos a Providenciales. Queria poder dizer que estou melhor, mas o Ben ainda está comigo e estou tentando — tentando de verdade — descobrir como a vida funciona sem ele.

Quando volto para o convés, James está fumando sem parar e lendo um mistério de Henning Mankell, enquanto Sara está contando para Keane uma história sobre uma noite louca em Tenerife, outro lugar que não sei se consigo encontrar em um mapa. Ele olha para ela como se desejasse vê-la nua. Sinto-me completamente deslocada. Queria ter pedido a Rohan para me deixar no barco. Arranco meus tênis, tiro a roupa até ficar de biquíni e arrumo a parte de baixo.

— Vou nadar. Traga as minhas roupas quando você voltar.

Antes que Keane possa responder, mergulho na baía. O *Chemineau* não está tão longe do *Alberg* que eu não possa nadar a distância. A água está fria na minha pele e no momento em que alcanço a escada do barco, sinto-me melhor. Sem Keane por perto, tomo um banho de verdade. Meu cabelo não fica tão limpo desde Nassau e minhas pernas estão lisas. Prendo as toalhas molhadas na corda de salvamento. Tiro uma soneca. Faço uma salada com pepinos e tomates que estão quase apodrecendo. Espano a areia do meu lençol. Vejo o pôr do sol. Mato as horas que ficam mais solitárias quanto mais o tempo passa sem Keane. Apenas seis dias velejando com uma pessoa e ficar sozinha já parece um pouco… estranho.

O barco balança quando Keane finalmente sobe a bordo. Desta vez, ele não cai na cabine do piloto. Ele rasteja em silêncio, tentando não me acordar. Estou levantando a cabeça para dar oi quando sinto o cheiro de álcool, cigarro e o perfume apimentado de Sara. Finjo estar dormindo. Não estou com ciúmes — Keane é livre para fazer o que quiser —, mas de repente me lembro de que não estou viajando com o homem que eu amo. Estou viajando com um estranho.

❋❋❋

Nosso sétimo dia no mar começa quando piso no convés e descubro que o *Chemineau* partiu. Olho para o sul, em direção a Rum Cay, e vejo o grande barco velejando a distância. O sol não está longe do horizonte. Eles devem ter escapulido logo cedo, mas estou até feliz por eles terem ido embora. Coloco o café no fogo e, enquanto ferve, Keane volta lentamente à vida. Ele resmunga ao passar cambaleando por mim, de ressaca e desconfortável depois de usar sua prótese a noite toda. No convés, ele remove a perna e mergulha no mar. Deixo um balde de água fresca esperando por ele.

— Quando o *Chemineau* partiu?

— Deve ter sido antes do amanhecer — digo. — Não são nem oito horas ainda.

Keane suspira, quase como se estivesse aliviado.

— Não estou triste de vê-los longe.

— Hein?

— Uma galera estranha — ele diz, enquanto lava a perna com água fresca. — Eu não imagino o Rohan mergulhando bêbado, mas ele parece passar cem por cento do tempo trocando as pernas. James parece que não faz nada além de fumar, ler e falar de surfe. E Sara... bem, deixa pra lá.

— Quer um pão?

— Seria ótimo, obrigado.

Ele deixa a prótese do lado de fora enquanto come e, de vez em quando, esfrega o joelho esquerdo, o que está intacto.

— Você está bem?

— Com um pouquinho de dor, só isso — ele diz. — Estava pensando se consigo fazer o motor funcionar esta manhã, para me levar até a costa. Dei uma ligada para a Eulalia ontem e ela vai mandar o Robert me buscar para ir à igreja. Ou a gente, se você quiser ir junto.

— Eu vou.

Ele poderia ter usado *short* para ir à igreja e ninguém nessa ilha pequena notaria, mas quando Keane nos leva até a costa, duas horas depois, ele está vestido com roupas de domingo. A calça preta *slim* está um pouco amassada, mas em conjunto com a camisa verde-clara, que destaca o verde de seus olhos, é impossível não reparar no quanto ele é bonito. Eu até tenho receio de olhar para ele, vai que ele me enxerga através dos óculos escuros e lê minha mente. Eu não o desejo. Não. Mas, caramba, ele é de tirar o fôlego.

— Vestido bonito — ele diz sobre o barulho do motor de popa, os olhos escondidos por trás dos óculos estilo aviador.

Estou usando um vestido de amarrar amarelo dourado, com um par de chinelos de couro. Ainda assim, pareço uma rata de praia comparada a Keane.

— Obrigada.

Robert está nos esperando na mansão Deveaux. Está menos falante que a esposa, mas controla melhor o carro pela estrada esburacada. Ele nos deixa na Igreja do Cristo Redentor, uma construção de pedra, pintada de branco, que lembra o eremitério.

— Foi construída pelo padre Jerome — Robert diz quando menciono a semelhança.

O interior também é pintado de branco, com bancos de madeira maciça e janelas que capturam a luz do sol, que reflete sobre nós. A congregação, composta por famílias brancas e negras, é esparsa, e Keane escolhe um lugar próximo ao meio da igreja.

Tento fazer o que todo mundo faz. Eu me sento quando eles se sentam, me levanto quando eles se levantam. Eu até ajoelho quando eles se ajoelham, mas estou meio segundo atrasada e me sinto uma impostora. Minha família só vai à igreja no Natal e na Páscoa, e não estou exatamente nos melhores termos com Deus no momento. Ao meu lado, Keane está solene. Ele sabe as respostas certas e não finge que está cantando. Sua voz é alta e clara.

Eu me distraio durante o sermão do diácono, olhando as nuvens passarem devagar pela janela e pensando em Ben. Sua família é presbiteriana, mas ele se considerava ateu e não acreditava no céu nem no inferno. Enquanto me sento neste belo lugar, com um homem cuja fé é grande o bastante para fazê-lo cruzar uma baía e uma estrada esburacada para estar ali, imagino se Ben estava errado. Se ele fosse crente, Deus o teria salvado?

A ausência de Ben me atinge em cheio e uma lágrima escorre pelo canto do meu olho. Eu a enxugo com a manga do meu vestido. Respiro fundo e Keane se aproxima, entrelaçando seus dedos nos meus. Sua mão parece grande e segura, e ele não me solta até ir receber a comunhão.

Após a missa, o diácono está em pé no fundo da igreja, se despedindo dos paroquianos e cumprimentando os visitantes. Keane espera até sermos os únicos remanescentes e, após nos apresentarmos, ele pergunta se pode falar com o diácono em particular. Eles saem de perto de mim e vejo Keane falar, seus olhos preocupados e as mãos ocupadas. O diácono acena com a cabeça enquanto escuta, depois diz algo enquanto faz uma cruz no ar sobre a testa de Keane, uma bênção.

— Confessando os pecados? — brinco quando Keane se junta a mim.

Ele sorri.

— Duvido que o bom diácono teria tanto tempo assim. Sem falar que, já que ele não é um padre, não seria oficial.

Apesar da forma casual que ele joga a questão no ar, suspeito que ele tenha realmente feito uma confissão, não oficial ou qualquer outra coisa, mas não insisto no assunto. Não é da minha conta.

— Obrigada por... — levanto a palma da mão para indicar a forma como ele a segurou durante a liturgia. — Estava pensando no Ben.

— Imaginei — ele diz, enquanto andamos da igreja até a *van*.

— Às vezes, imagino se algum dia vou parar de pensar nele.

— Não sei por que você faria isso — Keane diz. — Em algum momento, e digo isso por experiência própria, você vai estar construindo uma nova casa sobre as ruínas da antiga. Quando estiver preparada, você vai saber.

De volta ao barco, trocamos nossas roupas para vestes de navegação. Keane puxa o bote para fora da água e o amarra no convés, para a próxima etapa da viagem, enquanto fecho todas as escotilhas e coloco música. Há uma leveza em nossos movimentos e no nosso humor. Deve ser porque Eulalia me deu uma boa dose de lar e Keane transou, mas enquanto saímos da enseada em direção às águas profundas, olhamos um para o outro e sorrimos.

Mais do que você pensa

Tinha sido ideia de Ben ir para Rum Cay. Ele tinha visto vídeos no YouTube de alguns caras fazendo *kitesurf* e pulando de penhascos, e queria fazer aquilo também. E mesmo que jamais admitisse, tinha gostado da ideia de visitar uma ilha com o nome de um mercador de rum das Índias Ocidentais que naufragou ao largo da costa. Foi um dos poucos locais na rota onde ele planejou alugar um chalé para que tivéssemos uma noite romântica fora do barco.

O mar tinha se agitado desde que o *Chemineau* saiu da baía esta manhã. O que parecia uma navegação prazerosa para eles virou uma batalha para nós. O sol do fim da tarde está brilhando, mas estamos sendo golpeados pelo vento e minhas mãos — ainda vestindo um velho par de luvas de navegação de Keane — estão doloridas de lutar com o timão.

— É mesmo necessário que a gente vá lá? — ele está comendo *chili* frio com um garfo, direto de uma lata. — Quer?

Pego o pedaço oferecido de carne com feijão, imaginando se ele acha estranho estarmos dividindo um garfo. E imaginando se ele está evitando dar de cara a com Sara. A ilha não é tão grande.

— Ben queria muito ir lá.

— Ok — Keane diz. — Você tem algum plano em mente?

Eu sempre tive um pouco de pânico de pular de penhascos e não tenho dinheiro para alugar uma prancha de *kitesurf*, então, não sei o que fazer em Rum Cay.

— Na verdade, não.

— Talvez esse seja o local para você armar uma barraca, da forma como queria fazer na Praia dos Porcos — ele sugere. — A Baía dos Flamingos é isolada. Nada de porcos. Nada de gente. Belos corais. Eu até posso ficar no barco, se você quiser ficar sozinha.

Não é exatamente o que Ben faria, mas é uma boa ideia. Adoro acampar.

— Gostei da ideia. Obrigada.

Depois de acabar com o resto do *chili* da lata, Keane assume o leme, e vou para a cabine. Lá de baixo, jogo para ele uma garrafa de água, antes de ir para cama. O sobe e desce do barco nas ondas me faz dormir.

O sol já se pôs quando acordo e o relógio de viagem me diz que o turno de Keane acabou faz tempo.

— Por que você não falou nada? — pergunto quando estou no convés.

— É uma delícia navegar com esse barco.

— Ele tem sido a desculpa perfeita para todas as minhas péssimas escolhas.

Jogo a cabeça para trás e olho para a grande vela em contraste com o céu escuro.

— Não sei o que estou fazendo.

— Se você não estivesse aqui agora, o que estaria fazendo?

— Estaria há dias sem tomar banho. Bebendo cerveja. Existindo — digo. — Quase.

— Em poucos dias, você cruzou o golfo sozinha, esquivou-se de uma noite com um cara casado, comeu peixe-voador e escalou uma montanha. É claro, não foi uma montanha enorme, mas, mesmo assim, se estivesse em casa, quantas montanhas você teria escalado?

— Nenhuma.

— Então talvez esteja sabendo mais do que você pensa.

— Você é como uma Mary Poppins irlandesa e com barba — digo. — Já ficou pessimista em algum momento?

Keane ri, encolhendo os ombros.

— Quase nunca, mas quando fico, costumo ficar bêbado e cair. Como em Nassau.

— O que aconteceu aquela noite?

— Antes do meu acidente, eu era, literalmente, um dos melhores marinheiros do mundo. Agora, sou considerado uma tragédia e uma responsabilidade para os proprietários que, no passado, se estapeavam para ter a mim como tripulante a bordo de seus barcos. — Há um tom amargo em sua voz que não deixo de perceber. — Eles se preocupam que eu vá cair do barco ou me machucar, algo que nunca passou pelas suas cabeças quando eu tinha duas pernas intactas. Toda vez, a percepção deles da minha deficiência ofusca as minhas capacidades. Em Nassau, eu estava sofrendo outra rejeição.

— E por que você continua tentando?

— Eu não quero dar razão a eles — ele diz. — E... não sei mais o que fazer.

— É por isso que você vai para Porto Rico?

— É. Ouvi falar de um cara que conhece um cara que conhece outro cara que disse ter ouvido falar de alguém que está procurando uma tripulação.

Estou a ponto de me lamentar por ele quando lembro que ele odeia isso.

— Caramba, que merda.

Keane sorri.

— Obrigado.

— De nada. — pego o livro de cartas náuticas de Ben e abro em Rum Cay, acendendo a lanterna por nossa rota. Ele queria velejar em Port Nelson, o último assentamento restante na ilha, mas Keane está se dirigindo para a Baía dos Flamingos.

— Estive pensando — ele diz —, sei que seu coração está em Rum Cay, mas não podemos navegar na baía no escuro. Há recifes de corais que tornam o percurso perigoso à noite. A gente pode mudar a rota e velejar em águas abertas até o amanhecer ou velejar até Samaná. Acho que chegaríamos lá no meio da tarde e ganharíamos um dia em nossa linha do tempo.

Fico incomodada em desviar tanto da rota de Ben, mas não quero arriscar danificar o barco e os corais no escuro. A lógica de Keane é certa.

— Samaná é inabitada — Keane diz. — Dá para mergulhar de *snorkel* num recife sem gente em volta, acampar sob as estrelas na sua própria praia, tudo o que você faria em Rum Cay e ainda estaria um pouco mais perto de Turcas e Caicos.

Enquanto Keane ajusta a rota, sinto um pingo de arrependimento por não ver um dos lugares que Ben queria visitar, mas deixo pra lá. Ele me entrega o timão e volta com sanduíches frios e um saco de Doritos.

— Apesar de conseguir, cozinhar em mar revolto não está no topo das coisas favoritas da vida — ele diz. — Quando chegarmos a Samaná, talvez possamos pegar algumas lagostas e ter uma refeição decente.

Pelo resto da noite, nós nos atemos ao nosso turno de quatro horas e, a cada hora que saio da minha vigília, durmo, de modo que, quando chegarmos ao nosso destino, não estarei acabada. Pela manhã, o vento suavizou e o barco desliza facilmente pela água. Keane sobe para o convés, bocejando e coçando a parte de trás da cabeça. Rum Cay desaparece no horizonte no raiar do dia, enquanto Samaná se estende à nossa frente.

— Você está bem? — pergunto. — Você está com a sua perna há um bom tempo.

— Eu a tirei um pouco enquanto estava dormindo — ele diz. — Estou bem, mas mal posso esperar para dar um mergulho.

A ancoragem em Samaná é no extremo sul da ilha e dentro de um recife formidável. Temos que nos aproximar pelo oeste e navegar por um espaço de doze metros de largura, seguindo um caminho crivado de corais pelas águas claras.

— A maré está subindo. — Keane consulta o livro de cartas náuticas. — Se a gente tentar no meio-tempo, vai ter água suficiente abaixo da quilha.

— Dá medo.

— Com certeza. Pronta para levar o barco?

— Eu? Não. Não consigo.

Ele passa a mão pelo cabelo.

— Olha, você é uma boa marinheira em tempo bom, Anna, e você é bem corajosa por ter se aventurado sozinha. Mas não vou estar com você sempre. A única maneira de você aprender é fazendo.

— O que acontece se eu bater no recife?

— A mesma coisa que vai acontecer se eu bater no recife — Keane diz. — É inútil especular o que pode acontecer. O que precisamos agora é não deixar o medo nos controlar. Então, vou para a proa procurar pelas cabeças de corais e te guiar.

Um universo que não está escutando

A ÁGUA QUE ATRAVESSA o caminho é um corte descuidado e cruzado, e eu mantenho o barco a uma velocidade dolorosamente lenta, enquanto navegamos por um campo minado de corais. Não quero fazer isso. Aperto forte o leme para evitar que minha mão trema. Meu coração é como um pássaro selvagem dentro do peito, se debatendo contra as grades das minhas costelas. Meus olhos estão em todos os lugares ao mesmo tempo. Na ecossonda, que indica que a água está com a profundidade de três metros. Nas costas de Keane, de pé na proa. Na escura floresta de corais dos dois lados do barco.

— Estamos quase lá — ele me avisa. — Quase lá.

A imobilidade é cortada pelo suave arranhão subaquático do coral contra a laminação do barco, como galhos de árvore arrastados por uma janela. O barco gagueja e a vibração sobe pelos meus pés, pelo meu corpo.

— Continue — a voz de Keane é calma, mas estou queimando de raiva e de medo. Todos os meus instintos me dizem para parar o barco, para evitar que aconteça de novo. Para evitar o pior.

— Eu te disse que isso ia acontecer — digo, as palavras saindo entredentes. — Eu te disse.

— Calma, Anna — ele diz. — Vai dar tudo certo. Continue.

Meus olhos estão embaçados de lágrimas. Navegamos pelos últimos metros até a água clara de fundo arenoso. A única razão de eu saber que estamos fora dos corais é porque Keane me conta. Ele baixa a âncora e, quando me chama para colocar o motor em marcha a ré, eu o faço. A âncora se prende na areia e ele me acena para parar o motor, e eu também faço isso. Eu me armo, me preparando para berrar com ele, mas antes de ter a chance, ele salta na água por sobre o cabo de segurança a estibordo — com prótese e tudo — para examinar os danos.

— Está bem acima da linha da água — ele me chama, enquanto estou na cabine, fervendo. — Um pouco fundo, mas é só um arranhão. Fácil de consertar.

— Seu *filho da puta*.

— Anna...

— Ben passou um tempão deixando esse barco lindo — digo. — E está arruinado.

— Não está arruinado.

— Você poderia ter levado o barco. Isso não precisava ter acontecido.

— Eu poderia — ele diz —, mas não é o barco do Ben, Anna. É *seu* e você tem que aprender a navegá-lo.

— Contratar você como guia deveria ter sido a coisa sensata a fazer! — grito. — Você não teria batido na merda do recife!

Estava ansiosa por essa ancoragem. Poderia tirar a roupa e esquecer a distância entre a Ilha Cat e Samaná. Imaginei mergulhar com *snorkel* e pescar lagostas para o jantar. Mas a raiva emana de mim como ondas de calor em asfalto quente e quero ficar o mais longe possível de Keane Sullivan, o mais longe que meu mundo limitado vai me permitir. Porém, tenho um barco para consertar.

— Sinto muito pelo arranhão — Keane sobe pela escada. É estranho vê-lo usando a perna e, mesmo não querendo me preocupar com ele, não posso deixar de pensar que água, especialmente água salgada, é ruim para a sua prótese. — E é só um arranhão. Eu não estava errado sobre você precisar confiar em si mesma. Mas posso ter errado em te forçar a fazer isso quando você não estava preparada.

Um pequeno bufo me escapa.

— Pode ter errado?

— Se você não quer aprender, qual é o sentido disso tudo? — ele pergunta. — Por que não arruma as coisas e volta pra casa?

— Não quero voltar pra casa.

Keane olha para mim e esfrega a mão na boca, como se estivesse apagando as palavras que quer dizer.

— Então, seja responsável, Anna. Decida se você quer mesmo aprender a velejar, para que, quando eu te deixar em Porto Rico, você esteja preparada para o Caribe.

Ele vai até a cabine para pegar sua sacola de ferramentas, antes de voltar para o convés.

— Preciso da sua ajuda para consertar o barco. Não posso fazer isso sozinho.

Pego a sacola.

— Eu quero consertar o arranhão. — As palavras saem com petulância.

Lançamos o bote sem o motor e, enquanto remo a estibordo do barco, Keane empurra a retranca a bombordo e pula para se sentar nela. O barco dá um salto e a cicatriz irregular sai da água. Tem quase trinta centímetros de comprimento e dois centímetros de largura. Mais funda em alguns lugares do que em outros, mas a camada de fibra de vidro não está exposta. Não é tão ruim quanto eu esperava, mas olhar para ela dói no meu coração.

103

Seguindo as instruções de Keane, esfrego a lixa no arranhão até a tinta de baixo ser removida. O reparo consiste de um pedaço de massa de modelar que amasso até ficar macia. Pressiono o pedaço no arranhão, usando uma espátula para alisar. Enquanto a mistura seca, assisto a um cardume de peixes cirurgião-patela ziguezagueando sob o bote e minha raiva começa a desvanecer.

Dez minutos depois, há uma grande mancha cinza sobre a tinta azul-marinho. Não é bonito, mas o barco está consertado.

— Você acha que vai segurar? — pergunto para Keane quando voltamos ao convés.

— Deve segurar — ele diz. — Mas se falhar, não teremos risco de afundar.

Minha raiva sumiu, mas um clima pesado de tensão enche o ar à nossa volta. Então, me pergunto se Ben e eu estaríamos brigando se tivéssemos feito essa viagem juntos. Eu já estaria de saco cheio dele? Só que não estou de saco cheio de Keane. Estou irritada. Especialmente porque, como sempre, ele está certo — sobre tudo.

— Vou dar um mergulho com o *snorkel*.

— Eu vou... — Keane para antes de dizer que vai comigo, o que é esperto da parte dele. Quero ficar sozinha. — Divirta-se.

O recife ao redor do barco está em águas rasas e nadar por sua superfície me deixa mais perto da vida marinha do que jamais estive. Estou a um braço de distância de um coral elkhorn e os peixes estão tão próximos que quase consigo agarrá-los. Escondidas nas fendas estão garoupas grandes e conchas-rainha estão espalhadas pelo fundo arenoso.

Keane mergulha na água como uma bola de canhão a vários metros de mim. Primeiro, parece uma massa de bolhas; depois, um nadador experiente — pés de pato presos ao pé intacto e à prótese à prova d'água — indo em direção a uma cavidade perto do fundo do recife, onde uma lagosta espinhosa se esconde. Keane usa uma vara de pesca para forçar a lagosta a sair e uma rede para capturá-la. Ele volta para a superfície antes de retornar ao fundo para pegar outra. São tantas lagostas que ele nem precisa se esforçar. Nado para longe dele e perco a noção do tempo, ouvindo os peixes-papagaios arrancarem algas do coral com seus dentes parecidos com os de humanos, e vendo minha sombra mandar os peixinhos para trás das folhas das algas, onde se escondem até eu passar.

Keane está de banho tomado, seco e lendo um livro à sombra da lona da retranca quando saio da água. As lagostas estão no balde de lavar louça, no chão da cozinha, rastejando no plástico, subindo umas nas outras, em uma campanha malsucedida para escapar. Keane larga o livro.

— Ei... queria me desculpar por forçar você a fazer algo que estava com medo de fazer — ele diz. — Eu passei dos limites e esqueci que sou, tecnicamente, o seu empregado.

Balanço a cabeça.

— Você estava certo. Preciso aprender. Te odiei por alguns minutos, mas agora está tudo bem.

Keane abre um sorrisinho.

— Então não preciso dessas lagostas como uma oferta de paz?

— Ah, não, você ainda precisa delas.

Carregamos tudo no bote — barraca, sacos de dormir, algumas lagostas embrulhadas em papel-alumínio, uma vasilha de maçãs picadas e uvas disfarçadas de salada de frutas, e uma garrafa de vinho *rosé* — e navegamos a motor até a costa, onde acendemos uma fogueira na areia e a cobrimos com madeira. Esperamos até que as lagostas, aninhadas entre os galhos em brasas, fiquem assadas por dentro da carapaça, e observamos o céu se tornar laranja e vermelho, como se também estivesse em chamas. Samaná é uma das ilhas mais a leste das Bahamas, fora de rotas comuns, e estamos totalmente sozinhos.

— A primeira vez que comi lagosta foi com o Ben — removo o papel-alumínio aos pouquinhos para evitar queimar os dedos. — A mãe dele faz todo ano uma festa de 4 de julho, com enormes panelas fumegantes recheadas com lagosta, mariscos e camarão. Para mim, era sempre um prato caro demais que a minha mãe pedia só de vez em quando, nas ocasiões mais especiais, e as pessoas na festa comiam aquilo como se não fosse nada.

Coloco um pedaço de carne na boca. A lagosta está lambuzada de azeite e temperada com pedaços de limão fresco — a melhor que já comi.

— Olha só, venho de um extremo oposto — Keane diz. — Meu tio Colm era um pescador de lagostas, então, no verão, ele nos trazia baldes e mais baldes dos benditos bichos. Eu tinha uns quatro ou cinco anos quando meu pai, no que devia ser nosso terceiro jantar de lagosta da semana, partiu um pedaço da cauda e disse: "O que acham que as pessoas pobres estão fazendo agora?" E eu, que tinha ficado excessivamente entediado com a experiência, murmurei: "Comendo uma maldita lagosta de novo". A mesa inteira explodiu em gargalhadas porque estávamos todos pensando nisso.

Eu rio.

— Ele me deu uma bronca por praguejar, mas ainda é uma piada que contamos toda vez que alguém pergunta alto o que os pobres coitados estão fazendo. Comendo uma maldita lagosta de novo.

— Você tem uma vida tão interessante — digo. — A minha tem sido tão... comum.

— Não sei, não — ele lambe o óleo dos dedos. — Aqui está você, em sua praia particular, comendo um crustáceo que estava quieto na dele sob um recife algumas horas atrás. Acho que a sua vida interessante só está começando em um momento diferente do meu.

— Minha irmã me chamou de egoísta por estar fazendo isso.

— Me lembra um pouco da minha irmã mais velha, a Claire — ele diz. — A visão de mundo dela é um pouco míope, não se estende muito além da Península de Dingle. Ela me ama e tal, mas acha que navegar não é uma profissão adequada e, ao que parece, há uma relação entre o sofrimento e a diversão que eu não estou honrando. Ela vê as minhas escolhas sob sua ótica e chegou à conclusão de que estou vivendo minha vida do jeito errado, em vez de considerar que tenho a minha própria ótica.

Minha respiração se prende no meu peito quando percebo que Keane Sullivan é a pessoa que Ben estava tentando ser. Ele planejou uma aventura que nunca teve a intenção de fazer, imaginou uma vida que nunca teve a intenção de viver. Mas, sim, ele navegou para fora da vida numa maré de comprimidos e tequila. E eu estou fazendo essa viagem com uma pessoa que Ben poderia ter sido. Deveria ter sido.

Está tudo errado.

Um som inconformado sobe pela minha garganta, saindo pelos meus lábios, e me levanto cambaleando.

— Eu... preciso... já volto.

— Anna?

Saio de perto do fogo tão rápido quanto a areia me permite, sem responder a Keane. Sem olhar para trás. Mais perto da beirada da água, a areia é mais dura, firme sob meus pés, e começo a correr. A ilha é pequena, a praia não é infinita, mas corro até minhas pernas queimarem e a fogueira estar distante. Despenco na areia e berro.

Em fúria.

Em agonia.

Pelo homem que perdi.

Pelo homem que ele nunca será.

Berro até minha garganta arder e minha voz se tornar um sopro.

— Eu te odeio! — já disse essas palavras para a memória de Ben antes, mas desta vez não me arrependo. — Vá se foder por ter me deixado! Vá se foder por ter morrido!

Os estágios do luto não são lineares. Eles são aleatórios e imprevisíveis, misturando-se uns aos outros até você começar tudo de novo. Barganhei com um universo que não está me ouvindo. Chorei até cansar. Acreditei que não poderia viver sem Ben Braithwaite. Mas me ajoelhar ali, na areia de uma praia a seiscentos quilômetros de casa, me diz que talvez eu consiga — e isso me apavora.

Um lugar para repousar

Keane está dormindo quando retorno ao acampamento. O fogo é uma pilha de brasas crepitantes e os restos de nosso jantar de lagosta se foram. Estive fora mais tempo do que imaginava. Me arrasto para dentro de uma barraca, que costumava ter o tamanho exato para duas pessoas, mas que agora parece pequena demais.

— Ei — Keane diz com um bocejo. Ele move o braço para abrir espaço para mim ao seu lado. A raiva que quase me queimou se acende, criando um impulso que me faz querer me jogar sobre ele. Beijá-lo. Transar com ele. Usá-lo. Não para suavizar a dor da solidão, mas para ferir a memória de Ben. Só que não havia funcionado em Bimini. E não seria o Ben que teria que lidar com o depois. Keane e eu teríamos que lidar com as feridas.

— Eu estou um puta desastre.

— Não acho nada disso — Keane diz. — Só achei que você precisava de um lugar para repousar.

Então me deito, me esticando ao lado dele, minha cabeça no ombro dele, enquanto ele me abraça. Tem algo sobre Keane Sullivan que me faz querer enterrar a cabeça no peito dele e viver ali, a salvo e aquecida, mas estou com receio de me mexer por medo de ele pensar que quero algo a mais. Fecho os olhos, pensando a distância que um som pode viajar. O quanto Keane tinha ouvido?

— Desculpa por ter saído. Eu...
— Você não me deve nenhuma explicação.
— Você pode me contar alguma coisa?
— Que tipo de coisa?
— Qualquer coisa — digo. — Só fale até eu dormir.

Seu peito balança sob a minha bochecha quando ele ri. Sua camisa é macia e a ponta dos seus dedos está quente no meu braço.

— Isso não vai demorar nada.

Fecho os olhos e ele começa uma história sobre como sua mãe escolheu seu nome de crisma, porque ela não confiava nele para escolher um.

— Pra ser sincero — ele diz —, eu estava muito influenciado pelo *rap* americano naquela época, então, minha sugestão de Tupac não foi bem recebida.

Estou muito cansada para rir, mas abro um sorriso.

— E qual nome ela escolheu?
— Aloysius.
— É bem ruim.
— É — ele concorda. — Acabou com a minha carreira de *rapper* antes mesmo de...
— Keane?
— Oi?
— Obrigada.

Seus lábios pressionam o topo da minha cabeça.

— Vá dormir, Anna.

Meu coração desacelera e foco na batida ritmada do coração de Keane, enquanto tudo em mim se aquieta. Acordo um tempo depois, ainda encostada nele; meu braço em volta do seu torso. Eu deveria soltá-lo, mas não o solto.

— Você está acordado? — sussurro.

— Não.

Dou risada enquanto me sento. Um tom dourado se forma no horizonte e o céu está azul-claro quando abro a barraca para ver o sol nascer.

— Você ao menos dormiu?

Keane se senta ao meu lado, mexendo o braço e os dedos dormentes. Raios de sol brincam no ar ao seu redor.

— Um pouco.

— Por favor, não me diga que eu estava roncando.

— Não — ele diz —, eu só não queria me mexer por medo de te acordar.

— Você ficou acordado a noite toda porque... — Esfrego a mão no rosto, os olhos lacrimejando. — Será que você consegue ser ainda mais legal?

Ele está quieto e quando dou uma olhada com o canto do olho, percebo que ele está debatendo consigo mesmo se diz ou não o que está pensando. Olho para o outro lado. Ele limpa a garganta.

— Na verdade... eu conseguiria.

A barraca se encolhe ainda mais. Três anos com Ben não me fizeram ficar invisível. Reconheço a atração quando a vejo e entendo o que Keane quis dizer. Eu só não sei o que fazer. Já faz dez meses e... Meu coração está por um fio no meu peito e percebo que perdi o rumo.

— Não sei quanto a você — digo, saindo da barraca —, mas adoraria tomar um café... um café da manhã.

— Café da manhã — ele repete. — Certo.

Keane e eu desmontamos a barraca e, enquanto saímos de bote da praia em silêncio, perdemos a sintonia.

III

❋❋❋

Quando é hora de ir embora, Keane solta a âncora e me guia para fora da costa. Ainda tenho medo, mas foco somente no canal à minha frente e confio no som de sua voz, alternando o curso apenas quando ele pede um ajuste de rota. Conseguimos atravessá-lo sem nenhum incidente e o pôr do sol avermelhado da noite anterior se prova verdadeiro — está um belo dia para velejar. Um passeio tranquilo na direção do vento, que nos levará para mais perto de Turcas e Caicos.

— Então, qual é o plano? — Keane pergunta, tomando o primeiro turno no leme. Ainda está cedo, então me sento com ele, o mapa de Ben aberto sobre meus joelhos. A Ilha de San Salvador é conhecida como o primeiro local onde Cristóvão Colombo pôs os pés no Ocidente, mas, de acordo uma nota de Ben, na margem do mapa, Mayaguana pode ter sido o local real de chegada.

— Acho que entendi porque Ben queria ir lá.

Keane não opina.

— Parece bem deserta — digo. — Tipo Samaná.

Keane apenas acena com a cabeça, sua boca comprimida numa linha fina.

— Você claramente tem algo a dizer, então, diga.

— Mayaguana é bem subdesenvolvida — ele diz. — E Cristóvão Colombo? Ele abusou de povos indígenas, trazendo para eles inúmeras doenças letais, e abriu a rota para o tráfico de escravos no Atlântico.

Essa viagem não está sendo como eu esperava. Tudo é diferente.

— Você está dizendo que deveríamos ir direto para Providenciales?

— Não estou dizendo nada. Mas, se estivesse, seria isso o que estaria dizendo.

Largo a carta náutica de lado e rio.

— Ok. Foda-se Cristóvão Colombo. A gente vai para Turcas e Caicos.

— Pegue o leme.

Assumo o timão e ele desaparece na cabine, voltando com a bolsa contendo o balão de navegação, uma vela que Ben e eu nunca usamos. No convés de proa, ele prende o balão à amurada lateral. Enquanto ele se move, fica claro que já fez isso centenas de vezes — talvez milhares —, e me deixa triste saber que pessoas que um dia deram valor a ele agora veem sua prótese como um obstáculo. O balão estala como papel de seda à medida que sobe, balançando ao vento, cintilando em cores primárias brilhantes em meio às velas brancas.

— Agora, vá direto na direção do vento — diz Keane, enrolando a bujarrona e aparando o balão de navegação. A barriga da vela se enche de ar e o barco avança. O rápido se torna ainda mais rápido e parece que estamos voando.

— Não vou pedir para você fazer isso — ele assume o timão e eu me movo para que ele possa se sentar. — A menos que você queira aprender.

— Não sei — a gorda e colorida vela balança ao vento, as bordas ondulam para dentro e para fora. — Eu deveria.

As horas se estendem como em outras travessias que fizemos, longa e lentamenente, apesar de o barco estar atravessando o mar em uma velocidade de sete nós, e preenchemos o tempo da melhor forma. Velejar pode ser romântico. Pode ser excitante. Mas também pode ser extremamente chato. Encontro um baralho e jogamos algumas partidas de War. Quando nos cansamos das cartas, trago as palavras cruzadas e discutimos sobre *banjax* ser ou não uma palavra de verdade.

— Na Irlanda é — Keane diz. — Quer dizer fazer uma bagunça com as coisas, em geral, por incompetência.

— A gente não está na Irlanda.

— Bem, a gente também não está nos Estados Unidos, mas tenho certeza de que se você tivesse feito uma palavra de vinte e dois pontos com uma pontuação tripla, não estaria reclamando.

— Não, estaria me lamentando.

Seus ombros balançam e ele ri tanto que também começo a rir. Quando recupero o ar, digo:

— Tenho uma pergunta.

— Pergunte.

— Você tem uma casa? Tipo, um apartamento em algum lugar do mundo onde você mantém as suas coisas?

— Eu não estava brincando sobre viajar com tudo o que tenho — ele diz. — Acho que o meu endereço permanente é em Tralee, na casa dos meus pais, mas sou um vagabundo. Um *chemineau*, se você preferir.

— É *esse* o significado?

Ele balança a cabeça.

— Eu procurei.

— Você se sente sozinho às vezes?

Keane fica quieto por uns segundos.

— Às vezes, especialmente quando estou em casa, na Irlanda, quando vejo meus irmãos com suas famílias. Fico imaginando se estou perdendo alguma coisa. — Ele ajusta o balão. — Mas companhia por si só é fácil de encontrar, ainda mais para um cara bonitão como eu. — Ele olha para o relógio. — Você ainda tem uma hora antes de o meu turno acabar.

Não tenho nada para fazer, mas sinto que estou sendo dispensada. Vou para a cabine, pego meu edredom do beliche de Keane e me arrasto para a minha cama. Assim que me espreguiço, o vento e as ondas me ajudam a dormir.

❊❊❊

— Anna — a voz de Keane invade meu cérebro adormecido. É hora de acordar, mas não estou pronta. Após uma longa noite velejando, parece que só dormi por alguns minutos. — Anna — sua voz está baixa, mas há uma urgência nela que me faz levantar. — Venha! Tem uma coisa que você precisa ver.

Subo no convés, esperando ver golfinhos ou tartarugas marinhas, mas estamos sendo seguidos por um pequeno cardume de baleias-jubarte. Keane vira o barco contra o vento, fazendo-nos parar, e as baleias emergem a alguns metros do barco. Uma grande cabeça com crosta de cracas surge da água e expele o ar de seu respiradouro, enviando sobre nós um jato de água salgada como uma chuva leve.

— Ah, meu Deus!

A baleia permanece ali, olhando para nós, até que mergulha sob a superfície. Subimos até o convés de proa e nos sentamos na amurada a bombordo, enquanto o barco flutua. Os corpos escuros e ondulantes fazem arcos na água, suas barbatanas atarracadas aparecendo e desaparecendo. A baleia maior se move para mais perto do barco, girando para revelar sua barriga branca e longas barbatanas peitorais.

— Acho que está se exibindo — não sei por que estou sussurrando, mas não há nenhum outro som, exceto o barulho de seus grandes corpos, e o momento parece muito sagrado para ser perturbado.

— Acho que você está certa.

— Isso é... — limpo uma lágrima do rosto com a palma da mão. — Isso é a coisa mais incrível que já vi.

— Tenho um amigo que viveu em Martinica por um tempo. — Gosto do fato de Keane também manter a voz baixa. — Alguns anos atrás, a gente estava na praia depois de surfar quando um cardume de umas quatro jubartes passou. Elas estavam pulando e batendo as nadadeiras e a cauda na água, e foi uma cena espetacular, mas não estavam tão perto assim.

Duas baleias menores pareciam jogar um jogo de quão perto poderiam chegar do barco, nadando logo abaixo de nossos pés dependurados, mas a baleia maior não estava em nenhum lugar. De repente, à distância, a superfície explode e a baleia maior emerge do mar. O corpo gigantesco volta para a água, jogando enormes borrifos para todos os lados. O barco dança nas ondulações, mas nenhum de nós diz nada. Nem sei o que dizer. Nos sentamos em um silêncio reverente. E quando as baleias se vão, deixamos o barco flutuar.

— Eu queria... — paro para não dizer o nome de Ben e sinto um conflito interno sobre isso. Eu ainda gostaria que ele estivesse aqui, mas essa experiência é perfeita sem ele. Ela pertence a nós, a Keane e a mim, e nem se eu quisesse Ben poderia fazer parte disso. — Eu queria que elas tivessem ficado um pouco mais.

— A gente fica aqui um pouco mais — Keane diz. — Vamos ver se elas voltam.

Balanço a cabeça.

— Nada vai fazer ser ainda mais perfeito.

Ele dobra o balão afundado e desenrola a bujarrona, enquanto coloco o barco de volta ao curso para Providenciales. Ainda estamos a cerca de quatro horas da ilha, mas estamos na reta final.

— Vou tirar uma soneca — ele diz. — E, depois, faço o café da manhã, ok?

— Ótimo. E obrigada por não me deixar perder as baleias.

— Vê-las sem você não teria sido tão bom.

A próxima Anna

Providenciales proporciona um porto e chuveiros de verdade. Nos ajuda a dar um tempo na navegação. Terra firme para pernas que praticamente se esqueceram de como andar. Sigo para o escritório da alfândega na marina, para uma nova leva de papelada, e minha conta bancária fica ainda menor enquanto pago a taxa de cruzeiro e ancoragem. Quando volto, Keane iça a bandeira de cortesia de Turcas e Caicos, e nós caímos no sono. Apesar de termos tirado turnos na passagem de Samaná, estamos muito cansados depois de dois dias direto no mar. Keane dorme estirado no convés e comemos sanduíches de presunto para o jantar, porque ninguém está a fim de cozinhar.

Na manhã seguinte, Keane tira a quantidade de areia equivalente a uma pequena praia da cabine, enquanto lavo a roupa. Suas roupas parecem diferentes, cheiram diferente das minhas, mas tento não deixar meu cérebro fazer disso um problema quando lavo nossas roupas juntas.

— Você acabou de chegar a Provo? — A outra pessoa na lavanderia é uma senhora branca, mais velha, o cabelo frisado, ruivo e já ficando grisalho, e sandálias esportivas. Ela me abre um sorriso amigável.

— Ontem. Como sabe?

— A sacola grande com roupas para lavar te entregou — ela diz. — É a primeira coisa que a gente faz quando chega a um novo porto. Sou Corrine.

— Anna.

— Meu marido Gordon e eu estamos no Island Packet lá embaixo. — ela diz. — Se chama *Patience*. — Sempre fico surpresa em ver como pessoas que cruzam os mares convidam outras pessoas para suas vidas particulares, como se ter um barco nos fizesse parte de uma sociedade secreta. Ou talvez dias no mar as deixem famintas por contato humano. De qualquer forma, estou meio que esperando que Corrine me passe a sua senha de *e-mail* a qualquer momento. — Somos de Ontario, Canadá.

— Eu tenho o *Alberg* — digo a ela, o que a faz contar uma história sobre seu marido e seu primeiro barco, um *Alberg*, antes de entrar por uma tangente sobre como eles eram namorados na época de escola, que casaram com outras pessoas e depois se reencontraram, após seus antigos cônjuges terem falecido.

— Nos casamos, aposentamos, compramos o barco e agora estamos a bordo o tempo todo — ela diz, enquanto Keane entra na lavanderia, seu cabelo úmido e espetado, a barba de dois dias já feita.

Ele se oferece para esperar a lavadora, para que eu possa tomar um banho. Eu o apresento a Corrine, que começa seu discurso introdutório novamente. Keane é tão melhor nisso do que eu. Ele não tem apenas maneiras impecáveis, tem um interesse genuíno pelas outras pessoas. Keane gosta de criar laços. Da próxima vez que Corrine conhecer alguém novo, provavelmente terá uma história sobre o irlandês jovem e simpático que ela conheceu em Provo.

Saio dali despercebida e me dirijo ao chuveiro, onde tiro o sal do corpo. Samaná me deixou mais solta. Deixei uma garota naquela praia à meia-noite e, quando limpo o vapor do espelho, vejo uma nova Anna refletida. Pele queimada. Cabelo com mechas quase brancas feitas pelo sol. Estranha e reconhecível ao mesmo tempo. Ela parece mais saudável e, talvez, mais feliz.

Visto uma saia rosa, enfeitada com bolinhas brancas, e um *top* azul-marinho. Passo maquiagem. Tiro metade dela do rosto. Quando volto para a lavanderia, Keane está dobrando as roupas secas e Corrine se foi.

— Ganhou outro membro para o fã clube de Keane Sullivan? — Pego minhas calcinhas da pilha de roupas. Não posso deixá-lo ver os furos, manchas de menstruação e fios pendurados.

Ele ri.

— Fomos convidados para jantar amanhã.

— Claro.

— Você está muito bonita — ele solta o elogio no ar, olhos fixos na camisa que está dobrando, mas sua nuca fica vermelha. Meu rosto fica quente. A coisa toda parece uma cena de um baile do colegial. A sinceridade dele é muito mais potente que seu charme usual.

— Obrigada.

Ele limpa a garganta.

— Vamos precisar chamar um táxi para chegar à cidade. Eu faço a ligação.

Nosso porto está na costa sul rochosa, bem diferente das praias do norte que se estendem como um largo e dourado convite de boas-vindas ao Atlântico. Os *resorts* e as vilas são luxuosos. Lugares onde as celebridades são flagradas se divertindo no oceano.

Keane e eu não estamos a caminho de um lugar tão chique. Nada de piscinas infinitas ou varandas privativas para nós. Nosso destino é o mercado, a fim de estocar comidas fáceis de preparar para a grande travessia, se o tempo estiver ruim. Miojo e comida enlatada. Frios e atum. Queijos e bolachas.

No caminho de volta para a marina, o táxi fica preso num engarrafamento quando passamos por uma lojinha com alguns jipes para alugar. Keane abre a porta de repente.

— Vou alugar um jipe.

Antes que eu possa dizer qualquer coisa, ele sai do táxi e o trânsito avança, deixando-o para trás. Estou descarregando as compras do porta-malas quando Keane aparece em um jipe amarelo brilhante e sem capota. Ele paga o taxista e me entrega as chaves do jipe.

— Quer dar uma volta?

— Claro.

— Eu estava pensando em envernizar a teca, então, se você quiser explorar um pouco a ilha por conta própria... — Ele para, coçando o topo da cabeça e parecendo um pouco sem jeito.

— Isso é um eufemismo para masturbação?

Keane ri.

— Podia ser, mas não. O que estou querendo dizer é que você não precisa se sentir na obrigação de sair comigo se tiver vontade de fazer outra coisa. A teca nos bancos da cabine está mesmo precisando de uma camada de verniz, e eu não ligo de fazer isso.

— Então, acho que vou aceitar a sua oferta.

Descarregamos as compras, coloco meu RG e algum dinheiro no bolso da minha saia e prendo o cabelo num rabo de cavalo. Keane me entrega um cartão de visitas com seu número de celular.

— No caso de você precisar de dinheiro para a fiança.

Como nunca dirigi do lado esquerdo da estrada, passo os primeiros quilômetros sentindo como se eu estivesse em rota de colisão com alguma coisa. Quando atinjo uma rotatória, fico muito tempo esperando, com medo de entrar. O carro atrás de mim buzina impaciente, depois me ultrapassa. Logo consigo acalmar os nervos e pego a saída que me leva à estrada principal. Dirijo até chegar a uma estrada menor, paralela à costa Atlântica — uma versão mais rústica da estrada A1A, na Flórida —, e paro quando chego a um restaurante de frente para o mar chamado Da Conch Shack.

Na praia, um casal de habitantes da ilha abre ostras e o cheiro de peixe frito paira o ar. O lugar está lotado, por dentro e por fora, e há uma jarra ou duas de ponche de rum em quase todas as mesas de piquenique do lado de fora.

Escolho um lugar desocupado na extremidade do pequeno balcão e peço uma cerveja para um *bartender* chamado Leon, me sentindo um pouco culpada, pois Keane adoraria esse lugar. Me sinto pior ainda quando percebo que a primeira pessoa que me veio à mente não foi Ben. Keane tem sido minha companhia constante pelas duas últimas semanas e parece estranho estar em algum lugar sem ele.

Enquanto observo o ambiente, a mulher sentada ao meu lado mexe a mão esquerda para admirar sua aliança. Ela tem mais ou menos a minha idade. Uma recém-casada. Meu polegar, em reflexo, se estica para ajustar meu anel, mas ele não está lá.

Meu anel de noivado era uma herança de família e Ben o deu para mim numa terça à noite qualquer, enquanto eu estava assistindo à TV.

— Bom, tem uma ilhazinha isolada em Trinidad chamada Scotland Bay — ele disse, sentado no outro canto do sofá. Ele tinha quase terminado de mapear a rota pelo Caribe e estava trabalhando na última carta náutica. — E estava pensando se a gente consegue velejar por todo o Caribe sem você querer me matar... Talvez a gente pudesse se casar nessa praia.

Fingi que ele estava me interrompendo, mesmo amando a ideia de me casar com ele numa praia isolada de uma ilha tropical.

— É, acho que sim.

— Ei! — Ele arrancou o controle remoto da minha mão e, no lugar, colocou uma caixinha de veludo azul. Era antiga e o veludo estava gasto nas bordas. — Estou tentando te pedir em casamento.

Em nosso primeiro encontro, aquele no farol, ele colocou um cobertor na areia. Enquanto estávamos deitados no chão, olhando para as estrelas, ele me perguntou se me casaria com ele. Eu ri porque o conhecia fazia apenas três dias, mas disse que sim.

— Você já me pediu em casamento — eu o lembrei. — E já aceitei.

— É, mas agora estou falando sério.

— Você está me dizendo que não era sério daquela vez? — Eu o cutuquei com o cotovelo e abri a caixa que continha um anel de safira com um halo de pequenos diamantes e águas-marinhas. Perdi o fôlego enquanto dizia um suave "ah". Jamais tinha imaginado o anel de noivado perfeito, mas ali estava ele.

Ben tirou o anel da caixa. Colocou-o no meu dedo. Antes de me beijar, ele disse:

— Eu estava falando sério daquela vez. Agora. Para sempre.

Olho para meu dedo vazio. Os pais de Ben levaram o anel após a sua morte. Fazia parte da família Braithwaite, o advogado deles me contou, e não havia nada no testamento de Ben que dizia o contrário. Tudo o que resta agora é uma marca no meu dedo, onde o anel costumava ficar.

Foda-se. Não vou me sentar aqui e me sentir péssima. E depois de dez meses me isolando dos meus amigos bem-intencionados e da minha família, já estou cansada de ficar sozinha. Chamo o *bartender*.

— Ei, Leon — digo —, preciso de algo divertido para fazer esta tarde. Algo fora do lugar comum. Algo aventureiro.

— Conheço o lugar perfeito! — ele apanha um guardanapo de papel e vai explicando enquanto desenha um mapa. — É chamado de Osprey Rock e é bem remoto, então, você precisa tomar cuidado. Você está de carro?

— Sim, um jipe.

— Bom. A estrada é bastante difícil — ele diz. — Lá, você vai encontrar uma enseada que os piratas usavam como refúgio e que você pode explorar e, se tiver com coragem, pode pular de um penhasco em Split Rock, mas não recomendo fazer isso sozinha.

— Isso é perfeito. Obrigada.

A caminho do jipe, mando uma mensagem para Keane.

> Você vai precisar de: toalhas, calção de banho, perna para nadar, comida para o almoço, bebidas. Chego aí em uns 15 minutos.

Já sou sua

— Anna, você tem que me falar aonde estamos indo — Keane diz, enquanto as instruções de Leon nos levam por quilômetros de estrada de terra acidentada, passando por desertos salinos e por uma vegetação rasteira que faz parecer que estamos completamente perdidos. — E se for um lugar perigoso para um homem com deficiência como eu? É irresponsável da sua parte não me contar.

Ele está tentando arrancar o segredo de mim desde que voltei até a marina e disse a ele que iríamos a um lugar bacana. Dou risada.

— Você vai sobreviver. Confia em mim.

Depois de uns oito ou nove quilômetros, quando parece que estamos o mais longe da civilização que poderíamos estar, alcançamos um estacionamento empoeirado ao lado de uma pequena praia. Dou uma olhada para Keane, que abre um sorrisinho.

— Ah, isso é bom!

— Fica melhor.

Trancamos nossos itens de valor no porta-luvas e seguimos pela curva da praia, em direção ao caminho do penhasco, marcado no mapa de guardanapo feito por Leon. Enquanto caminhamos, percebo um cachorrinho branco e marrom sentado na areia. Não há mais ninguém na praia — nenhuma alma por quilômetros — e fico pensando se o cachorro está perdido. Ele se levanta, o rabinho balançando, enquanto passamos, mas ele não tenta nos seguir.

Escalamos um caminho alinhado com cactos e outras folhagens espinhosas varridas pelo vento, que teimam em surgir das rachaduras nas pedras, até que chegamos a uma série de grandes buracos no chão, um dos quais tem uma escada de madeira que desce pelo penhasco.

— Então, de acordo com o meu *bartender*, os piratas usavam essa gruta como um esconderijo — digo ao mesmo tempo que Keane diz:

— Anna, olha isso.

Ele está apontando para um pedaço de rocha esculpida com os dizeres: *Navio St. Louis. Queimado no mar em 1842.* O *N* de "navio" está gasto pela ação do tempo. Há outras rochas com nomes e datas de pessoas e de navios, algumas com inscrições dos anos de 1700. A maior parte das palavras está tão gasta que mal se consegue ler.

— Será que o *Saint Louis* foi capturado por piratas a caminho de seu destino e trazido para cá? — pergunto.

— É possível — Keane diz. — Vai ver que assim que eles tiravam a carga, já colocavam fogo nos navios. Ou ele pode ter sido tirado de sua rota por uma tempestade e um raio o atingiu. Mas essas gravações... parecem grafite. Ou inscrições de piratas se gabando de seus feitos. É demais!

Descemos pela escada para dentro da caverna. O sol está alto no céu, enchendo o espaço de luz. A boca da caverna tem vista para uma pequena enseada protegida. Nos séculos XVIII e XIX, a caverna devia se misturar com a costa pedregosa, deixando o local praticamente invisível. Coloco um cobertor no chão, onde comemos sanduíches e tomamos cerveja. Tiro dúzias de fotos com meu celular antes de pegar um pedaço de pau no chão e segurá-lo contra o pescoço de Keane, como se fosse uma espada.

— Entregue os seus tesouros ou corto a sua garganta.

Ele coloca a mão nos bolsos da bermuda e pega uma moeda de um centavo, com uma harpa desenhada de um lado e um pássaro celta do outro.

— Uma moeda irlandesa do ano que nasci — ele diz, colocando-a na palma da minha mão. — Ela viajou o mundo comigo.

— É melhor você ficar com ela — entrego de volta a moeda. — Pode trazer boa sorte.

— Você seria uma péssima pirata — Keane diz, mas coloca a moeda de volta no bolso e sorri, como se estivesse feliz por tê-la de volta. — Esse lugar é fantástico.

— Fica melhor.

— Você já disse isso.

— Eu sei! — Eu o cutuco levemente nas escápulas com o pedaço de pau. — Mas vamos subir a escada de volta!

Deixando nossas coisas na caverna, subimos de volta para o topo do penhasco e seguimos o caminho arenoso até a ponta. Separada do penhasco está uma coluna de rocha com um ninho de águia-pesqueira no topo. Paramos na ponta do penhasco. A queda é de uns cinco metros, terminando na cristalina água azul-turquesa. À distância, um barco segue para Porto Rico — ou talvez para a República Dominicana —, e o sorriso de Keane é luminoso.

— Isso me lembra da casa do meu amigo na Martinica.

— Quer pular?

Eu não imaginava que o sorriso dele poderia ficar ainda maior, mas fica.

— Tem certeza?

— Não, mas... sim.

Ele ri.

— No três?

— Um... dois... três...

O vento passa correndo por mim enquanto caio, meu corpo rígido como um pino de boliche. No que diz respeito a saltos, este não é tão ousado, mas a distância entre o penhasco e a água parece uma eternidade. Meus pés mergulham primeiro no oceano e a força do impacto faz meu biquíni se enfiar na minha bunda. Corto a água tão fundo que meus dedos encostam no chão arenoso e sinto a pressão do fundo comprimir a minha cabeça. Impulsiono meu corpo para cima, em busca de um pouco de luz do sol. Keane está ao meu lado quando volto à superfície.

— Como foi?

— Terrível e incrível.

Ele concorda com a cabeça.

— Obrigado por me trazer aqui, Anna.

— Eu que agradeço por ter vindo comigo — digo. — Aqui... e nesta viagem. Talvez tivesse conseguido sozinha, mas é melhor com companhia.

Nadamos até atingir a gruta dos piratas, onde nos deitamos com as costas na areia, vendo as nuvens fofas passarem no céu. O sol está quente na minha pele e não consigo me lembrar da última vez em que estive tão contente.

— Posso te perguntar uma coisa?

— Qualquer coisa — Keane diz.

— O que... o que aconteceu com a sua perna?

— Eu estava em São Bartolomeu para a regata de Ano-Novo — ele diz. — Era uma corrida de velocidade ao redor da ilha, só por diversão. Nada sério. A gente terminou em primeiro e o dono do bar levou a tripulação para tomar uns drinques. Fora do bar, percebi que já passava da meia-noite na Irlanda, então, dei uma pausa para ligar pra casa e falar com a minha família. Eu estava de pé na estrada, entre dois carros estacionados, quando uma Mercedes virou a esquina e bateu no primeiro carro, me comprimindo entre os dois veículos. Quebrou minha perna esquerda. Estraçalhou a direita.

— Ah, que terrível!

— Acordei num hospital em Miami, onde os médicos me disseram que tiveram que amputar a minha perna direita — Keane continua. — Mas a última coisa de que me lembrava era de falar ao telefone com a minha mãe e estava preocupado demais com ela para entender o que os médicos estavam dizendo.

A história dele me traz a lembrança de chegar em casa do trabalho e encontrar o corpo de Ben no chão da cozinha. Não havia sido a tequila e os comprimidos que o mataram. Ele sufocou no próprio vômito. Quando o vi, desmaiei e, quando voltei a mim, estava convencida de que tinha acordado de um pesadelo e muito aliviada que Ben não estava realmente morto, até vê-lo de novo.

— Anna, você está bem?

Lágrimas estão correndo pela minha face e coriza escorre do meu nariz. Limpo meu rosto com a mão, rindo um pouco.

— É claro que você estaria mais preocupado com a sua mãe do que com a sua perna.

— Ela ouviu tudo enquanto acontecia.

— Você não precisa explicar — digo, rolando de lado para olhar para ele. — Eu sei o tipo de homem que você é.

Quando ele olha para mim, estamos tão perto que eu só teria que me inclinar um pouco para beijá-lo. Seus olhos estão escuros e impenetráveis, e ele passa a língua pelo lábio inferior. Eu me inclino e posso ouvir o sangue correr dentro da minha cabeça. Eu consigo ouvir as batidas do meu coração.

— Anna — ele levanta a mão e toca minha bochecha, a ponta do polegar nos meus lábios. — Espera.

Eu pisco, confusa.

— Você não...

— Ah, sim, eu quero — ele diz. — Você não tem ideia. Mas antes de seguir por esse caminho, você precisa ter certeza do que quer. Se qualquer um servir, você vai ter que encontrar outra pessoa.

Sua mão repousa com suavidade no meu rosto, e é um milagre que ela não tenha pegado fogo pela vergonha pulsando nas minhas veias. Eu me retraio e me levanto.

— Sua dor ainda está muito latente — Keane diz. — Quero dizer, há apenas quatro dias, em Samaná, você estava chorando pelo Ben. E ainda agora não sei se você estava chorando por mim ou por ele. Você não pode achar que eu vou te ajudar a dar o troco num fantasma. Não posso fazer isso.

Me sentindo uma completa imbecil, volto pelas pedras para dentro da caverna. Estou colocando minha saia quando ouço um latido agudo vindo de cima. E um segundo. Olho para cima e vejo o cachorro descendo pelo buraco. Ele late de novo, desta vez, com mais urgência.

— Você quer descer aqui? — Escalo a escada. Apesar de não estar usando coleira, vejo que é uma fêmea. Seus olhos castanhos são brilhantes e ela me deixa carregá-la até a caverna. Me sento de pernas cruzadas no chão e ela sobe no meu colo, relaxada como se eu fosse seu travesseiro.

— Anna... — Keane entra na caverna, mas para abruptamente quando vê o cão. — Ela é adorável — ele diz, agachado para coçar atrás das orelhas dela. — Ela parece um Terrier, mas com essas perninhas atarracadas, deve ser misturada com Corgi. Acho que ela é uma vira-lata.

— Uma o quê?

— Há muitos animais perdidos nas ilhas — ele diz. — E muitos deles conseguem comer graças aos habitantes locais, que os alimentam com as sobras que vão para latas de lixo.

— Vira-lata. Fofo.

— É, mas há um problema de controle populacional.

— Esse lugar é bem remoto para um cachorro estar vagando — digo. — Você acha que devemos levá-la de volta para a cidade com a gente? Talvez para alguma organização de resgate ou abrigo?

— No mínimo, ela terá mais oportunidades para comer.

Coloco meu *top*, depois carrego a cadela para o jipe. Keane segue atrás de mim, com as sobras do nosso piquenique. Eu não deveria ter tentado beijá-lo. Passei do limite. Mas ainda estou envergonhada demais para fingir que nada aconteceu.

※※※

A equipe de resgate de vira-latas faz uma festa com a cachorrinha, acariciando sua cabeça e tentando adivinhar a sua raça, mas não está nada empolgada com a possibilidade de ficar com ela.

— Já temos tantos — diz uma mulher com cabelo preto cacheado e cara de quem está esgotada. Ela se apresenta como Dra. Suzette Brown. — Vocês têm certeza de que não querem ficar com ela? Podemos colocá-la no sistema, aplicar as vacinas e castrá-la, e vocês podem adotá-la em seguida. A gente consegue até cobrir a taxa de adoção.

— A gente está num barco — digo.

Ela balança as mãos, sem dar importância.

— Muitas pessoas têm cachorros em barcos.

— A gente vai partir para as Antilhas em um ou dois dias — Keane diz. — Pode ser uma travessia difícil.

— A cachorra vai precisar ficar quieta após a cirurgia — Suzette diz. — Ficar dentro de uma cabine pode ser uma boa forma de ela se recuperar.

— Mas a gente não... — fico apontando o dedo de mim para Keane, lutando para encontrar um modo de explicar para a veterinária que nós, definitivamente, não somos um casal, e vejo que Keane já saiu dali e está olhando coleiras e brinquedinhos.

— O que vocês ainda não disseram — Suzette diz — é que não a querem.

O corpinho da cadela está aconchegado em meu peito, na altura de meu coração. Posso imaginar uma vida na qual chego em casa e encontro esta cachorra me esperando. Até agora, não conseguia imaginar a minha vida futura de nenhuma maneira.

Ela dá uma pequena lambida no canto da minha boca, como se dissesse *já sou sua*. Pressiono meu rosto nos pelinhos no topo de sua cabeça.

— Eu a quero.

— Você não vai se arrepender. — Suzette pega a cachorra dos meus braços. — Os vira-latas são os melhores cachorros.

Combino tudo para poder pegar a cachorra — *minha cachorra* — amanhã e Suzette oferece para que um dos voluntários baixe e preencha os formulários para todas as ilhas do Caribe.

— Vou cuidar do serviço médico eu mesma.

— Você faria mesmo isso?

Suzette dá de ombros.

— Cuidar de um cachorro toma tempo e dinheiro, ainda mais se eles não são adotados logo em seguida. Uma hora ou duas de papelada custa muito menos do que um mês ou mais de lar temporário.

— Vamos precisar de um cabo de segurança para que ela possa andar tranquilamente pelo convés — Keane volta, seus braços lotados com uma guia e uma coleira verdes, um saco de ração, um pacote de petiscos e uma sacola de bolas de tênis. — E não seria má ideia que ela tivesse seu próprio colete salva-vidas.

— Talvez a gente possa começar dando um nome pra ela.

— Pode ser que eu tenha me deixado levar pela situação porque sempre quis um cachorro — ele diz. — Ou ter proximidade com um cachorro, já que ela é a sua cachorra.

— A gente a encontrou juntos. Ela pode ser a sua cachorra também.

— Perfeito — ele diz, abrindo sua carteira para pagar pelos acessórios. — E estava pensando que já que a encontramos num covil de piratas, ela deveria ter um nome pirata. Acho que a gente podia chamá-la de Gráinne — ele pronuncia *grawn-yeh* — em homenagem a Gráinne O'Mailley, a rainha pirata irlandesa de Connacht, que você deve conhecer como Grace O'Malley. Mas esse nome é um pouco pesado, então, a gente deveria chamá-la de Queenie.

— Você deveria ter sugerido apenas Queenie.

— Mas o que você acha desse nome? — ele pergunta, e saímos do prédio em direção ao jipe. Eu já detesto ter que deixar minha cachorra para trás.

— Adorei.

Enquanto dirigimos de volta para a marina, Keane e eu conversamos apenas sobre a cachorra. Me sinto ridícula por ter me jogado para cima dele e, quando chegamos ao barco, me recolho na cabine e me escondo na cama. O barco balança, Keane sai para lavar a perna e a prótese, estou sozinha para reprisar a rejeição dele num *looping* eterno na minha cabeça. Por que tentei beijá-lo? O que teria acontecido se ele tivesse deixado? Olho para cima, através da escotilha aberta, até que ele volta.

— Me desculpe se te deixei envergonhada — ele diz calmo, se espremendo pela porta estreita e subindo na cama. Finjo que estou dormindo. — A proximidade e passar o tempo todo com alguém pode... bem, pode trazer ideias diferentes.

Ele continua, então sei que ele sabe que estou fingindo.

— Um dia o universo vai se alinhar — Keane diz. — E você não vai estar pensando no Ben, e o próximo cara, quem quer que ele seja, vai ser um sortudo filho da puta.

O chão range, enquanto ele se afasta, e ouço os sons familiares de ele removendo a prótese e se deitando na cama. Ele suspira suavemente.

— Boa noite, Anna.

Meus pensamentos estão num turbilhão. Ele está certo? A proximidade seria a culpada? Estou sofrendo de um tipo de Síndrome de Estocolmo reversa? Qualquer outra explicação seria trair a memória de Ben e seria injusta com Keane. Mas não consigo reprimir o medo silencioso de que tentar beijá-lo não tenha sido um erro.

A chuva cai

A CHUVA CAI. COMEMOS *pizza* de camarão caseira com Corrine e Gordon, a bordo do *Patience*. Começamos a ouvir barulhos suaves no convés e ela se intensifica num tamborilar constante. Saímos da cabine coberta e vamos para a cozinha. O labrador preto de Gordon se esconde dos trovões na cabine de popa. Queenie — com um travesseiro inflável ao redor do pescoço para impedi-la de lamber os pontos da cirurgia — olha para mim, confusa. Ontem, ela estava andando por aí livre e, agora, foi trazida para o nosso pequeno e esquisito time. Fico pensando se fizemos a coisa certa, tirando-a do único lar que ela conheceu, mas estou confortada com o calor do corpo dela quando está perto de mim.

Quatro dias depois, a chuva ainda está caindo — às vezes, como uma bruma leve que permanece no ar; outras vezes, tão pesada que parece que o mundo não é feito de nada a não ser de água. A ideia de terra seca parece uma memória distante. Passamos a maior parte do tempo tentando nos manter secos, tentando manter o tédio longe. Keane lê muitos capítulos de *Moby Dick* antes de declarar a obra "uma grande merda". Treino Queenie a fazer xixi num tapetinho no canto da cabine. Mando *e-mails* para minha mãe e para Carla, assegurando as duas de que estou bem. Não conto que agora tenho um cachorro, pois como conseguiria explicar algo que nem eu mesma consigo entender?

    Às vezes, é como se eu estivesse tentando pintar uma nova vida e me sinto culpada por Ben não ser uma das novas cores. Outras vezes, sinto tanta falta dele que tenho vontade de empacotar minhas coisas e pegar o primeiro voo para casa, como se ele estivesse em Fort Lauderdale, à minha espera. Como se fugir da sua ausência não fosse a principal razão pela qual estou aqui, hoje.

❋❋❋

    — Temos que tomar uma decisão — Keane diz, enquanto estamos sentados na cozinha, comendo ovos mexidos com as sobras de lagosta de nosso segundo jantar com Corrine e Gordon. Hoje nossa permissão para cruzar para Turcas e Caicos vence. Se ficarmos aqui por mais tempo, esperando pelo tempo perfeito, teremos que pagar um adicional de trezentos dólares. Mesmo com a chuva, estou confortável, até com um pouco de preguiça. Tenho medo da travessia. Mas acho que não posso pagar esse valor.

    — É capaz de este ser o último dia de mau tempo — Keane diz. — Uma vez que essa chuva passe, a gente vai ter tempo bom pelo resto da viagem. Talvez devêssemos esperar.

    — Mas você precisa chegar a Porto Rico — digo. — Isso está te atrasando.

    — Estou exatamente onde quero estar, Anna.

    Meu rosto fica quente, mas não quero me dar ao luxo de ficar pensando no que isso significa. Não quando temos que decidir o que fazer. Não quando, na verdade, já sei. Ele estava certo sobre a intimidade que vem quando você mora com alguém em um barco. Nos últimos dezoito dias, aprendi que ele vai ao banheiro às quatro da manhã, especialmente se bebeu demais. Ele come muito rápido porque aprendeu assim, a bordo de barcos de corrida. E ele dorme mais pesado de costas. Estamos ligados no humor um do outro. Dividimos refeições, tarefas e, agora, um cão. Às vezes, o pego olhando para mim, com os sentimentos à mostra em seu rosto. Não entendo como ele poderia querer uma garota cheia de problemas como eu. E nesses momentos, quando seus desejos clamam pelos meus, os pensamentos sobre Ben sempre me interrompem, me lembrando do que perdi.

— Se partirmos agora, a travessia vai ser brutal — Keane continua. — Na melhor das circunstâncias, esse é o tipo de viagem que pode esgotar até a sua alma. Em tempos assim, você vai sentir como se a tivesse vendido ao diabo.

— Você tem dinheiro para ficar? — pergunto. — Porque se meus planos são ir até Trinidad e voltar pra casa, preciso ser mais cautelosa.

— Eu posso pagar — ele diz. — Mas ficaria pesado para mim também.

— Estou com medo do tempo.

— Então, vamos esperar — Keane diz. — Dividimos o custo e ficamos até conseguirmos uma abertura.

Queenie pula no banco da cabine e vira seus olhos expressivos para ele. Keane a faz dar a patinha — um trabalho em andamento —, antes de dar a ela um pedaço de lagosta. Ele olha para mim.

— O que você acha?

— Posso te perguntar uma coisa?

— Qualquer coisa.

— Você acha que consigo dar conta dessa travessia?

Ele não pisca. Nem considera.

— Sim.

— Então, vamos — digo. — Estamos prontos. Vamos agora.

Como a boa mãe substituta que ela se tornou, Corrine tenta nos convencer a não partir. Gordon ouve a previsão do tempo e, com calma, nos sugere que esperemos, mas diz que se estivermos determinados a ir, deveríamos velejar até Big Sand Cay e ancorar para passar a noite.

— Vão aos poucos — ele diz. — Será um sono turbulento, mas vai dar a vocês a chance de descansarem.

Corrine nos dá dois sacos de pão de manga. Gordon nos presenteia com um par de galões cheios de combustível e nos avisa para voltar se as condições do tempo ficarem indóceis. A nuvem escura de chuva na previsão do tempo na TV não me parece dócil, mas Keane não parece preocupado. Ele amarra os galões de combustível no convés e esvazia o bote. Com um nó de dúvida no meu estômago, navegamos para longe das Providenciales.

As ondas sobem e descem atrás de nós, obscurecendo e revelando a ilha conforme ela recua. Estamos em silêncio e meu estômago se revira, rebelde. Eu nunca sofri de nada mais do que uma pequena náusea desde que comecei a velejar com Ben, mas agora estou tomada pelo enjoo e uma saliva salgada enche minha boca. Me agarro ao cabo de segurança, despejando o conteúdo do meu estômago no mar. Vomito tudo até me sentir vazia, e vomito um pouco mais, minha garganta queimando e minhas narinas ardendo. O pensamento de ficar mais três dias nessas condições me faz chorar.

— Você está bem? — Keane pergunta quando me sento de volta na cabine.

— Não. — Minha boca tem o gosto azedo do vômito.

— Você quer voltar?

Não há nada no mundo que eu queira mais do que voltar esse barco para Providenciales, mas velejar era o que desejava fazer quando fiquei com o barco de Ben. Fiz uma barganha com Keane para ele me ajudar e não para fazer todo o trabalho para mim. Ainda assim, é tentador voltar. Pular essa travessia inteira.

— Não.

Revezamos os turnos ao timão, dando um ao outro tempo para comer, ir ao banheiro e também para dar uma olhada em

Queenie. Keane arrumou um pequeno ninho para ela, na alcova ao lado da minha cama. Não falamos muito e quase tudo o que eu comia voltava, me deixando com fome e infeliz pelas onze horas que levamos até chegar a Big Sand Cay.

A ilha deserta de areia oferece uma parca proteção contra o vento e as ondas. Corajosa, Queenie faz xixi na cabine, mas me sinto culpada de tê-la colocado nessa situação, queria que nós nunca a tivéssemos tirado de Provo. Tento brincar de bola com ela na cozinha, mas a medicação para os pontos da cirurgia a deixam muito cansada, então, eu a levo para a cama, para passar a noite comigo, esperando que eu não vomite tudo nela.

Keane me dá o primeiro turno da manhã seguinte, mas o céu está tão pesado e cinzento que há pouca diferença da noite anterior. A luz aparece no horizonte, enquanto ele leva Queenie para a cozinha, me deixando sozinha no convés. As ondas são as maiores que já encontrei — ondas de quase dois metros, pelas quais mergulhamos e escalamos sem parar. Coloco meu arnês, prendo-me nos cabos de segurança e olho para o horizonte, enquanto meu estômago se revira e tento não vomitar. Uma batalha perdida.

Keane me traz um par de pastilhas para enjoo, que voltam antes mesmo de terem a chance de descer. Ele me traz outras duas e uma garrafa de Gatorade. A ponta dos meus dedos está ferida dentro das luvas de velejar dele. Os músculos dos meus braços se cansam, mas luto para manter o barco em curso. Não há prazer para mim nesse tipo de navegação e não há forma de enganar meu cérebro para que pense diferente. É tudo péssimo e doloroso, e quando Keane volta para o convés, para seu turno no leme, fico extremamente feliz que meu turno tenha terminado. Ele, ao contrário, está em êxtase. Pronto para batalhar com o oceano, o esporte que ele ama.

Com o focinho de Queenie apoiado na minha coxa, me sento na cabine quente e seca, passo gel antibiótico nas minhas bolhas e envolvo meus dedos com gaze. Após uma semana de refeições de verdade, um miojo parece uma comida pobre. Meu estômago está côncavo de fome. Depois de comer, brinco de cabo de guerra com Queenie, usando uma camiseta velha de Keane amarrada em vários nós. Depois, a levo para a cama, onde caímos no sono.

❊❊❊

— Por que você não me acordou? — pergunto para Keane ao entregar para ele a caneca do Capitão América cheia de café. Ela se tornou sua caneca preferida e vê-lo usando-a não me incomoda mais. Ele fez um turno duplo — oito horas seguidas — enquanto eu dormia. Atrás de Keane, uma onda parece quase tão alta quanto ele, e tenho que desviar o olhar para evitar que meu estômago embrulhe. Várias vezes somos apanhados pelas ondas e elevados até a crista, antes de deslizarmos de volta para baixo. É um passeio lento e implacável na montanha-russa.

— Estou me divertindo — ele diz, gritando através do vento.

— Você tem uma ideia bem estranha de diversão — grito de volta.

— Talvez, mas é a única que conheço — ele ri para si próprio. — Você ficaria surpresa se soubesse quantas namoradas larguei para satisfazer os deuses do vento.

— Quantas?

— Todas elas — ele diz. — As coisas são ótimas por um tempo, mas preciso velejar. Não é culpa delas. É só que... está no meu sangue.

— Seu sangue é ridículo.

— Você vai ter que me dizer algo que eu ainda não saiba. — Ele se levanta, minha deixa para assumir o leme. Sinto-me nervosa por fazer um turno à noite, mas lembro que é somente por quatro horas. Dou conta. — Vou dormir e dar um tempo para a perna descansar, mas se você precisar, grita.

A lua está escondida atrás das nuvens, as estrelas estão cobertas e a noite está opressivamente escura. Não há luar refletindo nas ondas, apenas as luzes vermelhas e verdes na proa, quebrando nas ondas. A água lava as laterais do convés, entrando na cabine e descendo pelos drenos. Assim que a cabine fica drenada, o barco bate na próxima onda. Meu rosto está coberto de respingos do mar e, como pela manhã, tenho que lutar com o timão para permanecer na rota. Considero ligar o motor para navegar motorizada por um tempo, mas não tenho gasolina suficiente para chegar a San Juan. Temos que economizar o combustível como último recurso. E, apesar de tudo, esse não é o caso.

Depois de três quartos do meu turno, decido comer um pedaço de pão de manga. A náusea chega quase que de imediato e me alivio no balde de gelo onde deixamos a garrafa de Gatorade. Uma onda bate na lateral do barco e me joga com força contra o cabo de segurança. Seguro forte, mas a próxima onda bate ainda mais forte e me arremessa sobre o cabo, direto ao mar.

Sob a superfície, estou em pânico e desorientada.

Fui derrotada.

Não sei dizer se estou de cabeça para baixo ou de cabeça para cima.

A água está escura como breu e o sal faz meus olhos arderem, mas luto para voltar à superfície, sem a lua no céu para me guiar. Ainda estou presa ao barco e quando ele vira na próxima onda, bato contra o casco. A dor percorre dos meus ombros à ponta dos dedos, e meu braço esquerdo se recusa a cooperar quando tento me puxar para cima pelo cabo de segurança, para a superfície. Meu arnês sacode e mais uma vez sou levantada para fora da água. Consigo pegar um pouco de ar e, no segundo seguinte, minha cabeça bate contra o barco.

Estrelas brilham atrás dos meus olhos.

Vejo minha vida se desdobrar em *flashes*.

Vejo Ben.

A escuridão puxa as bordas da minha consciência e percebo que vou me afogar. Meus pulmões queimam por segurar a respiração. Não consigo aguentar, mas sei que não quero morrer para estar com Ben. Prefiro viver sem ele.

Afundando

Meus olhos se abrem para o suave brilho dourado das luzes da cabine e a face de Keane pairando sobre mim, suas sobrancelhas escuras estão franzidas de preocupação e medo. O lado esquerdo da minha face pulsa, como se meu coração tivesse ido parar na minha bochecha, e sinto uma corrida vertiginosa de sangue para a minha cabeça quando tento me sentar. Mas a menos que minha versão do paraíso inclua Keane Sullivan, não estou morta.

— Quem está dirigindo o barco? — sinto como se tivesse uma lixa de papel na minha garganta quando ele me entrega um copo com água. O barco balança nas ondas e ouço as velas batendo contra o vento. A resposta é ninguém. Estamos afundando.

— Você caiu do barco. — Keane ignora a minha pergunta. — Você se lembra?

— Não — digo num primeiro momento, mas à medida que a memória volta, me lembro de ser jogada de um lado para o outro, como roupas na secadora, e a água salgada sufocando meus pulmões. — Quero dizer, sim. Um pouco. O que aconteceu?

— Acordei quando o barco desviou do curso — ele diz. — Quando ouvi pancadas contra o casco, corri para cima e tirei você da água. — Ele está sem a prótese. Me tirar da água e me levar para a cabine não foi nada menos do que heroico. — Eu não acho que você tenha quebrado seu maxilar, mas está inchado e machucado. Você deslocou seu ombro e, provavelmente, tem uma concussão.

De canto do olho, consigo ver o caroço protuberante saindo do meu ombro deslocado e a dor é uma pulsação constante que se intensifica quando tento mover meu braço. Não olho muito para o estrago, porque a minha boca já está com gosto de vômito e estou com medo de desmaiar. Fecho os olhos e respiro fundo algumas vezes, para dissipar a náusea.

— Isso vai doer, então, já estou me desculpando de antemão. — Keane pega um rolo de ataduras do *kit* de primeiros socorros. — Eu conseguiria voltar o seu ombro para o lugar sozinho, mas tenho medo de causar mais mal do que bem. Vou imobilizá-lo até que a gente encontre um médico.

Ele enrola a atadura no meu ombro e, depois, faz uma tipoia com uma bandana, para manter meu braço perto do peito. Enquanto amarra a tipoia no meu pescoço, seus gestos são gentis. Minha visão embaça com lágrimas.

— Você me salvou de novo.

— Não tinha outra opção, Anna.

Uma risadinha escapa no jeito típico de Keane de responder.

— Obrigada.

— Disponha. — Ele enfia uma mecha de cabelo úmido atrás da minha orelha e beija minha testa. — A qualquer hora.

— Quero ir pra casa.

Estou curada e destruída pela tempestade. Lembro quanto é bom estar viva, mas estou cansada de ir atrás de alguma coisa que nunca vou conseguir alcançar. Não sei como a minha vida vai ser sem o Ben, mas não preciso ir atrás dos sonhos dele.

— Ok. — A palavra sai pesada da boca de Keane e consigo ouvir seu desapontamento. — Mas estamos muito além de atingir a República Dominicana e não podemos voltar atrás. Temos que continuar até San Juan.

— Acho que não tenho escolha.

Ainda estamos a dois dias e meio de Porto Rico, mas a boa notícia é que eles têm bons hospitais e voos baratos e diretos para Fort Lauderdale.

— Ainda temos um probleminha — Keane diz. — Meus joelhos estão doendo e, se não mantiver minha perna limpa, corro o risco de necrosar a pele. Se isso acontecer, a gente está fodido. Então, vou ficar no turno por dez horas se você conseguir ficar duas, mas não consigo fazer isso sozinho.

Eu queria que a gente pudesse pegar o rádio VHF e fazer uma ligação pedindo ajuda. Abandonar o barco. Mas um ombro deslocado não é ameaça de morte. Tenho que dar um jeito.

— Eu sei.

— Ok — Keane diz. — Durma um pouco.

Estou acordada, com Queenie aninhada em mim na cama, enquanto ele coloca sua prótese e sua capa de chuva. Estou acordada quando ele sai para a cabine e coloca o barco de volta à rota. Depois disso, eu durmo.

Navegamos nessa direção por dois turnos de vigília. Sempre antes de dormir, Keane me prepara refeições e um galão de Gatorade, que ele prende ao convés ao lado do timão. Quero retornar o favor e preparar água fresca para ele lavar a perna, mas meu ombro está tão inchado e rígido que não consigo mexer o braço. Eu quase desejo que ele assuma o risco e coloque meu ombro de volta no lugar. O resto do meu corpo se adapta às ondas, mas sigo num regime de pílulas para enjoo e analgésicos, e, após vinte e quatro horas, minha cabeça para de doer e me sinto bem o bastante para sugerir a Keane que eu pegue mais horas de turno, para que ele possa dormir um pouco mais.

— Tem certeza?

A dor no meu ombro está bem melhor do que antes e, finalmente, consigo manter alguma comida no estômago. As longas horas de sono ajudaram.

— Vou ficar bem.

A frente fria se dissipa pelas próximas trinta e seis horas. O mar se acalma e as ondas de um metro parecem fichinha em comparação às anteriores. Guardamos nossas capas quando a chuva para de vez e, no momento em que as montanhas esverdeadas de Porto Rico aparecem à vista, o céu está claro e o sol seca nossa pele. Estamos acabados. E a cachorra não faz cocô há três dias, mas conseguimos chegar.

Nós conseguimos.

❖❖❖

Ligo meu celular pela primeira vez desde que deixamos Bimini, enquanto navegamos pela Velha San Juan e viramos o Canal de San Antonio, repleto de navios de cruzeiros. O celular apita sem parar com mensagens de voz e de texto, mas ignoro as mensagens para ligar para a doca em uma das marinas locais e preparar o *check-in* na alfândega.

— Sei que o escritório da alfândega está cheio — digo para o oficial alfandegário —, mas estou com o ombro deslocado e preciso ir a um hospital, então, se houver alguma forma de adiantar o processo, eu agradeço.

O oficial chega enquanto Keane e eu estamos amarrando as cordas às docas. Estamos espremidos entre dois grandes barcos de pesca e os caras a bordo me lembram de ChrisDougMike. Três semanas e meia parecem muito tempo atrás, especialmente depois dos últimos quatro dias.

O oficial inspeciona nossos passaportes e os documentos do barco, e verifica que o visto permanente de Keane é válido. Ele cola os adesivos da travessia, recolhe a taxa de usuário e ainda se oferece para me deixar em uma clínica próxima.

— Você quer que eu vá junto? — Keane pergunta.

— Queenie precisa dar um passeio.

— Devo reservar um voo para Fort Lauderdale?

— Ainda não.

Ele sorri.

— Isso quer dizer...

— Acho que vou gostar de passar o Natal no Caribe.

— Vou fazer isso acontecer.

Dou uma risadinha para ele sobre meu ombro saudável enquanto sigo o oficial da alfândega pelas docas.

— Tenho certeza de que vai.

A clínica está a cinco minutos da marina, mas caio no sono com a cabeça contra a janela gelada do carro com ar-condicionado. O oficial me acorda e me ajuda a entrar no prédio. Assim que entro, preencho a papelada e ligo para a minha mãe da sala de espera.

— Ai, graças a Deus! — ela diz, antes mesmo que eu tenha a chance de dizer oi. — Onde você está?

— Acabei de chegar a San Juan. Escuta, mãe, estou numa clínica...

— O que aconteceu? Você está machucada?

— Só um pouco — digo. — Desloquei o ombro na travessia, mas estou bem.

— Deslocou? — Sua voz cresce uma oitava, alarmada. — O que aconteceu?

— Eu... A gente deu de cara com uma onda, eu fui atirada para fora do barco e bati contra ele algumas vezes.

— Você poderia ter se afogado.

— Poderia, mas não me afoguei.

— Anna, ainda não sei o que pensar sobre tudo isso.

— Eu sei, mãe, mas estou bem. Mais do que bem. — Apesar de tudo, não estou mentindo para ela. Passei a primeira parte dessa viagem pensando no que Ben teria gostado de fazer. Agora, sei que preciso começar a pensar no que eu quero, tanto aqui no mar quanto ao retornar para a minha vida certinha. A única coisa de que tenho certeza é que ter chegado até aqui é uma realização — *minha* realização — e não estou pronta para voltar para casa ainda.

— Estou feliz.

— Você vai voltar para casa pro Natal?

— Receio que não — uma enfermeira num avental rosa chama meu nome. — Mãe, tenho que ir, mas vou te ligar assim que eles colocarem meu ombro no lugar, ok? Te amo.

A enfermeira checa meus sinais vitais e remove a bandagem para dar uma olhada no estrago. A dor percorre meu corpo enquanto ela me ajuda a tirar a camiseta, levantando meu cabelo para o topo da cabeça, e meus olhos se enchem de lágrimas. Meu ombro está o dobro do tamanho normal e a pele está com todos os tons possíveis de roxo.

— Há quanto tempo está assim?

— Uns três dias — explico como caí para fora do barco. — Ficamos com medo de colocar no lugar nós mesmos.

— Vou tentar fazer o médico ver você o mais rápido possível.

Fecho os olhos assim que a porta da sala de exames se fecha atrás dela e não os abro novamente até ouvir a voz de um homem com sotaque porto-riquenho me cumprimentando. Há um traço de saliva seca na minha bochecha e o relógio sobre a porta indica que dormi por mais ou menos trinta minutos.

O sotaque do médico é forte quando pergunta sobre a dor e o acidente ao examinar minha bochecha. Enquanto conto mais uma vez o que aconteceu, ele coloca um par de luvas de látex e passa um pouco de álcool na parte de cima do meu braço. Meu ombro dói tanto que quase não percebo a agulha da anestesia local. Após o remédio fazer efeito, a enfermeira se desloca para um lado da mesa de exames e, gentilmente, me segura no momento em que o médico puxa meu braço e o gira para fora. Grito quando os músculos do meu ombro giram, mas sinto tudo voltar para o lugar e a dor diminuir, imediata e drasticamente.

— Você vai continuar sentindo dor até o inchaço sumir, mas provavelmente não tão forte — ele diz, prescrevendo algum remédio num bloco de receitas. A enfermeira coloca meu braço numa tipoia adequada. — Eu recomendaria um raio X e fisioterapia, mas no mínimo tente não sobrecarregar o seu ombro. Deixe-o descansar o maior tempo possível.

O médico me entrega uma receita de hidrocodona e me libera. Em um táxi, volto à marina e sinto-me aliviada por o seguro-saúde da minha mãe cobrir a maior parte das despesas, aliviada por estar quase de volta ao normal.

Keane está dormindo na minha cama, de *short* e camiseta, sua prótese removida e o queixo de Queenie sobre seu pé. Subo na cama e ele abre o braço para me encaixar na frente dele. Nós nunca dormimos juntos desse jeito, mas me sinto bem com seu peito aconchegante pressionado contra minhas costas.

— Você está com um cheiro horrível, Anna. — Suas palavras saem no meio de um bocejo. — Ruim demais.

— Você também.

Keane ri e envolve seu braço com mais força ao meu redor.

— Estamos completamente zoados — ele diz. — Nós três.

— Quando acordarmos, a gente pode tomar banho, mas agora só preciso dormir por uns seis dias.

— É — ele diz, bocejando de novo. — Eu também.

Tudo o que eu tenho é o agora

Após dormir, tomar banho, lavar roupa, fazer compras e tirar do barco todos os detritos remanescentes de quatro dias no mar, celebramos nossa chegada a San Juan com cerveja gelada e uma tigela de guacamole caseira. Temos Bob Marley cantando sobre três passarinhos.[4] O cabo de segurança de Queenie está instalado, então, ela pode andar à vontade pelo convés. E meu ombro parece estar um milhão de vezes melhor.

Keane e eu nos sentamos um de frente para o outro na cabine, seus pés esticados do meu lado e os meus do lado dele. Queenie se senta perto dele, encarando-o com a intenção de intimidá-lo a dar a ela um pedaço de tortilha. Ele faz carinho em sua cabeça recém-lavada, mas ignora seu olhar implacável.

---

4. N.T.: A autora se refere à canção "Three Little Birds", de Bob Marley & The Wailers, a quarta faixa do álbum Exodus (1977).

— O que fez você decidir ficar? — ele pergunta.

— Não sei — pego uma enorme porção de guacamole com a tortilha. — Acho que percebi que se consegui chegar até aqui, não faz sentido voltar.

— A pior parte ficou pra trás.

Ele está falando de velejar, mas o mesmo pode ser aplicado a Ben. Tenho vivido tantos dias difíceis desde o suicídio dele. Acordar com um vazio. Me agarrar à dor. Ter um futuro sem ele ainda me parece assustador e um pouco injusto à sua memória, mas é hora de seguir em frente.

— Então, o que você vai fazer agora?

— Bom, quanto a isso... — Keane esfrega a parte de trás de sua cabeça. — Quando te disse que tinha que chegar a Porto Rico, não era... não era bem verdade.

— Não era bem verdade?

— É um bom lugar para ficar — ele diz. — Mas não há uma razão de verdade pela qual eu precise ficar aqui.

— Nenhum cara que conhece um cara?

Keane balança a cabeça.

— Então você me ajudou... só porque quis?

— Você estava descontrolada, Anna.

Eu rio.

— Bem, ainda estou descontrolada, então, talvez você devesse ficar.

Os olhos de Keane se encontram com os meus.

— Só se você me pedir.

Eu poderia dar risada, como se fosse uma piada, e liberá-lo de seus serviços, mas essas últimas semanas tiraram a ferrugem da minha vida. Keane me ajudou a me tornar uma marinheira. Ele também me tirou do buraco negro emocional em que eu estava vivendo desde a morte de Ben. Se pedir para Keane ficar, não vai ser por precisar dele.

— Estou pedindo.

Ele abre um sorrisinho com o canto da boca e acena com a cabeça.

— Então, eu fico.

— O que as pessoas fazem para se divertir por aqui?

— A gente pode andar pela parte velha de San Juan e ver as luzes de Natal, se você estiver a fim — ele sugere. — Talvez jantar. Eu só estive aqui uma vez, bem rápido, num serviço de entrega.

— Isso é diferente.

— O quê?

— Você não ser o especialista.

— San Juan é um pouco desenvolvida demais pro meu gosto — ele diz. — Me dê uma cabana de surfe em um litoral acidentado e eu já me considero um homem feliz. Mas não me importo em ver as luzes de Natal. Aqui nos trópicos, é fácil se esquecer das festas de fim de ano.

Vou até o refrigerador para pegar mais duas garrafas de cerveja e noto um homem vindo em nossa direção nas docas, carregando uma mochila vermelha com uma etiqueta da companhia aérea na alça de bagagem. Há algo de familiar em seu passo, mas antes que eu possa ligar os pontos, ele acena e grita:

— Me disseram que eu poderia encontrar o meu irmão neste lugar, mas tudo que vejo é um guerreiro do pântano do condado de Kerry.

A risada de Keane é alta e divertida.

— É preciso ser um para reconhecer o outro, não?

Ele praticamente pula do barco, sorridente, para receber um abraço e alguns tapinhas camaradas. Esse homem parece uma versão mais velha de Keane, alguns centímetros mais baixo e um pouco mais largo no abdômen. É mesmo um Sullivan.

— Anna — Keane diz, enquanto piso nas docas, Queenie na minha cola —, esse filho da mãe é o meu irmão Eamon. Eamon, esta é a Anna Beck.

Eamon Sullivan me puxa para um abraço como se fôssemos velhos amigos.

— Agora entendi porque o meu irmãozinho não queria voltar pra casa este ano no Natal. Ele escreveu que você era um pedaço de mau caminho, mas isso não te faz justiça.

A nuca de Keane fica vermelha.

— Eu não disse que você era um pedaço de mau caminho.

— Não, não disse — Eamon retruca. — Disse que ela era linda.

— Caramba, você tem uma boca grande!

Eamon ri como um irmão mais velho que conseguiu provocar o outro. Ele se parece tanto com Keane que chega a ser surreal. Eamon pisca para mim.

— Ele não estava errado.

— Peço desculpas pelo meu irmão — Keane diz. — Ele não costuma sair do pântano, então, não sabe como se comportar em sociedade.

Eles desatam a rir de novo e se abraçam mais uma vez.

— Permissão para ir a bordo? — Eamon diz.

— Permitido. — Gesticulo em direção à cabine e coloco Queenie de volta. Ela consegue sair mais facilmente do que entrar. — Sente-se. Tome uma cerveja.

— Se você continuar a dizer essas coisas, Anna, vou ter que te pedir em casamento.

Keane abre uma rodada de cervejas e nós nos sentamos na cabine, ouvindo Eamon contar sobre a sua família, na Irlanda. Seu sotaque é mais forte e ele fala mais rápido que Keane, então, nem sempre consigo entender o que ele diz, mas descubro que todo mundo vai se encontrar no *pub* para a ceia de Natal e que todos sentem falta de Keane, até Claire.

— A mamãe teria enviado um ganso e pudim de Natal se pudesse — Eamon diz, abrindo a mala —, mas mandou *scones*[5] de frutas para o seu aniversário e outra coisa ainda melhor.

---

5. N.T. *Scone* é um bolinho asssado, geralmente feito de trigo ou de aveia. É um pouco adocicado e pode levar frutas.

Ele tira da mala uma garrafa de uísque irlandês e Keane inala em reverência.

— Eu retiro todas as coisas ruins que já pensei sobre você, Eamon. Você é o melhor irmão do mundo.

— E, apesar de ainda não ser Natal, também trouxe algo para Anna.

Eamon vai até sua bagagem como um Papai Noel marinheiro e tira de lá um aparelho que lembra um grande controle remoto.

— Isso é... um piloto automático?

— É sim — ele diz.

— Você comprou um piloto automático para uma estranha?

— Não exatamente. Eu conheço um cara.

— Keane me disse a mesma coisa quando ele apareceu em Nassau com um motor para o bote. Estou velejando pelo Caribe com coisas roubadas?

— Ah, não — Eamon diz. — Nada tão nefasto assim. Havia um cara no clube de navegação que estava vendendo isso e eu tinha uma coisa que ele queria, então, fiz uma troca.

— E funciona?

Keane solta uma risada e sorrimos um para o outro.

— Sim, funciona. — Eamon me entrega o aparelho. — Mas já que vocês têm alguns quilômetros pela frente daqui a Trinidad, meu irmão achou que isso seria muito útil.

Eu me sento, sem saber o que dizer, até que finalmente:

— Todos vocês, Sullivans, são tão legais assim? Eu achava que o Keane era uma anomalia da natureza, mas isso... Não posso aceitar isso.

— É claro que pode.

— Pegue — Keane diz. — Ou ele não vai parar de te encher. Sério. Ele vai ser como um cão terrier na sua cola o dia todo. — Ele olha para a cachorra. — Sem ofensas, Queenie.

— Ok, então — digo. — Obrigada.

— De nada. Agora, fiquei muito tempo dentro de aviões — Eamon diz. — Estou pronto para me divertir.

Visto minha saia de lantejoulas com uma camiseta branca e um par de botinhas porque a noite me parece festiva. Uma noite para construir novas memórias. Alguns dos barcos mais permanentes da marina penduraram luzes coloridas nos cordames e árvores de Natal acesas nos conveses.

Keane leva Queenie pela coleira, enquanto andamos na Calle San Francisco, rua estreita de paralelepípedos onde os prédios se parecem com camadas coloridas de bolo — vermelho ao lado de amarelo, ao lado de verde-limão, ao lado de roxo — e as sacadas são adornadas com fitas vermelhas e grinaldas de guirlandas de pinho. Ouvimos música pela porta de cada uma das lojas. As *plazas* — de Armas no lado oeste da rua e Colón no lado leste — estão decoradas com grandes árvores de Natal. O coreto na Plaza de Armas serve como presépio para estátuas da Natividade de tamanho quase real e a estátua de Cristóvão Colombo na Plaza de Colón está rodeada por luzes no formato de poinsétias, e de sinos, e de estrelas. A parte velha de San Juan está coberta de luzes.

— Eu nunca vi tantas coisas de Natal.

Eamon ri.

— Parece o velho São Nicolau se cagando.

— É lindo — digo, estou fascinada com a ideia de ficar por ali. Arrumar trabalho na Starbucks e viver num apartamento colorido com vista para um beco de paralelepípedos, numa cidade que parece que foi transplantada da Europa. Mas todos os lugares que visitei me apresentaram algo novo e inesperado. E ainda há tantas ilhas que quero conhecer.

— O que vocês acham de comermos tapas? — Keane me traz de volta para a realidade, do lado de fora de um restaurante com mesas na calçada. — Há outras pessoas com cachorros aqui, então, acho que eles não se importam.

— Acho perfeito.

Eamon pede uma jarra de sangria e nossa primeira rodada de aperitivos — croquetes de presunto com cobertura de rum de goiaba, pão doce de frutos do mar e salada de polvo grelhado —, e meu cérebro demora um segundo para se alinhar com meu corpo. Estou a mais de mil e quinhentos quilômetros de casa, provando comidas diferentes, com dois homens que não teria conhecido se tivesse ficado em Fort Lauderdale. É novo e excitante. Se Ben estivesse aqui, nada disso estaria acontecendo. Não posso mais especular sobre como seria minha vida com Ben, porque tudo que tenho é o agora.

— Está tudo bem? — Keane aperta a minha mão gentilmente por baixo da mesa e quando Queenie nota o movimento, seu nariz gelado me lembra de que a noite de hoje consiste em construir novas memórias.

— Sim — sorrio, sincera. — Está tudo ótimo.

Dividimos a comida, acabamos com a jarra de sangria e Eamon pede mais uma. A noite passa leve até que o mundo começa a piscar ao meu redor e o toque do meu celular me deixa sobressaltada. Faz tempo que ele não toca. A tela diz que é minha mãe e percebo que esqueci de ligar de volta para ela.

— Oi, mãe. Olha isso — aperto o botão do FaceTime e faço um panorama da Calle San Francisco para que ela possa ver a parte velha de San Juan. Eu a apresento para Keane e Eamon, que levantam seus copos como um brinde, e abaixo o celular para que ela conheça Queenie. Depois, desligo o FaceTime, para que ela não se preocupe com a minha bochecha machucada. — Sei que esqueci de te ligar de volta, mas...

— Você não vai voltar pra casa, vai?

— Não até chegar a Trinidad.

— E você está feliz mesmo?

— Mais do que há muito tempo — digo. — Como você está?

— Estou cuidando da Maisie esta noite — ela diz. — Sua irmã está num encontro. Ele parece ser um cara legal.

Rachel e Brian, o pai da Maisie, há anos brigam e fazem as pazes. Talvez minha irmã mereça novas memórias também.

— Espero que sim.

— Eu ainda estou preocupada com você.

— Eu sei — o garçom retorna com porções de carne e chouriço, taquitos de camarão com alho e outra jarra de sangria. — Há coisas piores no mundo do que ter uma mãe que me ama o bastante para se preocupar comigo. Falamos logo, tá? *Ich liebe dich.*

Enquanto comemos, Eamon me conta sobre seu trabalho numa empresa que provê informações geoespaciais para serviços de GPS e de navegação por satélite.

— Quer dizer que você dirige o carro do Google Earth? — pergunto, Keane quase engasga com a sangria e diz:

— Fiz a mesma pergunta pra ele.

Os irmãos contam histórias de quando eram crianças, tentando envergonhar um ao outro. Dou muita risada e desejo ter mais histórias, mas todas as minhas melhores histórias envolvem Ben. Até agora.

Passa da meia-noite quando o táxi nos deixa na marina. Estou com as pernas bambas e com sono, e quando Eamon sugere que a gente abra o uísque, rejeito a ideia.

— Vou dormir.

Enquanto eles ficam na cabine com copos de plástico de Green Spot, coloco o pijama e rastejo para a cama. A risada baixa dos dois se mistura com o som suave da água batendo no casco do barco e o toque musical da adriça batendo no mastro, compondo uma canção de ninar que embala meu sono.

Mergulhando de cabeça na vida

O SOL JÁ ESTÁ ALTO quando me levanto na manhã seguinte, mas os irmãos Sullivan não levantam. A cabine cheira a bafo de uísque. Eamon está desmaiado na cama de Keane, enquanto Keane dorme encolhido na cama lateral como um garotinho. Carrego Queenie pela escada, coloco sua guia e cruzamos depressa a movimentada rodovia que passa em frente à marina. Do outro lado, fazemos o passeio pelo cais de pesca para pedestres, espremido entre os vãos da Ponte dos Dois Irmãos. Do cais, ligo para Carla.

— Já era hora de você me ligar — ela diz, e consigo ouvir o riso na sua voz.

— Me desculpa por não ter feito isso antes. Estava sem sinal no meio do oceano.

— Onde você está?

— San Juan — agora que tenho sinal forte e tempo para me sentar, conto tudo para ela. Ela me oferece seu ombro amigo quando conto sobre Chris em Bimini e exige ver a Queenie. Eu a coloco no FaceTime e ela me chama de fodona quando olha os machucados na minha bochecha.

— Parece que nem te conheço mais — ela diz. — Quando partiu, achei que você estivesse fugindo, mas aí está você mergulhando de cabeça na vida.

— Pode acreditar, estou tão surpresa quanto você.

Ela ri.

— E esse cara, o Keane. Vocês estão...?

— Duas semanas atrás, estava tão furiosa com o Ben que gritei a plenos pulmões numa praia deserta e não sei se ainda vou superá-lo — digo. — Keane é... um amigo.

— Um amigo gato que quer te beijar.

Eu rio.

— Cala a boca.

— Continua, Anna — Carla diz. — Beija o cara, se você quiser beijá-lo. Ou não. Só lembre que o que o Ben ia gostar não importa mais.

Depois de desligarmos, me sento sob a luz do sol um pouco, vendo um homem pescar. Seu carretel dispara, carros passam voando pelas pontes ao nosso redor, mas o cais é um lugar estranhamente calmo. Quando estou pronta — ou ao menos mais pronta que jamais estarei —ligo para Barbara Braithwaite.

— Aqui é a Anna Beck.

— Oi, Anna. — A mãe de Ben tem um jeito de parecer fria e próxima ao mesmo tempo. Em um primeiro momento, penso como ela se sente em relação a mim, mas as dúzias de mensagens de voz ordenando que eu devolvesse o barco, antes que ela mandasse me prender, me tiram qualquer dúvida. — Onde você está?

Eu ignoro a pergunta.

— Eu não vou te dar o barco. Você pode gastar o seu dinheiro contestando o testamento do Ben e tentando me caçar, mas ele o deixou pra mim. O barco é meu.

Esta é a primeira vez que levantei minha voz para a mãe de Ben e a primeira vez que disse que o barco é meu. Mas o *Alberg* está com as *minhas* coisas, ajeitado para atender as *minhas* necessidades. Ele é meu.

— Apesar do que você pensa sobre mim, amei o Ben muito mais do que você pode imaginar — digo. — Pode parar por aí. Ao menos uma vez na vida, respeite a decisão dele.

— Como você se atreve...

Desligo o celular com os dedos trêmulos, sem dar a ela a chance de terminar. Não sei se é bom negar a Barbara algo que ela queira, mas também não sei se é mau. Ela não pode ter tudo.

Enquanto voltamos para a marina, Queenie enfia o focinho no balde vazio do pescador. Percebo que alguns dos maiores barcos de pesca saíram para aproveitar o dia e, quando volto para o barco — *o meu barco* —, há um bilhete enfiado na alça da fechadura.

Fomos para a missa na catedral.

— É claro que foram — digo em voz alta e, enquanto Keane e Eamon estão fora, limpo a cabine. O barco parece ainda menor com as coisas de Eamon a bordo. Com o barco em ordem, faço uma porção grande de panquecas de banana, mantendo-as quentinhas no forno e dando pedacinhos de banana para Queenie, enquanto esperamos pelo retorno dos Sullivan.

— Você pode ser a minha guarda das panquecas — digo para ela, e ela me abre aquele sorriso canino, como se me entendesse. Estou feliz de que ela esteja aqui comigo e não vagando numa praia deserta em Providenciales.

— Cancele todos os seus planos para hoje, Anna — Keane anuncia quando Eamon e ele entram no barco. Eles estão vestidos em suas roupas de missa e finjo não notar o quanto estão bonitos. Especialmente Keane. — Temos uma surpresa para você.

— Mas eu ia limpar o porão hoje — digo, e Eamon dá risada, enquanto vasculha o forno atrás das panquecas. — Seja lá o que vocês tenham planejado, é melhor ser bem legal.

Keane me entrega um trio de ingressos para ver os Tiburones de Aguadilla enfrentarem os Cangrejeros de Santurce. Tubarões *versus* Caranguejos.

— Baseball?

— O pessoal daqui nos disse depois da missa que os jogos são como festas — ele responde.

— E — Eamon adiciona — eles vendem *piña colada* nos estádios.

※※※

Nossos assentos estão na seção de arquibancada de quatro dólares do estádio, atrás do campo esquerdo, sob o brilho do sol da tarde. Mas o que o nativo na igreja falou sobre o *baseball* em Porto Rico é absolutamente verdade. O jogo nem sequer começou e os fãs já estão soprando vuvuzelas e batendo seus bastões infláveis. As pessoas estão cantando e dançando nos assentos, como se estivessem num Campeonato Mundial ou no *Super Bowl*.

Cangrejeros é o time local — e o pequeno caranguejo no emblema deles é fofo —, então, compro um boné de *baseball* do time para proteger o rosto do sol. Os comentaristas anunciam em inglês e em espanhol os jogadores que vão iniciar a partida e disfarço as lágrimas ao cantar o hino nacional com as pessoas sentadas ao meu redor. Velejei mais de mil e quinhentos quilômetros, mas esta canção, nesta ilha longe de casa, me faz sentir saudades.

— Devo confessar — Eamon me entrega uma *piña colada* que ele comprou do vendedor ambulante no estádio —, não tenho a mínima ideia do que está acontecendo.

— Eu também não sei muito de *baseball*, mas acho que se comemorarmos quando todo mundo estiver comemorando, vai dar tudo certo.

Não há nada mágico no jogo. Exceto que, após quatro dias seguidos na água, é exatamente disso que preciso. No final do nono turno, quando os Caranguejos estão em boa vantagem e me sinto alegre, me inclino para Keane.

— Como é que você sempre sabe?

— Sobre o quê?

— Tudo — digo. — O que preciso. O que não preciso.

Ele dá de ombros.

— Eu... eu só sei.

Fico imaginando o que ele diria de verdade, mas antes que possa perguntar, uma bola em *home run* avança como um foguete para o nosso lado do campo e a pergunta é esquecida, num misto de excitação, enquanto a multidão à nossa volta se atropela para conseguir pegá-la.

No táxi de volta para a marina, nós três estamos um pouco altos por conta dos drinques quando Keane faz uma pergunta sobre o Natal.

— Vocês querem ficar por aqui? Ou a gente pode velejar para Jost Van Dyke, nas Ilhas Virgens Britânicas.

— O que tem em Jost Van Dyke?

— Tem um bar que faz uma festa de Natal para marinheiros que estão longe de casa.

— Caramba! Estou fazendo você ficar longe da sua família.

— Sem essa, Anna — Keane diz, enquanto Eamon paga o taxista. — Meu irmão é a minha família, estou suprido. O objetivo é que você tenha um feliz Natal, então, o que você quiser fazer, a gente vai fazer.

Ainda é cedo para o meu corpo voltar para o mar. Meu braço ainda está preso em uma tipoia e só agora parei de me sentir mareada em terra firme. Mas quanto mais tempo ficarmos, mais difícil será sair. San Juan me acalma, faz eu me sentir em casa.

— A gente pode ir.

— Tem certeza?

— Sim.

Eamon nos acompanha, Queenie e eu, até o escritório da marina, para acertar as contas. No balcão, ele abre a carteira e puxa um cartão de crédito. Ele pagou por quase tudo em San Juan e não me sinto confortável com isso.

— Não precisa fazer isso — digo.

— É quase Natal — ele diz. — E eu teria gastado muito mais num quarto de hotel.

— Você me trouxe um piloto automático.

Ele sinaliza que não foi nada demais.

— Tem sido um ótimo ano para mim, Anna, e você ainda tem um longo caminho para percorrer. Por favor, me deixe fazer isso.

— Não entendo como você e o seu irmão podem ser tão gentis.

— Não é difícil, de verdade — Eamon diz. — Nossa mãe esperava que fôssemos pessoas boas e o nosso pai nos colocou uma culpa cristã se não atendermos às expectativas dela. Mas isso não quer dizer que não sejamos uns imbecis às vezes, mas ser gentis é uma das coisas mais fáceis do mundo.

— Obrigada.

Ele desliza o cartão de crédito de volta para a carteira, assina o recibo e beija minha testa do mesmo jeito que Keane, me fazendo crer que esse é outro hábito da família Sullivan.

— Vamos dizer que estamos quites.

❖❖❖

A viagem de Porto Rico até Jost Van Dyke é longa, mas nada como a grande travessia. O ar está numa perfeita mistura de calor e frescor, o mar está calmo e, com o piloto automático fazendo a maior parte do trabalho, temos pouco a fazer além de ajeitar as velas. Keane estima que vai levar por volta de doze horas, mas com uma tripulação de três pessoas, não precisamos dividir o tempo em turnos. Podemos dormir a hora que quisermos, mas passamos a maior parte do tempo no convés, dividindo uma garrafa de vinho e conversando.

Por volta da meia-noite, vou até a proa para sentar com as costas contra a cabine. Queenie me segue e sobe no meu colo. O mar e o céu são de um azul-escuro que se mistura no horizonte, e perco a conta das estrelas cadentes. A distância está marcada pelas luzes verdes e vermelhas dos barcos que seguem para as Ilhas Virgens.

Keane aparece, deixando Eamon sozinho na cabine.

— Se importa se me juntar a você?

Eu me movo, abrindo espaço para ele se aproximar.

— Tudo bem? — pergunto.

— Estava para te fazer a mesma pergunta.

— Como estão os seus joelhos?

— Bem — ele diz. — Tive uma chance de descansar, estou em forma. Como está o ombro?

— O inchaço diminuiu e os analgésicos estão fazendo efeito, mas está rígido e tenho um medo irracional de que, se me mover muito, ele vai pular para fora do encaixe.

— Bastante improvável — Keane diz. — Mas não é uma má ideia mantê-lo firme até que cure.

— Verdade. Então, me conta sobre o Natal em Jost Van Dyke.

— O bar do Foxy serve um cardápio especial de Natal. Coisas chiques como filé *mignon*, peixe-espada e até lagosta. Se você considerar lagosta uma coisa chique.

Dou risada, lembrando a conversa que tivemos sobre a sofisticação da lagosta. Parece que foi há muito tempo.

— Um músico toca canções de Natal — ele continua —, tanto as tradicionais quanto as caribenhas. A maior parte das pessoas que está cruzando as ilhas não tem para onde ir e o Foxy oferece esse lugar.

— Sinto saudades da família mais do que esperava — digo. — Minha mãe estava magoada quando parti, mas agora que a gente teve uma chance de conversar... Bom, não vou ver a minha sobrinha abrir os presentes dela este ano.

— Talvez você devesse arrumar alguns presentes para sua família pelo caminho e ter um segundo Natal quando você voltar pra casa.

— É uma boa ideia.

— De vez em quando, tenho umas assim — ele diz. — A outra coisa que queria te dizer é que tenho amigos em Jost Van Dyke que nos ofereceram a casa deles, então, a gente não vai precisar dormir no barco. Ao menos, é claro, que você prefira.

— Se você acha que vou recusar uma cama de verdade, está muito enganado.

Ficamos sentados, juntos, em silêncio, e Queenie sai do meu colo para o dele, em busca de sua atenção. De vez em quando, o barco corta uma onda que joga uma brisa suave sobre nós, mas que se vai tão rápido quanto chega.

— A proa costumava ser o meu domínio — Keane finalmente diz. — Eu puxava a largada, ajustava as velas para cima e para baixo, posicionava o balão. Eu era rápido, Anna. Eu era tão rápido, mas agora... — Quando ele para, não tenho as palavras certas para tirá-lo de sua melancolia. — Que dono de barco quer ter um cara com uma perna protética quando ele pode ter um novato sem deficiência? — A amargura em sua voz me dá vontade de chorar, especialmente quando já vi o que ele pode fazer. — Eles são todos muito gentis sobre isso, mas fica nítido para mim, ouço o que querem dizer em alto e bom som. Já deu pra você, Sullivan. Mas não quero desistir de fazer o que mais amo.

— Talvez...

— Depois do acidente, me dei uma data limite — ele continua. — Se não conseguisse voltar a trabalhar como marinheiro profissional quando chegasse aos trinta anos, iria desistir da busca. Pra quê? Não tenho ideia, mas o meu aniversário é daqui a uma semana e aqui estamos nós.

Estou grata por ele ter me interrompido, porque dar sugestões que não ajudam em nada não é o que ele precisa, tanto quanto eu não precisava delas quando Ben morreu. Sei como é querer algo que não se pode ter mais.

— É o seguinte — Keane diz. — Para ser bem honesto, as últimas três semanas têm sido as mais felizes que tive em um longo tempo, apesar da sua experiência de quase morte, mas não é assim que imaginei a minha vida.

— Nem eu.

— Talvez os nossos caminhos devessem se encontrar.

— Coisas estranhas têm acontecido.

Ele entrelaça os dedos nos meus e eu deixo. Keane não pede por nada mais que isso e nós ficamos em silêncio até que luzes pálidas aparecem no horizonte. Durante a noite, velejamos acima da Isla Culebra, uma das Ilhas Virgens Espanholas. Ao sul está Saint Thomas, nas Ilhas Virgens Americanas. À frente, as colinas de Jost Van Dyke surgem negras das águas.

— Vou ver como está o meu irmão — Keane solta minha mão e coloca Queenie de volta no meu colo.

— Vou com você.

Eamon está acordado, uma xícara de café na mão e um sorriso largo no rosto.

— Eu não velejava dessa forma desde que éramos crianças. Isso é incrível.

— Quer tirar uma soneca?

— Ainda não — ele diz. — Mas não recusaria um café da manhã.

Eu me ofereço para cozinhar, mas Keane desce e logo ouço a melodia que ele sempre assobia quando faz o café. Trago o tapetinho de Queenie para fora, para ela poder se aliviar, e a alimento com uma tigela de ração. Depois de ter buscado por sobras, ela ainda devora sua comida como se fosse a última refeição. Ela está arrancando a cobertura de uma de suas bolas de tênis quando

Keane entrega pratos cheios de ovos, salame frito, torradas, batatas e feijão.

— O mais perto que consegui chegar de um café da manhã irlandês sem *bacon*, salsichas e pudins — ele diz, mas Eamon devora a comida quase tão rápido quanto Queenie.

O sol nasce por trás da ilha, transformando o céu em dourado atrás das colinas. Lavo a louça, Keane assume o timão e Eamon cochila na cabine. Velejamos até chegar à boca de Great Harbour, depois navegamos até a ancoragem. Keane e Eamon vão para baixo para dormir, enquanto levo o bote à costa, para a alfândega, com nossos passaportes e o certificado de saúde de Queenie. Depois de pagar as taxas, retorno ao bote, iço a bandeira de cortesia das Ilhas Virgens Britânicas e aterrisso na minha cama.

Uma casa de retalhos

Jost Van Dyke é uma ilha pequena, parcamente povoada, que se estende das praias às colinas. Seu porto está lotado de barcos e os bares à beira-mar estão cheios de pessoas. Prendemos o bote e levamos nossas malas para a estrada, à espera de nossa carona.

— Felix e Agda vivem logo acima do Monte Man O'War — Keane diz, apontando para uma casa no cume. — Esperem só para vê-la de perto. Vocês nunca vão querer ir embora.

Dois minutos depois, um Toyota Land Cruiser azul para à nossa frente. O motorista é um homem sem camisa, mais ou menos da idade de Eamon, com o cabelo louro-claro, o rosto bronzeado e a marca de óculos ao redor dos olhos. Ele abre a porta do carro num rompante e salta de lá com os pés descalços, para abraçar Keane.

— Bem-vindos! Bem-vindos a Jost Van Dyke. — Felix tem mais um novo sotaque para eu descobrir. Não é caribenho, mas também não é irlandês nem americano. Ele abre o porta-malas do carro para colocarmos nossos apetrechos. — Sullivan, Agda disse para irmos direto pra casa em vez de pararmos para beber, porque ela está louca para te ver.

Quando estamos todos dentro, o carro balança pela estrada inacabada e Felix nos dá um resumo da região desde que os furacões Irma e Maria devastaram as Ilhas Virgens Britânicas.

— Great Harbour perdeu muita vegetação e a Igreja Metodista ficou arruinada, mas a maior parte dos bares e lojas foi reconstruída e novas palmeiras foram plantadas. Perdemos alguns dos nossos telhados, mas a vida continua, não é?

Felix explica que ele e sua esposa têm uma empresa de mergulhos fretados. Diferente da tripulação do *Chemineau*, eles têm uma lista de espera de clientes.

— Acabamos de voltar de Belize, então, o nosso *timing* foi muito bom. — Ele ri. — Nossa casa ainda está limpa.

A casa no topo do Monte Man O'War parece ter sido construída aos poucos e os pedaços foram acrescentados ao longo do tempo e pintados com qualquer cor que tivessem na hora. Felix explica que foi exatamente o que aconteceu.

— É uma casa estranha, eu sei — ele diz. — Quando nos mudamos da Suécia, não podíamos gastar para construir mais do que uma cabana de um quarto.

Mesmo parecendo estranha por fora, o interior é extremamente convidativo. O piso está coberto de tábuas de madeira escura e todos os quartos têm uma sacada com vista para Great Harbour e os montes florestais em volta.

— É incrível.

— Eu disse — Keane replica.

A mobília parece ter sido adquirida aos poucos de diferentes partes do mundo. O sofá de veludo dourado e puído está coberto com um cobertor peruano multicolorido, semelhante às almofadas do meu barco. Revistas de mergulho estão empilhadas num tambor africano. Uma grande peça de arte aborígene ocupa a maior parte de uma das paredes. Outra parede está coberta com fotos de Felix e Agda — normalmente usando equipamento de mergulho — em oceanos variados.

— Agda! — Felix chama. — Sullivan chegou.

O som de pés descalços batendo contra o chão de madeira nos cumprimenta e, então, um lampejo de vestido vermelho e cabelo louro-claro entra no cômodo e se joga nos braços de Keane.

— É tão maravilhoso te ver — ela fala, enquanto ele a gira. Ela é magra, saudável e tem as mesmas características escandinavas de Felix. Estou espantada com o tom claríssimo de seu cabelo, até que vejo meu próprio reflexo no espelho. A cor de minhas tranças foi extraída pelo sol, enquanto minha pele está mais bronzeada do que nunca.

— Agda, esta é a Anna — Keane diz. — Estamos viajando juntos para Trinidad.

— Prazer em te conhecer, Anna.

— Digo o mesmo.

— Venha comigo — ela fala por cima dos ombros, já em movimento. — Vou te mostrar o seu quarto.

A varanda serve de corredor para a casa e sigo Agda até o final, onde portas francesas estão abertas, convidando o sol e o vento a entrarem no quarto. A cama parece enorme após semanas no mar e o cobertor por cima dela é feito de retalhos de velhas blusas de lã. Uma colcha de retalhos para uma casa de retalhos. Minha bolsa suja no chão é como a ponta do polegar invadindo o canto de uma foto perfeita.

— Este quarto é o melhor porque você tem o seu próprio banheiro. — Ela puxa uma cortina no canto para revelar um vaso sanitário e uma pequena pia. — E é mais perto do chuveiro.

Ela me leva de volta para fora. Do lado do meu quarto, há um chuveiro externo, construído com madeira e uma cortina de tela amarela.

— Minha hora favorita é quando estou tomando banho e começa a chover.

— Essa casa é bizarra.

Agda ri.

— É bizarra, mas a gente a ama.

— Eu também.

— Vou deixar você tomar um banho, ou dormir, ou fazer o que você quiser fazer — ela diz. — Temos Wi-Fi, se você precisar mandar *e-mails*, e mais tarde vamos ao Foxy para o jantar de Natal, não é?

— Sim, obrigada.

Agda sorri em resposta e, de repente, fico sozinha. Keane me encontra inclinada sobre a varanda, tentando localizar o *Alberg* em meio à frota de barcos de cruzeiro atracados no porto.

— Agora que finalmente o reconheço como o meu barco, ele precisa de um nome.

— Não pense muito nisso — ele diz. — Barcos revelam seus nomes no tempo certo.

— Você inventou isso?

Ele nega com a cabeça.

— É uma teoria sólida, não é?

— Vou experimentar aquele chuveiro.

— Queria te avisar — ele diz. — Agda normalmente anda pelada até entrar e após sair do chuveiro.

— Bom saber, obrigada.

— Você pode fazer o mesmo, se quiser. Quando em Roma, essas coisas.

— Cala a boca.

Ele ri e bate seu ombro no meu.

— Não use toda a água quente.

Longe de ser corajosa como Agda, fecho a cortina amarela do chuveiro, mas, acima de mim, o céu está calorosamente azul e o ar está fresco na minha pele. Apesar de poder ouvir a voz indistinta de cada um na varanda, não consigo deixar de me sentir sozinha. Este é meu primeiro Natal sem Ben. Fecho a torneira, mas meus pensamentos continuam fluindo. Coloco a sua velha camiseta do livro *Como o Grinch roubou o Natal!*, gasta e de um verde desbotado, e uma saia vermelha de bolinhas, mais festiva do que me sinto.

— Anna, você está tão linda! Você é o Grinch — Agda serve um copo de ponche de rum cor-de-rosa e o desliza pela mesa quando me sento. — Eamon está tentando me explicar o trabalho dele e não consigo fazer o meu cérebro entender o que ele está dizendo. Então, você me diz o que você faz.

— Bom, agora, eu só... velejo. — Olho atrás dela, para o porto, e respiro fundo. — Meu noivo se suicidou há quase um ano, eu estava tendo muitos problemas para lidar com isso e, então, pedi demissão, peguei o barco dele e parti.

— Sobre o seu noivo, sinto muito — ela diz, tocando levemente as costas da minha mão. — É muito corajoso o que você está fazendo.

— Quanto a isso, não tenho certeza. — Minha risada não é inteiramente genuína, mas não quero chorar. — Depois de ter quase batido num navio cargueiro na minha primeira travessia da Flórida para Bimini, percebi que não tinha ideia do que estava fazendo e, então, contratei o Keane.

— Ah, agora sei que você é corajosa! Sullivan é um cara selvagem.

Tomo um gole de ponche de rum. É muito doce e muito forte, meus olhos lacrimejam.

— Como vocês todos se conheceram?

— A gente tinha um amigo em comum, que era dono de uma loja de mergulho na Martinica, e calhou de o visitarmos ao mesmo tempo — Keane diz. — Eu tinha uns vinte e quatro, vinte e cinco anos, entre trabalhos em barcos...

— Você estava lá com aquela francesa — Agda interrompe.
— Qual era o nome dela?

— Mathilde.

As pessoas ao nosso redor são evidência o bastante de que Keane tem muitas histórias, mas Mathilde é História, com *H* maiúsculo. Seu nome me traz a imagem de outra garota que é bacana sem fazer esforço — como Sara, no *Chemineau* — e que fica perfeita de biquíni. E, naquela idade, Keane devia ser um baita conquistador.

— Sim! Mathilde! — Agda bate na mesa. — Preciso te falar, Sullivan, a gente a detestava. Ela era tão chata.

— Eu me lembro de ter namorado com ela não pela personalidade dela — ele diz, seco. — Meu padrão ideal era muito baixo naquela época.

Eamon ri.

— E o que mudou?

Todos nós esperamos, enquanto Keane esvazia seu copo. Os cubos de gelo chacoalham no copo e o ar se enche de sons de pássaros e sapos. As pernas da sua cadeira riscam o chão quando ele a arrasta para se levantar.

— Tudo.

Ele vai para fora, mal-humorado, e Eamon balança a cabeça.

— Sempre dramático, esse aí.

Vou atrás de Keane.

Ele está como na noite passada, no barco, mas dado o fato de que acabei de lidar com minha própria melancolia, não posso culpá-lo. Ele cai numa velha cadeira de couro no canto do quarto que está dividindo com Eamon.

— Bom — Keane diz. — Agora não posso voltar lá fora porque sou um puta de um idiota.

Me sento no canto da cama, perto da cadeira.

— Se você se sentir melhor, sofri um grande turbilhão interno por usar esta camiseta.

— Ben?

— Bingo.

— Você está mesmo linda com ela.

— Obrigada. — Minhas bochechas ficam quentes, como se estivesse debaixo do sol. Não quero ficar me achando quando ele diz coisas como essa, mas estou. — É véspera de Natal, sabe... Talvez a gente deva celebrar o que temos em vez de pensar no que perdemos.

Ele tenta esconder um sorriso.

— Se eu fosse tão inteligente aos vinte e cinco anos, como você, provavelmente não teria namorado a Mathilde de jeito nenhum. Ela era chata mesmo.

Tudo está calmo, tudo está claro

Se não estamos muito animados, conseguimos disfarçar bem o fato com nossos acessórios natalinos. Felix usa um suéter de tricô azul-marinho, com renas brancas e flocos de neve. O cabelo curto de Agda está puxado para trás em uma faixa com chifres em forma de sino, que tilintam constantemente enquanto o carro balança pela estrada. Eamon escolheu um chapéu de Papai Noel e anuncia que vai convidar mulheres solteiras a se sentar no seu colo, ganhando um tapa de Agda no ombro. Até Keane tem alguns colares de contas vermelhas e verdes pendurados em seu pescoço.

Como a maior parte dos bares de frente para o mar, o Foxy tem mesas na areia e música caribenha — e hoje não há uma única mesa vazia na casa. Enquanto seguimos pelo restaurante a caminho de nossa mesa, Agda para a cada segundo para abraçar pessoas.

— Todo mundo conhece todo mundo — ela explica. — Nossa ilha é muito pequena.

Nossa mesa é na praia, onde há tochas queimando e uma árvore de Natal se ergue, decorada com luzes e ornamentos. Dois casais já estão sentados, outros amigos cujos barcos estão ancorados em Great Harbour. Jefferson e Karoline Araujo estão a caminho de sua casa, no Brasil, depois de terem navegado pelo mundo. Já Amanda Folbigg e Luke Cross vieram do Panamá, depois de terem cruzado o Pacífico saindo da Austrália. Deixar Fort Lauderdale há quase um mês parecia algo grande, mas estar entre esses marinheiros talentosos me faz sentir jovem e novata. Como se eu pertencesse à mesa das crianças.

Felix pede uma rodada de *Painkillers*, um drinque feito de rum e abacaxi, que parece ter sido inventado na ilha, e Amanda pergunta sobre a minha tipoia. Estou com vergonha de dizer que caí do barco, mas ninguém ri. Luke aponta uma cicatriz dentada na sua testa.

— Eu não consegui me abaixar quando a retranca balançou.

— Logo que comecei — Keane diz —, cruzei o convés um pouco rápido demais e deslizei direito para baixo do cabo de segurança. Me agarrei a um pilar para evitar que o barco continuasse sem mim, mas fui arrastado, de cara na água, até que conseguiram me puxar de volta a bordo.

Enquanto comemos nosso jantar de Natal, todos parecem interessados em ouvir sobre minha viagem e dividem suas histórias sobre os lugares que Keane e eu estivemos. A conversa não acaba, mas, desta vez, faço parte dela.

— Então, Anna, aonde vocês irão após visitar Jost Van Dyke? — Agda pergunta.

— Acho que Saint Martin.

— Definitivamente, vão para o lado francês — ela diz. — O lado holandês é lotado de turistas dos navios de cruzeiro e a Praia Maho é um pesadelo.

Eu não admito que o plano original de Ben inclui a Praia Maho, situada no final da pista do aeroporto. Os aviões que aterrissam passam baixo na ilha, antes de tocar o solo, e seus motores geram tanto vento que as pessoas são jogadas de costas na água.

— Afe, sim! — Karoline balança a cabeça, concordando.
— Está sempre cheia e a novidade acaba depois de um ou dois aviões. Estamos todos velejando para São Bartolomeu, para passar o Ano-Novo. Lá tem *shows*, festas e fogos à meia-noite. Vocês podiam vir com a gente.

Eamon balança a cabeça.

— Provavelmente, não é a melhor ideia, considerando...
— Pode ser divertido — Keane diz, cortando o irmão, e estou surpresa que ele queira ir a São Bartolomeu, por conta de seu histórico com a ilha.

— Tem certeza? — Eamon pergunta.
— Já faz cinco anos — o músculo da mandíbula de Keane se contrai e imagino se isso é uma coisa de irmãos, como se quisesse provar a Eamon que ele consegue voltar para a cena do crime.

— Ok. — Eamon olha para mim. — Anna, você é a capitã.

Eu poderia passar por cima de Keane, mas não quero fazê-lo passar vergonha, especialmente agora que ele não faz mais parte da minha tripulação. Tenho que acreditar que meu amigo sabe o que está fazendo.

— Acho que vamos velejar para São Bartolomeu!

Após o jantar, nos espalhamos ao redor da mesa, alguns saindo para dançar, enquanto outros ficaram para conversar. Karoline me conta sobre seu trabalho como *designer* de interiores, criando ambientes para revistas de decoração e clientes pessoais. Seu entusiasmo me faz desejar... algo que me faça sentir essa mesma paixão. Algo mais do que ser uma garçonete para o resto da minha vida.

Keane volta para a mesa depois de dançar com Agda, Amanda e Felix, e termina o resto do meu *Painkiller* com um gole só.

— Karaokê de Natal em cinco minutos — Eamon diz para o irmão. — Eu nos inscrevi.

Keane balança a cabeça.

— Não.

— É tradição — Eamon diz. — Além disso, se a Anna apostou a sorte dela para velejar com alguém como você até Trinidad, ela precisa saber que tipo de homem você é.

Keane dá risada de algo que apenas os dois entendem.

— Ok. *Se* a gente trocar as partes.

— E pra que arruinar algo bom depois de tantos anos?

— Eu sei, mas... — ele finge um suspiro. Eamon dá risada, enquanto o restante de nós tenta entender o que diabos está acontecendo. — Tá bem. Eu faço.

— Faz o quê? — pergunto.

— Não posso falar — Keane diz. — Vai estragar a magia.

O karaokê de Natal inicia com o próprio Foxy cantando uma versão *reggae* de We Wish You a Merry Christmas e dando as boas-vindas a todos ao seu restaurante. Foxy é seguido por uma dupla de mulheres brancas que cantam, uma de costas para a outra, versões de Natal Branco e Winter Wonderland. Ambas brincam com longas notas e fazem gestos de divas. Em qualquer outro dia, estaríamos rindo dos seus esforços exagerados, mas esta noite aplaudimos como se estivéssemos no Grammy.

— É agora! — Eamon sai da mesa e Keane o segue. Agda e eu nos espremos entre a plateia, para conseguirmos um lugar na primeira fila. Eamon pega um par de microfones e entrega um deles para o irmão.

— Feliz Natal! — Eamon diz. — Somos os Sullivan de Count Kerry, Irlanda. — sua apresentação encontra aplausos e alguns assobios, presumo que dos irlandeses na plateia, antes de continuar: — Quando era um garoto, decidi que seria engraçado ensinar algumas palavras novas para o meu irmão caçula — ele gesticula para Keane, ganhando algumas risadas, pois ele é muito mais alto que Eamon. — Então, enquanto todos estavam reunidos no *pub* da família para o Natal, a gente fez um dueto. E após uma bela bronca sobre como dar bom exemplo para o meu irmão...

— Uma lição que ele nunca aprendeu, devo acrescentar — Keane intervém.

— ... nos pediram para repetir a música no primeiro ano e nos anos subsequentes — Eamon diz. — É uma canção de Natal tradicional, que aquece corações, consagrada pelo tempo, transmitida ao longo dos anos. Se você a reconhecer, cante junto.

A música começa, algumas notas de piano que mal podem ser ouvidas com o barulho do bar, e Eamon começa a cantar, as palavras moles pela bebedeira.

— *It was Christmas Eve, babe, in the drunk tank...*

Aqueles na plateia que reconhecem a frase de abertura de *Fairytale of New York*, do The Pogues, começam a rir, não apenas porque não é uma música tradicional nem de aquecer os corações, mas também porque percebem que Keane vai cantar a parte da mulher.

Quando chega o momento, estou esperando que ele comece a cantar em falsete, mas Keane não faz isso. Ele canta baixo e um pouco desafinado, o que faz a música ficar ainda mais engraçada. Quando os irmãos terminam, o bar inteiro está cantando junto e batendo palmas.

— A história é verdadeira? — pergunto para Keane enquanto voltamos para a mesa. — Eamon fez isso mesmo com você?

— Ah, é — Keane diz. — Eu estava cantando feliz, sem saber de nada, até que os olhos da minha mãe se arregalaram como pratos e meu avô surdo disse: "O Cristóvão acabou mesmo de chamar o irmão dele de escória? Eu achava que essa era uma música de Natal".

Enquanto estou rindo, penso na minha irmã e em quanto tempo faz desde que sentimos tanta afeição uma pela outra. Quando éramos pequenas, fazíamos *"shows"* para nossos pais. Passávamos horas colorindo cenários e ensaiando falas que mudavam a

177

toda hora. Rachel era sempre a diretora e eu ficava feliz em seguir sua direção. Não me lembro de quando foi que as coisas mudaram, mas enquanto a conversa ao meu redor se torna um som de fundo, fico com saudades de como costumávamos ser.

— Já volto.

Ao longo da água, redes foram colocadas entre as palmeiras. Encontro uma vazia e me sento nela. Assim que para de balançar, ligo para casa.

— Feliz Natal, Anna — minha mãe diz e, então, sussurra: — É a Anna. — Posso imaginar minha irmã rolando os olhos. — Rachel e eu estávamos embrulhando os presentes da Maisie e bebendo *glühwein*.

Vinho quente com especiarias é uma das poucas tradições familiares que mamãe trouxe da Alemanha. Mesmo quando éramos crianças, ela nos deixava tomar pequenas canecas de *glühwein*.

— Parece divertido.

— Onde você está?

— Numa ilha chamada Jost Van Dyke — conto a ela. — Faz parte das Ilhas Virgens Britânicas.

— Espera. Deixe-me pegar o meu mapa — ela diz. — Fala com a Rachel.

— Ei! — Minha irmã parece menos animada em falar comigo.

— Você sabe no que eu estava pensando?

— No quê?

— Quando a gente montava *shows* para a mamãe e o papai — digo. — Lembra como você costumava inventar as músicas no palco e eu tentava cantar junto, mesmo sem ter a mínima ideia de quais palavras você ia dizer em seguida? Eu estava sempre um passo atrás.

Rachel ri pelo nariz.

— Não acredito que você se lembra disso.

— Estou com saudades. — Prendo a respiração, esperando por um comentário debochado.

— É estranho não ter você aqui.

— O que você comprou pra Maisie de Natal?

— Sapatos com *glitter* e um celular de brinquedo — ela diz. — Juro, ela tem dois anos, mas parece que tem vinte.

— Dá um beijo nela por mim e diga a ela que vamos ter mais um Natal quando eu chegar em casa.

— Pode deixar — Rachel diz. — Está ajudando? Digo, o que você está fazendo. Você parece... diferente.

— Sim, está.

— Fico feliz — a ligação fica em silêncio, mas não é um silêncio estranho ou cheio de coisas não ditas. Talvez seja uma trégua temporária, mas nesta noite vou acreditar que tudo está calmo, tudo está claro. — Mamãe voltou — Rachel diz. — Feliz Natal, Anna.

— Você velejou para tão longe! — minha mãe diz com uma nota de espanto.

— Mais ou menos mil e quinhentos quilômetros.

— Você não está com medo?

— O tempo todo — admito. — Mas o Keane está comigo e ele é... — luto para encontrar as palavras que vão englobar tudo o que ele se tornou. Guia. Companheiro de viagem. Porto seguro. Rocha. Conforto. Amigo. — Eu não teria chegado tão longe sem ele. Ele me ensinou muito.

— Estou feliz por você não estar mais sozinha.

A mesa não está longe o bastante para não ouvir a alta risada de Agda ou a forma como Karoline bate palmas e grita "Sim!" todas as vezes que ela concorda com o que alguém está dizendo. Falhei miseravelmente em fugir.

— Eu também.

Dizemos uma para a outra *Fröhliche Weihnachten. Ich liebe dich. Gute Nacht.*[6] Termino a ligação e Keane cruza a areia até a minha rede.

---

6. N.T.: "Feliz Natal. Eu te amo. Boa noite.", em alemão.

— Está tudo bem aí, Anna?
— Sim.
Ele gesticula em direção ao lado oposto da rede.
— Tem lugar para mais um?
— Eu só divido com pessoas que já salvaram a minha vida.
— Então, acho que essa é minha noite de sorte. — A rede balança precariamente, enquanto elese ajeita até ficarmos de frente um para o outro. — A gente deveria ter uma dessas para o barco. Colocá-la na proa.
— Ok.
— Isso foi muito fácil.
— Meu pequeno coração cresceu três tamanhos hoje — aponto para a minha camiseta do Grinch. — Ou talvez seja apenas uma boa ideia.

Keane descansa o braço na minha canela, a mão no meu joelho. Nós viemos de tão longe em tão pouco tempo. Há quase um mês eu estava sofrendo crises de ansiedade só de pensar em dormirmos na mesma cabine. Agora, rotineiramente, invadimos o espaço pessoal um do outro.

— Parece que você está feliz — ele diz.
— Acho que estou.

Ofertas escassas

A MANHÃ CHEGA CLARA E BRILHANTE, acordo e encontro Queenie dormindo no travesseiro ao meu lado. Nova, uma cachorra de rua que fica com Felix e Agda toda vez que eles estão em casa, está deitada no chão ao lado da cama. A casa está silenciosa, mas a brisa mexe as folhas das árvores e o canto dos pássaros é constante. Saio da cama e espio o quarto de Keane e Eamon. É cedo para eles já terem acordado e ido para a missa, mas é Natal. Não há igreja católica na ilha, mas suspeito que eles tenham ido aos cultos no anexo improvisado, ao lado da igreja metodista em ruínas ao pé da colina.

A árvore de Natal é um pinheiro minúsculo no meio da mesa de café e há presentes espalhados ao seu redor. Entre eles há alguns com meu nome e estou envergonhada porque nem pensei em presentes. Nem para o Keane.

Agda está acordada, seu cabelo bagunçado para todo lado, quando saio de novo do meu quarto, vestida para descer o morro com Queenie em sua coleira.

— Vou dar uma olhada no barco.

— Os Sullivan estão com o carro.

— Tudo bem — digo. — A gente faz uma caminhada.

Descer o morro não demora muito com a ajuda da gravidade. Ao chegarmos ao final, Queenie sobe depressa no bote e, enquanto seguimos para o *Alberg*, percebo que ela está se tornando um cachorro de barco.

A âncora está firme, então faço um pequeno bule de café para mim mesma e procuro entre meus pertences algumas coisas com potencial de presentes de Natal. Há uma garrafa de vinho alemão que estava guardando para Trinidad e que decidi dar para Felix. Agda é um desafio maior, porque não acho certo dar minhas roupas — mesmo as pouco usadas — para alguém que me recebeu em sua casa. Na prateleira de cima do armário está a Polaroid de Ben. Ele amava essa câmera, mas nunca a usei, desde que ele morreu. Pego a câmera da prateleira, limpo a poeira e tiro uma foto de Queenie.

Keane é o mais difícil de todos, porque não tenho nada para oferecer para ele. Vejo, dentro da pia, a caneca do Capitão América. Meu coração dói um pouco enquanto a lavo e seco com cuidado, e começo a entender por que a mãe de Ben pegou tudo o que ela podia após a morte dele. Mas a caneca não é o Ben e dá-la para Keane não vai diminuir sua memória.

Coloco tudo dentro de uma sacola de compras de papel e me sento no convés até terminar meu café. Quando Queenie e eu voltamos para a costa, a loja de *souvenirs* do Foxy está aberta e compro uma camiseta para Eamon.

Eu me empoleiro nos degraus de ladrilhos da igreja vazia e destruída com minha cachorra e meus presentes, fecho os olhos e ouço a voz do pastor saindo do anexo próximo, dando um sermão sobre uma manjedoura em Belém. Talvez meus presentes simples não sejam tão ruins.

O pastor sai primeiro, a congregação cantando *O Come, All Ye Faithful* atrás dele, e tiro Queenie do caminho da procissão, enquanto eles passam.

— Está tudo bem — ele diz. — Todos são bem-vindos. Feliz Natal.

Keane e Eamon estão entre os primeiros que saem do anexo e ficam surpresos em me ver.

— Queria ver se o barco estava ok — digo —, mas adoraria uma carona para subir o morro.

De volta à casa de retalhos, embrulho os presentes usando papel emprestado e os coloco na pilha em volta da arvorezinha. Felix já está acordado e todos nos reunimos na sala para a troca de presentes. Nós nos cruzamos enquanto distribuímos as coisas, então meu primeiro presente é uma camiseta rosa do Foxy, que ganhei de Eamon. Ele ri enquanto abre a sua versão masculina da camiseta em preto.

— Isso é coisa das histórias de O. Henry, não?

De Agda, recebo a rede listrada de sua varanda.

— Sullivan disse que você gostaria de uma e vamos voltar para Belize depois das festas, então, podemos comprar outra.

Ela desembrulha a câmera e não digo a ela que era de Ben. Sorrio enquanto ela tira uma foto de Keane e eu sentados no sofá dourado, seu braço esticado nas costas do sofá, atrás dos meus ombros. Agda dá de presente a ele uma camiseta da Guinness, com um tucano na frente, que ela encontrou num bazar de caridade em Belize, e Felix está inundado com garrafas de uísque irlandês, vinho alemão e rum porto-riquenho.

Logo, tudo o que resta é o Capitão América. Keane desembrulha a caneca e uma ruga de confusão se forma entre as sobrancelhas.

— Era a favorita de Ben — digo. — Mas você a usa tanto que não consigo mais vê-la como sendo dele. Então, imaginei... Bem, talvez algum dia, quando estiver em alguma ilha remota, você vai enchê-la de café e se lembrar de mim.

Ele gira a caneca nas mãos.

— Tem certeza?

— Eu quero que você fique com ela.

— Isso é incrível, Anna, obrigado! — Keane se debruça e beija minha testa. — Eu... Queria ter algo pra você, mas eu...

— Salvar a minha vida já foi o suficiente.

O resto do dia de Natal passa preguiçoso: um café da manhã com panquecas suecas, cobertas com molho de groselha, cochilos e todos se espreguiçando em vários lugares da casa. Quando vou ao banheiro, há uma pequena mancha na minha calcinha, me lembrando de que já estou longe de casa há um mês. Mais uma coisa com a qual nunca pensei em ter que lidar ao viver num barco.

No dia seguinte, Felix nos leva de carro pela ilha, ao longo de estradas que, em alguns lugares, são pouco mais do que trilhas de terra. Paramos na piscina borbulhante, uma bacia natural das marés, onde as ondas trovejam nos espaços entre as rochas, transformando a piscina em uma banheira de hidromassagem natural de água salgada. Nós cinco nos sentamos na parte rasa, bebendo cerveja e sentindo a água efervescente em nossa pele.

O feriado termina oficialmente no dia seguinte e eu caminho com Queenie morro abaixo até a mercearia para comprar mistura de bolo simples e cobertura de chocolate para o aniversário de Keane — seu sabor favorito, segundo Eamon. Nos sentamos por uns minutos num banco fora do mercado, onde duas garotinhas jogam damas numa mesa próxima. Elas saltam de seus lugares quando veem Queenie, que rola para que elas possam fazer carinho em sua barriga.

— Qual é o nome do seu cachorro? — pergunta a garota com presilhas amarelas.

— Queenie.

Elas olham uma para a outra e começam a gargalhar, rindo por razões que só elas sabem, e a outra menina, com bolas azuis na ponta das tranças, diz:

— Ela é mesmo uma rainha?

— Sim, ela é a rainha de Turcas e Caicos.

— Se ela é uma rainha, onde está a coroa dela?

Baixo minha voz para um sussurro.

— Ela está disfarçada.

As risadinhas delas são como música.

— Eu gosto da Queenie — a primeira garota diz.

— Ela também gosta de você.

Ficamos assim por um bom tempo, suas mãozinhas fazendo carinho na barriga da cachorra, e posso sentir os fios de felicidade girando, camada por camada, à volta da memória de Ben. Criando um amortecedor que faça doer menos pensar nele. Um dia, talvez, não doa nada.

A magia é quebrada quando a mãe das garotas as chama. Queenie e eu seguimos o caminho para subir o morro em direção à casa. Chegando lá, escondo as compras no meu quarto.

Na segunda-feira, os navegadores começam a planejar a passagem para São Bartolomeu. Nenhum desses detalhes me interessa e fico no meu quarto. Começo a arrumar as malas para ir embora. Não estou pronta. Sentirei falta da minha cama ampla e do relaxante coaxar noturno dos sapos coqui. Sentirei falta do chuveiro externo e de me sentar na varanda até depois de as estrelas aparecerem. Cada ilha que visitei está sendo melhor que a anterior, mas estou preocupada com São Bartolomeu. Preocupada com o Keane.

Partimos na noite seguinte, depois de nosso último jantar na casa de retalhos, e Eamon vai navegar com Agda e Felix a bordo do catamarã deles de quase quinze metros, o *Papillon*, seduzido pela ideia de ter seu próprio quarto e um bar com bom estoque. Keane e eu temos o menor barco, então, saímos primeiro da baía e colocamos a rota entre Jost Van Dyke e Tortola. Pelo estreito entre São Cristóvão e Nevis. Pela Flanagan Passage. Para águas abertas. Os outros barcos vêm atrás, atrasando sua saída para que possamos chegar todos juntos a São Bartolomeu. O catamarã nos ultrapassa durante a noite. O *Fizgig* de Luke e Amanda, um saveiro de treze metros, segue durante o turno de Keane. Karoline e Jefferson estão com a gente com o *Peneireiro*, mas, eventualmente, terminamos sozinhos.

Organizo nossos turnos para que Keane faça as primeiras quatro horas em seu aniversário. Enquanto ele está no convés, misturo a massa e coloco o bolo no forno. Ainda está morno quando o levo para a cabine.

— Eu poderia cantar, mas vai ser melhor para a gente se eu não fizer isso — digo. — Feliz aniversário.

Os olhos de Keane se arregalam.

— Você fez isso pra mim?

— Eu usaria o termo de forma bastante vaga, considerando que está torto.

— Tem alguma coisa errada com o eixo cardan?

— Eixo cardan?

Keane ri.

— É o mecanismo que faz o forno ficar nivelado enquanto navegamos.

— Bom — digo, entregando o bolo para ele —, seria ótimo saber que isso existia uns trinta minutos atrás.

Ele beija o topo da minha cabeça.

— Você é incrível, Anna! Obrigado.

— Uma vela não ficaria acesa nessa brisa — digo —, mas acho que ainda dá para você fazer um pedido.

Ele fecha um olho, como se estivesse pensando, e balança a cabeça.

— Feito.

Dividimos um garfo e sua última garrafa de Guinness enquanto comemos o bolo inteiro de uma vez só, lambendo a cobertura de chocolate derretido dos dedos. O sol é uma lasca de fogo no horizonte. Ficamos em silêncio, vendo-o nascer, observando o céu se tornar dourado.

— Eu acho... — me viro para olhar para Keane. Na luz da nova manhã, sua pele está tão dourada como o céu e as palavras somem na minha boca. Olhamos um para o outro e sua mandíbula se contrai; ele também sabe. Desvio o olhar primeiro. — Acho que vai ser um dia lindo.

— Pela minha experiência, hoje normalmente não é.

— Então você tem muita sorte de eu estar aqui.

Nossos olhares se encontram de novo.

— Sim, tenho.

Saio para a cabine com a desculpa de precisar lavar a louça, mas preciso mesmo é escapar da intensidade daquele olhar. Mas não consigo controlar a reação do meu corpo a ele. Não posso desacelerar meu coração desenfreado. Não posso parar de pensar que amigos não se olham da forma como nos olhamos.

Ainda é muito cedo para querer outra pessoa? O que acontece com meu amor por Ben? Para onde ele vai? Por acaso isso é verdadeiro ou é só proximidade? Me sento na cozinha e tento me controlar. Keane era um estranho, virou um companheiro de viagem e, depois, um amigo. Qualquer coisa além disso poderia ser um desastre. Ou poderia ser incrivelmente maravilhosa.

— Anna — ele chama. — Quer jogar palavras cruzadas comigo?

— Só se você usar palavras reais.

Ele ri.

— Eu deveria ter comprado um dicionário de palavras cruzadas para você no Natal.

As peças ainda estão no lugar da nossa última partida quando abro o tabuleiro no banco entre nós.

— É bem conveniente que você não tenha comprado.

— Você é má perdedora.

— Você rouba.

Rindo, ele alcança a aba do meu boné dos Caranguejos e o abaixa no meu rosto. Jogamos palavras cruzadas até ficarmos com fome e Keane se voluntaria para fazer o almoço. Ele prepara sanduíches de peru com pedaços de manga, que pegamos de uma árvore em Jost Van Dyke. Jogo a bola no deque da proa para Queenie brincar e, depois, assumo o leme, enquanto Keane tira uma soneca sob o sol. Estamos de volta ao normal enquanto velejamos pela noite, mas quando o dia seguinte chega e estamos próximos às colinas verdes e aos telhados de São Bartolomeu, Keane fica tenso e quieto, e fico pensando se não cometemos um erro por ter ido até ali.

Altas e desafiadoras

Gustavia é uma bela vila, com casas bem cuidadas e ruas limpas, e a praia em que estamos ancorados é coberta com mais conchas do que dá para contar. Mesmo assim, tudo nesse lugar parece errado. Keane é uma nuvem de chuva ambulante e, enquanto andamos na Rue Jeanne d'Arc, com a multidão que vai passar o Ano-Novo ali, fico esperando que seu passado o pegue em uma emboscada.

E ele pega.

— Sullivan? — um homem com cabelo grisalho se levanta de uma mesa cheia de jovens marinheiros, que vestiam camisetas vermelhas da regata de Ano-Novo. Um enorme relógio dourado brilha em seu pulso, fazendo barulho quando ele aperta a mão de Keane. — É bom te ver, garoto. Não sabia que você estava na cidade. Você estava na corrida hoje?

O músculo na mandíbula de Keane se contrai, mas o homem não percebe, pois está jogando a cinza de seu charuto na calçada.

— Não. Chegamos esta manhã de Jost Van Dyke.

— Bom pra você, garoto. — o homem prende o charuto entre os dentes e continua: — Ganhamos, venha tomar uma com a gente!

Keane olha para mim, desconfortável. Não gosto de São Bartolomeu. O porto e a água que corre na costa estão lotados de iates gigantescos de bilionários russos, políticos americanos e magnatas do *rap*, e me sinto tão deslocada nesta ilha quanto me senti na mesa de jantar de Barbara Braithwaite. E não sei se Keane está procurando uma desculpa para sair ou permissão para ficar, mas não sou sua chefe. Dou de ombros.

— Por que não?

Sobre copos de ponche, horrível e forte, sou apresentada a Jackson Kemp, fundador da maior companhia de gerenciamento de resíduos dos Estados Unidos e dono do barco que Keane navegava há cinco anos. O mesmo homem cujo *e-mail* de rejeição levou Keane a ficar bêbado em Nassau.

— Você está ótimo, garoto! — Jackson bate nos ombros dele. — Estão fazendo coisas incríveis com as próteses hoje em dia. Quase tão boas quanto os membros de verdade.

A forma desdenhosa que ele chama Keane de "garoto" sobe pela minha espinha e tensiona meus ombros. Não gosto desse homem nem de sua linguagem displicente. Keane passa a mão pelo cabelo e não entendo por que ele continuaria fazendo algo que lhe causa tanta dor... até que percebo que, sim, entendo.

— Uma pena que eles ainda não encontraram um jeito de substituir filhos da puta insensíveis — resmungo para a minha bebida, mas, ao que parece, alto o bastante para Jackson Kemp ouvir.

Keane pisca para mim, como se eu fosse uma pessoa que ele nunca viu antes — e é exatamente o que sou agora. Os olhos de Jackson se abrem e ele solta uma risada alta.

— Acho que mereci essa.

— Acho que sim.

— Escutem, vou dar uma festa esta noite na minha *villa*. Vocês todos estão convidados. — Ele olha de mim para Keane e de volta para mim, oferecendo o máximo a que ele vai chegar de um pedido de desculpas a Keane. — Vai ter champanhe à vontade e também uma vista privilegiada dos fogos.

Coloco minha bebida na mesa e olho para Keane.

— Acabei de lembrar que tenho um compromisso inadiável.

— Anna, espera! — Ouço sua voz atrás de mim, mas não olho para trás. Ele me alcança antes que eu consiga chegar à calçada. — Aonde você está indo?

Eu me viro para olhar para ele.

— Não sei, *garoto*. Talvez eu veleje para São Cristóvão ou Nevis. Qualquer lugar é melhor que aqui. Você pode ficar, se quiser, mas não tenho nenhum interesse em ninguém que não consegue reconhecer você pelo ser humano excepcional que você é.

Parado no meio da calçada, ele coloca seus braços em volta dos meus ombros e me puxa para ele. Envolvo os meus braços em sua cintura e pressiono minha bochecha contra sua camisa macia.

— Você merece mais do que isso. Venha comigo.

Ele expira no meu cabelo e beija o topo da minha cabeça.

— Vamos.

Juntos, andamos pela Rue de la Plage até a Praia das Conchas e levamos o bote para onde os quatro barcos estão ancorados juntos, no pequeno porto. Eamon está jogando pôquer com os outros caras no *Fizgig* — Queenie sentada ao lado dele, como se estivesse aprendendo a jogar —, enquanto as mulheres tomam sol de *topless* no trampolim do *Papillon*. Keane cruza de um barco para o outro, para falar com seu irmão, enquanto eu tiro as tampas das velas e protejo nosso equipamento. Estou na cozinha quando Eamon chega.

— Anna. — Ele me puxa num abraço. Uma das coisas de que mais gosto nos homens Sullivan é como eles não têm vergonha de mostrar seus sentimentos. — Obrigado por me deixar velejar com vocês. Foi incrível.

— Você não vem com a gente?

— Minhas férias estão quase acabando, vou pegar um voo daqui em um ou dois dias.

— Obrigada pelo piloto automático.

— Obrigado por cuidar do meu irmão — ele diz. — Sei que você pensa que ele está te ajudando, mas tenho certeza de que é o oposto.

Quando estamos prontos para partir, Eamon nos ajuda a nos separarmos do *Peneireiro* e me entrega as cordas de amarração.

— Bons ventos, Anna! Espero que nos encontremos um dia.

— Eu também. Tenha uma boa viagem para casa.

Navegamos pelo campo de barcos ancorados fora de São Bartolomeu. Um dos iates pelo qual passamos tem ao menos cento e cinquenta metros de comprimento e um casco preto tão brilhante que consigo ver meu barco refletido nele. Esta noite, aquele barco estará cheio de pessoas bonitas bebendo champanhe, enquanto fogos de artifício estouram sobre suas cabeças. Talvez Keane e eu consigamos ver os fogos de onde quer que estejamos quando o Ano-Novo chegar. Mas quando atingimos águas abertas e levantamos as velas, percebo que não me importo com os fogos de artifício.

— Pra onde podemos ir?

Me sento ao lado de Keane na cabine. Ele está vestindo sua camisa favorita — a que ele estava usando na primeira vez que o vi — e abre um sorriso que faz ser impossível não sorrir de volta.

Não consigo ver seus olhos atrás dos óculos escuros, mas as linhas de preocupação entre suas sobrancelhas desapareceram.

— Eu gostaria de te levar para a minha ilha favorita no Caribe inteiro.

— E onde ela fica?

— É surpresa.

Há mais ou menos meia dúzia de ilhas a pouca distância de São Bartolomeu, e eu, provavelmente, teria adivinhado se tentasse. Mas ele está feliz, e nós estamos no mar.

— Ok.

Depois que Ben morreu, imaginei minha vida seguindo em tons de cinza, mas esta noite, enquanto o sol se afunda no oceano, o céu e o mar estão roxos. Queenie pressiona seu corpo quente contra minha coxa e meu cérebro vai de encontro ao sentimento de culpa de que é muito cedo. De que não posso ser tão feliz ainda. Jogo a cabeça para trás, minha face virada para o céu, e digo bem alto as palavras desafiadoras:

— Estou feliz pra caramba agora!

— Eu nunca estive tão feliz de deixar um lugar para trás — ele diz. — Achei que ir a São Bartolomeu poderia...

— Exorcizar os demônios — completo. — Entendo muito bem o quanto isso não funciona.

A tensão em seus ombros se esvai.

— Eu nunca disse isso para ninguém, com exceção dos meus pais, mas a pessoa que dirigia a Mercedes aquela noite era um senador americano.

— É sério?

Keane balança a cabeça.

— Ele continua se reelegendo por defender valores familiares, mas, naquela véspera de Ano-Novo em particular, ele estava bêbado e a amante estava no banco do passageiro. Agora, sempre que preciso de uma nova prótese, mando a conta para uma caixa postal em Washington, D.C., e a conta é paga. Enquanto mantiver a identidade dele preservada, estou feito para a vida.

— Você já se sentiu tentado a ir a público?

— Algumas vezes — ele diz. — Mas tenho a melhor prótese que o dinheiro de um senador pode comprar e ele tem que viver com a hipocrisia dele.

— Você acha mesmo que ele liga? — pergunto.

— Talvez não, mas o karma vai pegá-lo em algum momento — Keane diz. — De qualquer forma, foi espetacular ouvir você chamando o Jackson Kemp de filho da puta. Não imagino que alguém tenha coragem o bastante para isso, ao menos não na frente dele.

— Eu queria dar um soco na cara dele, mas imaginei que se chamasse ele de filho da puta seria um pouco mais educado — digo. — Desculpa se arruinei seu relacionamento com ele. Ouvi-lo falar foi doloroso.

— Me desculpa ter te arrastado para os meus problemas.

— Seus problemas. Meus problemas. A essa altura sinto como se estivéssemos nessa juntos.

— É estranho largar algo que teve um papel tão grande na minha vida — Keane diz. — Não sei o que fazer agora.

— O que você acha das Paralimpíadas?

— Tem um cara que está atrás de mim para me dar uma cidadania e me juntar ao time dos EUA, mas sempre achei que isso seria admitir que não sou capaz de disputar com marinheiros normais — ele diz. — O que é a pior coisa a se pensar, mas é a mais pura verdade.

— Ok, então... E se você juntasse um time de marinheiros com deficiência para competir contra uma tripulação comum? — sugiro. — Se você não pode se juntar a eles, vença-os.

Ele me olha em silêncio, antes que o canto de sua boca se abra em um sorriso irônico.

— Eu precisaria de um barco.

— Então a gente vai conseguir patrocinadores.

— A gente?

— Você acha que vou confiar em você para fazer tudo sozinho? Além do mais, você vai precisar de alguém para cuidar das operações enquanto estiver fora disputando corridas e eu não tenho um emprego.

Keane ri.

— Vou precisar de três referências e uma carta de recomendação.

— Posso usar o seu irmão como referência?

— Não se você quiser o emprego.

— A primeira pessoa que você deveria contactar é o Jackson Kemp — digo. — Um dinheirinho cheio de culpa para começar as coisas.

Isso pode não dar em nada, mas falar mantém nossas mentes desligadas de um futuro incerto, dando-nos algo para planejar e, até tarde da noite, discutimos sobre criar uma ONG. E quando o relógio marca o final do ano, Keane e eu estamos com seu caderninho cheio de possibilidades.

A oeste, os fogos de artifício pintam o céu distante, que marca São Cristóvão como um destino. Talvez Keane esteja nos levando para Nevis. Talvez Antígua, Guadalupe ou Dominica. Não importa, na verdade, porque estamos juntos.

— É meia-noite — ele diz as palavras enquanto estou pensando nelas e meu estômago se revira num nó. — Feliz Ano-Novo, Anna.

— Feliz Ano-Novo.

Ele beija minha testa com os olhos fechados, como se procurasse um caminho sem um mapa. Seus lábios são macios como pluma e, depois, se vão. Ele toca meu rosto, passando o polegar pelo canto da minha boca até um ponto embaixo da minha orelha, e pequenos terremotos eclodem no rastro de seu toque. Os olhos dele estão abertos agora, se encontram com os meus, e eu mal posso respirar, porque o que acontece a seguir vai mudar tudo. Eu não estou apaixonada por Keane Sullivan, mas poderia estar. Tudo o que é necessário é aceitar o coração dele e prometer não o magoar. Ele se inclina, seu sorriso é uma faísca que incendeia minhas terminações nervosas.

E ele está me beijando.

Devagar.

Seus dedos nunca deixam meu rosto.

Não há um aperto frenético de roupas. Nada de confronto selvagem de línguas. Este não é um beijo preliminar; este é ele me beijando como se eu fosse a primeira, a última e tudo o mais. E é tão bom que não posso deixar de sorrir e sua resposta é uma risada leve que sinto em minha boca. A fronteira entre o amor e o não amor é muito tênue. Minutos se passam. Horas. Décadas. Vidas inteiras. Seus lábios se distanciam devagar e, então, ele beija o topo do meu nariz e abre seu braço, para que eu possa me aconchegar nele. Não é tão diferente da forma como sempre nos sentamos, exceto que minha boca está cheia de doçura. Seus dedos mexem delicadamente no meu cabelo. E meu coração está batendo: *ele, ele, ele.*

— Isso foi... — paro, sem conseguir achar a palavra certa entre os pensamentos que se amontoam no meu cérebro. Eu beijei Ben tantas vezes, mas beijar Keane é, de alguma forma... melhor. Não sei como processar isso.

— Melhor do que chamar o Jackson Kemp de filho da puta?

Eu rio, grata pela forma como Keane sempre sabe como diluir as bombas emocionais na minha cabeça.

— Quase.

— Olha, eu não estava planejando isso, sabe — ele diz —, mas a oportunidade apareceu e você não pareceu se importar, então eu...

— Para de falar.

Desta vez, eu o beijo, me entregando ao prazer de mergulhar meus dedos na maciez de seu cabelo. Prestando atenção aos sons que me ensinam do que ele gosta. Não estou pronta para mais do que isso — ainda não —, mas é bom. É o suficiente.

Hoje é uma porta

Acordo quando o sol aparece na escotilha aberta sobre a cama e escuto o suave som da água batendo contra o casco quando o barco não está navegando. Através da escada, vejo Keane no convés. Qualquer que fosse o lugar aonde estivéssemos indo durante a noite, nós chegamos. Saio da cama e vou até o banheiro para escovar meus dentes, porque beijá-lo passou a ser uma possibilidade real e não quero estar com bafo. Quando termino, ele está na cozinha, a ponto de começar a fazer um bule de café.

— Bom dia — ele diz.

— Oi — minhas bochechas estão quentes. Estou encabulada e me pergunto se sou a única a sentir a corrente de timidez. — Você velejou a noite toda?

A cabine parece menor do que nunca, e me movo em direção a ele, sem saber como isso funciona. Somos mais do que amigos hoje? Ou a noite passada foi uma ficada de véspera de Ano-Novo?

— Sim, velejei — Keane diz. — Estava com energia o bastante para iluminar uma cidade.

— Obrigada por me deixar dormir.

Ele me alcança, as mãos gentilmente colocadas sobre meus quadris, e me puxa para si. Meus braços se enrolam em seu pescoço e quando nossos lábios se juntam, há um traço de creme dental em sua boca também. O primeiro beijo é hesitante e suave. Pouco antes do próximo beijo — não mais que um segundo—, a necessidade me invade como uma onda. Meus quadris se movem contra os dele e suas mãos deslizam mais para baixo, me trazendo mais perto, até que seja difícil dizer onde termino e ele começa. Como na noite passada, hoje é uma porta. Apenas precisamos atravessá-la.

— Isso vai estragar tudo entre a gente? — Estou sem ar quando pergunto.

— Não. — Ele beija meu pescoço, enviando uma erupção de arrepios pelas minhas costas. Estremeço e sua risada é perversa e deliciosa.

— Tem certeza?

— Eu tenho certeza desde Bimini, Anna. — Ele encosta sua testa na minha. — Quando você me olhou e disse "mudei de ideia sobre aqueles ovos", seu rosto estava temeroso e firme, e, naquele momento, soube que te seguiria até o fim do mundo, se você me deixasse.

— Não acho que tive um momento assim — digo. Keane entrou no meu mundo como um estranho e, devagar, tornou-se alguém tão necessário que não quero ficar sem ele.

— Não importa — ele diz. — A gente chegou no mesmo lugar.

— Onde exatamente a gente está?

Ele ri.

— Vai lá. Dê uma olhada.

Saio para o convés, para perceber que estamos ancorados numa pequena baía numa ilha vulcânica, onde nuvens espessas estão reunidas no topo do monte mais alto.

— Isto é... Montserrat?

— É, sim.

Quando Ben e eu planejamos nossa viagem, os guias de viagem faziam pouca menção à ilha além da erupção do vulcão Soufrière Hills, em 1995, que enterrou a maior parte da ilha sob lava e cinzas. Até os cruzadores em fóruns de navegação na internet recomendavam o local apenas como ancoradouro noturno durante a rota para destinos mais ao sul. Ben queria ver essa ilha mais do que qualquer outra, mas mantenho essa informação só para mim. Se é a ilha favorita de Keane, quero vê-la por seus olhos.

※※※

— Montserrat me lembra muito de casa — ele diz, enquanto corremos com o bote para as docas da cidade em Little Bay, apesar de que *cidade* seja uma palavra generosa para um punhado de casas. — Os penhascos e montes verdes são muito parecidos com os da Irlanda, e muitas pessoas daqui, a despeito da cor da pele, têm ascendência irlandesa.

— É mais bonito do que eu esperava.

— Não é uma reação incomum — ele diz. — As pessoas esperam ver apenas devastação, mas há muita beleza por aqui. Você vai ver.

A senhora no escritório da alfândega confere nossos papéis de liberação de Jost Van Dyke — fingimos que São Bartolomeu nunca aconteceu —, e pagamos as taxas portuárias necessárias. No mesmo prédio, fica a imigração, onde nossos passaportes são carimbados e, oficialmente, chegamos a Montserrat. Saímos do armazém e um carro de polícia para ao lado do prédio. Um oficial negro, vestindo uma camisa de uniforme branca impecável, sai do carro e diz para Keane:

— No topo da manhã.

— Que a estrada se eleve para te encontrar — Keane responde, seu sotaque exagerado. O canto da sua boca se torce como se ele quisesse rir, mas não tenho ideia do que está acontecendo.

— E que você possa chegar ao paraíso antes que o diabo saiba que você está morto — o policial diz, tentando usar um sotaque irlandês que se mistura com sua língua montserrana, e os dois começam a rir, puxando um ao outro para um abraço.

— Anna — Keane envolve um braço em volta da minha cintura. — Esse é o meu grande amigo e, bem possivelmente, primo em sexto grau que saiu do lado do meu pai, Desmond Sullivan. Desmond, esta é a Anna Beck, minha parceira no crime.

Keane consegue sair pela tangente, dando uma definição para nosso relacionamento, um alívio porque tudo parece muito novo para isso. Aperto a mão de Desmond e ele nos leva até a sua patrulha.

— Meu turno não vai acabar até o meio da tarde — ele diz —, mas vocês podem ficar na minha casa até eu terminar.

— Tem só um pequeno porém de um cachorro — Keane diz. — Uma vira-lata que adotamos em Turcas e Caicos. Ela tomou as vacinas e os papéis estão certos, mas entendo que ela precise de uma permissão apropriada?

— Traga ela para a costa — Desmond diz com uma piscadela. — Se alguém perguntar, ela é minha.

— Seu filho da mãe!

Desmond ri.

— É de família.

Keane e eu seguimos até o barco para buscar Queenie e nossas malas, e retornamos à praia de Little Bay, onde arrastamos o bote acima da linha da maré e o amarramos em uma árvore. Queenie desliza, fazendo rastros na areia preta, feliz pela liberdade depois de tantas horas no barco. Quando ela finalmente se acomoda, ofegante e sorridente, nós a prendemos na coleira e nos dirigimos para a estrada, onde Desmond está esperando.

— O festival de Montserrat termina hoje — ele diz, nos levando por estradas montanhosas e estreitas, ladeadas por árvores e samambaias. Tudo é muito verde. — Sharon e Miles estarão no desfile, mas quando estivermos todos em casa, vamos ter um *lime* adequado, ok?

— Vai ser ótimo — Keane diz e explica para mim que "ter um *lime*" significa ficar um tempo com os amigos, comendo, bebendo, conversando e ouvindo música. — Na Irlanda, chamamos isso de *craic* — ele pronuncia como a palavra em inglês *crack* —, mas o conceito é o mesmo.

Desmond vive em uma vila chamada Lookout. Sua casinha amarelo-manga está num monte sobre uma baía, onde a água é do mesmo tom das venezianas azuis das janelas.

— Lookout — ele diz, nos deixando à porta vermelha, na frente da casa — foi construída depois que o vulcão destruiu a parte baixa da ilha. Muitas pessoas se realocaram para cá. Não tem uma história rica, a cidade ainda está se descobrindo.

Ele nos deixa e diz para nos sentirmos em casa, mas há apenas dois quartos.

— A gente não pode tirar o Miles do quarto dele — digo. — Mesmo se Desmond insistir.

— Concordo, e é por isso que trouxe a barraca.

— Você pensa em tudo.

Ele me pega pela cintura com uma das mãos e me puxa para perto dele.

— Quer saber no que estou pensando agora?

— Que você precisa de um banho?

Com uma das mãos no meu pescoço, seu polegar na minha bochecha, ele me dá um beijo suave. Depois, profundo. Corro minhas mãos nas costas da sua camiseta e nos beijamos ali na cozinha, até que ficamos sem ar.

— Uma chuveirada gelada — ele diz. — Com certeza gelada.

Enquanto Keane está no chuveiro, lavo o forro de sua prótese. Eu nunca tinha feito isso antes, mas o observei muitas vezes e sei como fazer. Sua prótese de uso diário fica ao lado da banheira, então deixo um forro limpo e uma meia sobre o encaixe e me sento na tampa fechada do vaso sanitário.

— Isso tudo é tão apavorante para você como é para mim?

— Você quer dizer a gente? — ele pergunta, detrás da cortina floral.

— É.

— Nem um pouco.

— Acho que, depois de Ben, tenho medo de que me puxem o tapete de novo.

— O que faz total sentido — Keane diz. — Ben estava sofrendo de algo sobre o qual ele tinha pouco controle, mas já estive nesse mesmo lugar e fiz uma escolha diferente. Isso não quer dizer que eu não tenha dias sombrios, quando me odeio e odeio todo mundo. Mas se posso te prometer uma coisa, é que tenho a intenção de deixar esse mundo quando estiver velho, encurvado e com cabelos brancos saindo das minhas orelhas. E, se ter essa imagem na cabeça não te fizer mudar de ideia, então... sou seu pelo tanto que você me quiser.

Por muito tempo, pensei que me apaixonar por outra pessoa significaria que não amava Ben o bastante. Que o que tivemos não foi real. Eu não deixei de amá-lo. Eu só não quero me arrepender de ter deixado Keane Sullivan ir embora.

— Você vai ficar preso comigo por um tempo.

— Eu nunca imaginei ter uma conversa como essa num banheiro em Montserrat. — Ele desliga o chuveiro e seu rosto aparece por trás da cortina. — Mas quanto mais tempo eu estiver preso a você, melhor.

※※※

A uma curta distância, encontramos uma cabana com comidas ao lado da estrada, onde nos sentamos em cadeiras de plástico e comemos pão roti recheado com batatas e molho, e acompanhado de cerveja gelada. Brincamos de tentar adivinhar a cor do próximo carro que vem pela estrada, depois voltamos devagar para a casa de Desmond, acenando quando os moradores locais nos cumprimentam.

Desmond está em casa quando chegamos. Um momento depois, Sharon chega, seus braços lotados com sacolas de mercado. Ela é uma mulher alta, com cabelo cacheado natural, que me agradece quando pego um pouco das sacolas. Miles, talvez no jardim de infância, perdeu um dente da frente.

— Miles — Desmond se agacha ao lado do filho. —, este é o meu amigo Keane Sullivan.

Os olhos do garotinho se abrem.

— Sullivan como eu?

— Sim.

— Eu consigo soletrar Sullivan — Miles anuncia. Ele fala as letras na ordem certa, levantando um dedo para cada uma até atingir oito. — Oito letras.

— Bom trabalho — Keane diz. — Eu só aprendi agora a soletrar Sullivan da forma certa.

Miles começa a rir.

— Talvez eu seja mais inteligente que você.

— Acho que sim.

— Keane — Sharon diz, o abraçando com um braço e beijando sua bochecha. — Já era hora de você aparecer! Sentimos sua falta.

— Eu também — ele diz. — Sharon, esta é a Anna Beck, a minha "agregada".

— Ele está mentindo — digo, seguindo-a até a cozinha. — Ele é o meu "agregado".

Enquanto coloco as compras no balcão da cozinha de frente para a sala, Miles toca no assunto da perna de Keane, sua vozinha é quase um sussurro quando ele pergunta:

— Você é igual ao Homem de Ferro?
— Um pouco — Keane diz. — Tenho apenas esta perna.
— Legal.

Satisfeito que o amigo de seu pai é quase um super-herói, Miles corre para fora para brincar. Desmond e Keane vão para a varanda lateral com garrafas de Guinness — "a bebida apropriada para ficar com os amigos"—, enquanto ajudo Sharon a arrumar as compras.

— Há quanto tempo vocês estão juntos? — ela pergunta.
— Estamos velejando juntos por um pouco mais de um mês — digo. — Mas estamos juntos por mais ou menos... dezesseis horas.

Sharon ri.
— Isso é bem específico.
— Demorou um tempo para a gente, para mim, na verdade, entender as coisas.
— Ele é um homem bom. — Ela pega mais duas garrafas de Guinness do refrigerador, as abre e me entrega uma delas. — Vamos lá para fora. Mais gente vai chegar depois do festival, então, teremos que nos preocupar com a comida mais tarde.

Nós quatro nos sentamos em cadeiras de frente para a Baía Margarita. Miles dá cambalhotas na grama e brinca com Queenie. Desmond me diz como, há sete anos, ele conheceu um Keane bêbado, urinando ao lado da estrada.

— Eu ia prendê-lo, mas quando ele me disse que o nome dele era Sullivan, eu o trouxe para casa e o deixei sóbrio.
— O que ele não está te contando — Keane diz — é que, depois de me deixar sóbrio, ele me levou para comer cozido de bode e tomar Guinness, e ficamos bêbados de novo.

Sharon me diz que é cabeleireira num salão na vila vizinha, St. John, e, quando ela me pergunta o que faço da vida, não menciono o bar pirata. Conto a ela nossos planos de começar uma ONG. Sinto-me envergonhada por ser tão privilegiada em querer levantar dinheiro para um barco bem tecnológico quando Montserrat está passando por uma reconstrução de mais de duas décadas, mas seu sorriso é generoso.

— Isso vai ser bom para ele. Ele precisa de um propósito.

A tarde se transforma em noite, amigos e família chegam, incluindo uma garota num vestido rosa-*shocking*, com uma tiara brilhante na cabeça e uma faixa de Miss Montserrat colocada no ombro. É a irmã de Sharon, Tanice, que veio direto do festival.

— Você não deveria ter trazido a realeza por nossa causa — Keane diz. — Somos gente comum.

Sharon endireita os ombros e dá uma levantada na cabeça.

— Mas eu não sou gente comum, Sr. Sullivan. Sou irmã da rainha.

Tanice rola os olhos e vai até a coleção de CD de Desmond para colocar música, tirando a tiara e chutando os sapatos de salto. Um grupo de homens começa a assar frango na churrasqueira e algumas das mulheres vão para dentro, para desembalar os pratos que trouxeram de acompanhamento para o churrasco. Fico vagando entre os dois grupos, a Guinness na mão, ouvindo-os se lamentarem sobre o tempo que tem demorado para que Little Bay volte a ser uma cidade propriamente dita e pegando pedaços de fofocas sobre pessoas que não conheço.

Dou a volta para o lado oeste da casa, para ver o sol se pôr. Keane aparece atrás de mim, envolve seus braços em meus ombros e descansa sua cabeça no topo da minha.

— Se você mantiver os olhos logo acima do sol, enquanto ele desaparece no horizonte, vai conseguir ver um raio verde.

Assistimos ao pôr do sol juntos e tento não piscar, mas quando o sol desaparece, não vejo nada além do céu.

— Perdi.

— Da próxima vez, então — Keane diz, beijando meu rosto.
— Temos ainda muitos pores do sol pela frente.

O mundo real

Pela manhã, Sharon nos deixa na vila de St. Peter, no final do Monte Fogarty, da Oriole Walkway, uma trilha que segue pelos montes centrais da ilha até a Montanha Lawyers. Queenie fica em casa para brincar com Miles e Keane e eu vamos caminhar em uma densa floresta de árvores, cercada por trepadeiras com folhas do tamanho de nossa cabeça e samambaias crescendo espessas ao longo do caminho. Keane aponta para uma iguana enorme se arrastando nos galhos de uma árvore e ouvimos — mas não vemos — o coaxar de galinhas-da-montanha, um sapo que antes era abundante, mas está em extinção desde a erupção.

A subida é mais íngreme do que imaginávamos e, quando alcançamos o cume, nossas camisas estão ensopadas de suor. Mas a uma altura de mais de trezentos e sessenta metros, conseguimos ter uma visão panorâmica. Ao norte, meu barco é um ponto azul em Little Bay. Além dele, estão os Montes Prateados, reminiscências de um vulcão extinto. Ao sul, nuvens de vapor e gás pairam sobre a cúpula do vulcão silencioso Monte Soufrière e o fluxo piroclástico atravessa a ilha verde como uma raivosa cicatriz cinzenta. Nevis e Antígua são sombras rochosas azuis no horizonte.

— Depois de ouvir a conversa da noite passada sobre construções não terminadas e promessas de campanha não cumpridas, não sei como essa ilha se mantém — digo. — Mas daqui de cima, entendo por que as pessoas não querem sair daqui. Entendo por que você ama esse lugar.

— Muitas pessoas são atraídas pelos destroços — Keane diz. — Mas as pessoas são a razão pela qual volto aqui.

Em nosso caminho de volta pela montanha, enchemos nossos bolsos com limões sicilianos e goiabas das árvores espalhadas pela trilha. Quando alcançamos o final da descida, Sharon e Miles estão nos esperando. Queenie nos vê pela janela de trás da pequena SUV, sua cauda é um borrão frenético.

— Se não for um problema, vocês se importam de nos deixar em Little Bay para que possamos dar uma olhada no barco? — Keane diz. — Chamamos um táxi para nos levar para Lookout, para que vocês não tenham que vir nos buscar.

Sharon nos deixa em Little Bay e Queenie pula para o bote antes de o tirarmos da praia. No barco, checamos o porão, testamos o motor e, em seguida, desabamos à sombra da lona da cabine. Keane remove sua prótese, meia e forro, e coça a parte de trás de seu membro residual. Ele não reclamou de dor durante a caminhada, mas parece desconfortável.

— Posso fazer isso pra você?

— O quê? Esfregar a minha perna?

— Sempre parece melhor quando outra pessoa faz isso.

— Verdade. — Seus olhos se encontram com os meus e permanecem assim. — Mas você não precisa fazer isso.

— Eu quero fazer.

Eu me debruço para a frente e pego a parte de baixo de sua perna direita com as mãos. A perna é um mapa topográfico, sulcos elevados de cicatrizes e vales suaves de pele normal. Tocá-lo dessa forma é íntimo demais. Mas quando trabalho meus dedos gentilmente nos músculos na parte de trás de sua perna, ele fecha os olhos e suspira. Afundo meus polegares ao longo da parte de trás de seu joelho e seu gemido é de puro prazer.

— Isso é ótimo!

Não demora muito para que meus dedos se sintam confortáveis com as cicatrizes de sua pele e começo a me sentir como Keane. Seus olhos ainda estão fechados quando noto um aumento na parte da frente de sua bermuda.

Seus olhos se abrem depressa.

— Merda. Anna, me desculpa, eu... — ele esfrega uma das mãos no rosto enquanto cobre a frente da bermuda com a outra. — Não quer dizer nada. É... isso não é verdade. Eu te quero tanto agora que mal posso aguentar.

Faz quase um ano desde a última vez que transei. Meu corpo está pronto, mas meu cérebro é o órgão relutante. Eu penso demais. Me preocupo que seja muito cedo.

— Eu te desejo o tempo todo — Keane diz. — Já te imaginei nua mais de uma vez quando estava... bem, quando estava sozinho com meus pensamentos, mas...

— Ai, caramba! — Rio, meu rosto fica quente. — Como é que eu posso competir com a fantasia?

— Vem cá! — Ele estende a mão e o deixo me levar para seu colo, de frente para ele. Pelas camadas de tecido entre nós, consigo sentir sua excitação se pressionando contra mim. Suas mãos são grandes e quentes nas minhas costas e ele me beija, seus lábios salgados de suor. — Juro que nada que imaginei poderia ser melhor que a realidade. Você é a fantasia.

— Estou começando a achar que você é bom demais para ser verdade. Ninguém é perfeito assim.

— Caso você não tenha notado, não tenho uma perna e estou desempregado, então, você provavelmente consegue alguém melhor.

— Provavelmente. — A barba por fazer sob sua mandíbula é macia entre a palma das minhas mãos quando seguro seu rosto. — Mas, por alguma razão, também quero você.

Minha boca está na dele quando Queenie se enrosca em nós, nos lembrando de que não estamos totalmente a sós. Estou um pouco desapontada, um pouco aliviada.

— Acho que a sua outra garota também quer um pouco de atenção.

Keane coça atrás das orelhas dela enquanto olha para mim.

— Você se importa se dermos uma pausa nesse momento?

— Temos todo o tempo do mundo — digo. — A gente pode sair para nadar.

Nossas roupas de natação estão na casa. Nós ficamos com nossas roupas de baixo e pulamos do barco. A cachorra late para nós.

— Queenie, pula! — Gesticulo para que ela entre na água e seus pés dançam em animação. Ela anda de um lado para o outro pelo convés, latindo como se isso fosse nos tirar da água. Finalmente, ela pula. Atinge a superfície com uma barrigada, mas nada até mim e depois até Keane.

Nadamos até a costa, onde ele se senta na beirada da água e Queenie e eu brincamos de correr uma atrás da outra, para cima e para baixo na praia vazia, espantando as gaivotas que arremetem e gritam para que a gente vá embora. Quando me canso da brincadeira, Queenie traz para Keane um pedaço de madeira, que ele joga na água para ela buscar.

— Essa viagem acabou com meu desejo por terra firme. — Me deito na areia ao lado dele. — Não quero voltar para o mundo real.

Ele ri.

— Você está no mundo real, Anna.

— Você sabe o que eu quis dizer.

— Eu sei — ele diz. — Mas pessoas optam por uma existência de horários regrados o tempo todo. Se você quer continuar velejando, vai encontrar um jeito. Ou você pode voltar à Flórida e viver dentro do barco. O que for melhor para você.

— E quanto a você?

— Onde você estiver é onde quero estar.

— E os deuses do vento?

Ele arremessa a vareta.

— Podem ir se foder.

Eu me deito na areia, sorrindo e me permitindo imaginar Keane e eu vivendo a bordo do *Alberg* juntos.

— É um barco bem pequeno para duas pessoas e um cachorro.

— Vai servir por enquanto.

Quando o barco está seguro, chamamos o táxi. Minha *lingerie* está úmida sob a minha roupa e meu rosto está rosado do sol. Keane paga ao motorista do táxi em frente à casa de Desmond. Sharon cuida de uma pequena árvore de jasmim-manga no jardim da frente e Queenie corre direto para Miles, que está chutando uma bola de futebol. Apesar de ter amado o chuveiro externo em Jost Van Dyke, sinto conforto na forma como os brinquedos de Miles estão colocados nos cantos da banheira enquanto me banho para tirar a areia e o sal.

Desmond volta do trabalho e nos leva para a zona de exclusão na parte sul da ilha. No caminho, ele explica que viajar na Zona V — a área ao redor do vulcão onde ocorreram os maiores danos — é limitado para os cientistas do Observatório do Vulcão de Montserrat e para autoridades. Áreas mais afastadas do vulcão estão abertas para acesso durante o dia aos grupos de turistas, visitantes da ilha e fazendeiros cujo gado ainda permanece na área de exclusão.

Somos levados pelo ponto de checagem policial e Desmond dirige pelo leito cheio de cinzas do Rio Belham. Logo começamos a ver as casas abandonadas. Algumas parecem que ainda têm pessoas vivendo em seu interior e outras têm janelas quebradas e mato crescendo de fora para dentro. Mais à frente, passamos por uma casa que foi inundada por lama e cinza, deixando apenas o segundo andar exposto. Passamos por um campo de golfe que ficou irreconhecível por conta da rocha de lava e das cinzas.

— A casa dos meus pais em Plymouth foi completamente destruída — Sharon diz. — É uma coisa se mudar da casa da sua infância, mas é outra bem diferente ver essa casa não existir mais. Às vezes, fico triste por não poder mostrar a Miles a casa onde morei quando era criança, e ele não vai poder conhecer uma avó e um avô que não viveram em Saint John, mas não faz bem revirar o passado.

Plymouth é uma cidade fantasma presa em um rio de rochas e as cidades vizinhas de Monte Richmond e Kinsale estão cheias de casas em ruínas, como conchas do mar quebradas e abandonadas. Sobre tudo isso, paira a nuvem de cinzas, escura e sulfúrica.

— O vulcão tem estado quieto — Desmond diz —, mas todos os dias há atividade sísmica, pequenos terremotos que dizem aos cientistas que a ilha está viva.

Plymouth não é uma tumba, mas ficamos sérios na volta para Lookout. Miles fala baixinho com Queenie, como se ela o entendesse, mas não há nada significativo que Keane ou eu possamos dizer sobre o vulcão que, provavelmente, ainda não tenha sido dito. Quando chegamos à casa, o jantar — cabra com *curry* e batatas assadas na panela elétrica de Sharon — está pronto. Guinness e sobras da festa da noite passada cortam nosso silêncio, e Desmond pergunta como Keane e eu nos conhecemos.

Enquanto contamos a história, Keane relembra o *Chemineau* e, para o meu horror, começa a falar sobre Sara. Eu não imagino que ele seja tão insensível em contar que transou com ela, mas ele também é honesto demais.

— Aquela noite está classificada com uma das piores da minha vida — ele diz. — Eu sofri de ansiedade de desempenho, porque estava totalmente apaixonado pela Anna, mas a gota d'água foi quando chamei a Sara de Anna. Nenhum de vocês ficaria surpreso se disser que a Sara me chutou pra fora do barco e, de fato, não dormi com ela.

— Na verdade, estou surpresa — digo. — Quando você foi se confessar no dia seguinte...

— Eu não fui me confessar.

— Mentiroso.

— Escuta, simplesmente fui perguntar para o diácono a opinião profissional dele se o que aconteceu com a Sara, ou o que não aconteceu, na verdade, seria um pecado — ele diz. — Ele me disse que o meu julgamento provavelmente não foi o mais acertado, mas me deu uma bênção não oficial para ter certeza e aqui estamos nós!

Sharon cobre o sorriso com a mão, mas Desmond ri tão alto que lágrimas saem do canto de seus olhos.

— Todo o acontecimento poderia ter sido evitado se eu tivesse dito a Anna como estava me sentindo na época — Keane continua. — Mas já que a gente só se conhecia fazia uma semana, ela teria achado que eu era louco.

— Por que acha que é diferente agora? — pergunto.

Ele pisca.

— Porque agora você está presa a mim.

O restante da nossa história se perde em risadas quando Sharon nos conta que ela tinha a minha idade quando conheceu Desmond, durante o Festival de Montserrat, quando ele estava competindo no concurso de canto Calypso Monarch.

— Ele era um péssimo cantor — ela diz —, mas tão fofo que não tive coragem de dizer pra ele.

— É o charme dos Sullivan — Desmond diz. — Quando você está fisgada, não tem como escapar.

Afeto verdadeiro

Domingo tem aquele ar de dia de partida.

Desmond nos leva a uma loja de mergulho em Little Bay, onde Keane aluga um tanque de mergulho e passa a manhã raspando cracas do fundo do barco. Limpo a cabine e mando *e-mails* de Feliz Ano-Novo para casa, dizendo a minha mãe e a Carla que estamos em Montserrat. Não estou pronta para contar sobre meu relacionamento com Keane, ainda. É muito recente e quero manter segredo por um pouco mais de tempo. Juntos, fazemos estoque de mantimentos, mas como fizemos a maior parte das nossas refeições com os Sullivan ou na ilha, só compramos um engradado de Coca-Cola e algumas frutas frescas.

— Vamos partir logo — Keane dá voz ao que tenho pensado, enquanto devolvemos o tanque de mergulho para a loja. — Desmond e Sharon vão dizer para ficarmos o tempo que quisermos, mas tenho medo de desgastar nossas boas-vindas.

— O que temos em seguida?

— Guadalupe, Dominica e Martinica estão todas a um dia de viagem uma da outra e o tempo vai estar a nosso favor — ele diz. — Podemos visitar uma ou todas elas. Você decide.

Eu nem considero mais a rota de Ben. Pulamos ilhas que ele queria visitar e estivemos em lugares que não faziam parte de seu plano. A única coisa de que me arrependo é de não ter ajudado na pesquisa para saber o que cada ilha teria a oferecer.

— O que você escolheria? — pergunto para Keane.

— Martinica é o meu segundo lugar favorito no Caribe — ele diz. — Eu passaria a noite em Guadalupe e Dominica e aportaria em Martinica.

— Vamos fazer isso.

Pegamos um táxi até a casa, para juntar as nossas coisas e nos despedirmos de Sharon e Miles, prometendo que voltaremos a Montserrat em breve. Miles abraça Queenie até que ela se solta. No porto, estamos carregando o bote com nosso equipamento quando o carro de patrulha de Desmond para e ele sai. Espero que ele faça a brincadeira irlandesa com Keane, mas ele apenas diz:

— Eu esperava que vocês pudessem ficar um pouco mais.

— A gente poderia — Keane diz —, mas o Miles tem que voltar para a escola e a Sharon para o trabalho, e não queremos atrapalhar. Melhor vocês se lembrarem da gente com carinho.

— Isso seria assumir que gosto de você.

— Vá à merda, Sullivan.

Desmond ri e puxa Keane para um abraço.

— Até breve, meu amigo. Volte logo para nós. E, Anna — é a minha vez de ganhar um abraço —, você é sempre bem-vinda à nossa casa.

Ele olha das docas enquanto puxamos a âncora e vamos embora. Ele é um borrão nos meus olhos quando aceno adeus.

❋❋❋

Navegamos de Montserrat para Guadalupe, onde ancoramos no porto de Deshaies. Comer. Dormir. Acordar de manhã e velejar para Dominica. Passamos a noite na Baía de Prince Rupert. Comer. Dormir. Velejar. Em nosso caminho para a Martinica, tento a sorte pescando e fisgo um atum negro pequeno que comemos no almoço tostado com molho caseiro de goiaba. Como Keane previu, o vento tem estado a nosso favor e a única diferença entre essas travessias e os outros saltos fáceis é que passamos menos tempo discutindo sobre palavras cruzadas e mais tempo nos beijando. Dormimos juntos na minha cama, mas não transamos. A princípio, fiquei feliz com a paciência de Keane, enquanto me acostumava com a ideia de ter uma conexão íntima com alguém além de Ben. Mas... já esperamos tempo o bastante.

Em Martinica, ancoramos num porto. Um cartão postal em 3D. O oceano turquesa toca a areia branca ao lado de uma vila de casas de telhados vermelhos e montanhas verdes atrás. Os montes que circulam a vila são como um abraço de boas-vindas e o cais de madeira parece sair direto da porta da frente da igreja da aldeia.

— Bem-vinda a Les Anses d'Arlet — Keane diz —, o melhor lugar no planeta.

— Espera. Eu achava que Montserrat era a sua ilha favorita.

— Pensando como um todo, é, sim — ele diz. — Mas poderia facilmente viver aqui nesta vila pelo resto dos meus dias.

— Bem, agora minha expectativa aumentou.

Levo o bote para a costa e uso um computador em um restaurante para passar pela alfândega. Enquanto tenho Wi-Fi, alugo uma casa no monte perto da praia. Quando volto para o barco para buscar Keane e Queenie, digo a ele para arrumar uma mochila para passar a noite.

— Tenho uma surpresa para você.

— Tão boa quanto o *baseball* em Porto Rico? — ele pergunta.

— Melhor.

Quinze minutos depois, subimos por uma colina íngreme e chegamos a uma pequena cabana de madeira com uma cozinha externa e vista para o porto. Uma rede listrada grande para duas pessoas está pendurada na varanda, mas o ponto focal do ambiente é a cama larga com lençóis brancos limpos e um mosquiteiro pendurado à sua volta.

Keane absorve tudo e balança a cabeça.

— Isso com certeza vai ser melhor que *baseball*.

Eu rio, colocando Queenie no banheiro com comida, água e sua bola de tênis favorita.

— Definitivamente. Quer dizer, imaginei que a gente poderia ir para a praia, caminhar na floresta ou...

Ele me interrompe com beijos suaves, um após o outro, uma das mãos deslizando em meu cabelo, enquanto a outra toca a parte inferior das minhas costas. O suave se torna intenso, mais urgente, e agarro a parte de trás de sua camiseta em meus punhos, meu coração batendo forte. Pode ser que eu o tenha empurrado para trás ou que ele tenha me puxado para a frente, mas, juntos, encontramos a beirada da cama. Ele se senta e me puxa para o seu colo.

Ele toca meu rosto.

— Você está pronta para mim, Anna?

— Sim — sussurro, virando meu rosto e beijando o interior de seu pulso. — Sim.

Ele abre os botões da minha camisa. Keane já me viu de biquíni e com o meu sutiã rosa de bolinhas molhado no outro dia, mas hoje me sinto exposta. A cola acabou de juntar o meu coração partido e estou oferecendo a ele um martelo. Mas quando ele beija a minha pele, bem ali, acima do meu coração, me sinto segura.

Minha camisa cai no chão, enquanto ele beija meu ombro. Puxo sua camisa pela cabeça e a jogo no chão. Beijo o canto de sua boca, que sempre se levanta quando ele sorri. Fico de pé para tirar meu *short*, e Keane observa, enquanto abro a frente do meu sutiã e tiro minha calcinha. Me preocupo que meus seios são pequenos demais e meus pelos pubianos estão grandes demais, mas quando ouço sua inspiração aguda e meu nome na expiração, fico tranquila. A necessidade se instala com força entre minhas coxas.

Sentindo-me mais ousada, monto nele novamente e o sigo, enquanto ele se move para trás na cama, primeiro embaixo de mim, depois, acima. Os lençóis frios pressionados nas minhas costas e sua boca abre uma trilha quente pelo meu corpo. A insegurança aparece quando sinto sua boca na parte interna da minha coxa, mas logo desaparece no prazer de sua língua.

Minhas pernas ainda estão tremendo de satisfação quando ele remove sua prótese e sua bermuda e coloca uma camisinha. Ele se move sobre mim. Dentro de mim.

— Ah! — dou um gemido em seu ombro. — Você não tem ideia de como isso é bom.

Keane revira os olhos e move os quadris, me fazendo ofegar.

— É, nenhuma ideia.

A princípio, estamos rindo e sem sincronia — dois corpos que nunca se moveram juntos antes —, mas quando encontramos nosso ritmo, o mundo ao nosso redor desaparece. E quando termina, nossa pele úmida e nossa respiração curta, as palavras se repetem na minha cabeça como uma ladainha. *Eu te amo. Eu te amo. Eu te amo.* Estou com medo de dizê-las, mas quando dou um beijo silencioso em sua boca, parece que ele as está dizendo para mim.

— Anna, isso foi... — ele solta a respiração e pressiona os lábios na minha testa. Por mais que ame a sensação da sua boca na minha, os beijos na testa são o sinal de afeto verdadeiro dos Sullivan e são os meus preferidos.

— Pois é.

Ele ri, saindo de cima de mim, e levanta o braço, para que eu possa me recostar nele.

— Acho que você acabou comigo, agora.

— Eu não estou nem um pouco arrependida.

Enquanto ficamos deitados juntos, o sol forma um quadrado no chão e, lá fora, os pássaros cantam. Uma minúscula lagartixa verde sobe pela parede ao lado da cama, demorando-se para nos olhar. Eu me concentro nessas coisas. No latido de Queenie, curto, agudo, pedindo para sair. Na batida ritmada do coração de Keane no meu ouvido. Qualquer coisa para conter a culpa de que meus sentimentos por esse homem possam ser maiores do que qualquer coisa que já conheci.

※※※

    Há muitas coisas que poderíamos fazer em Martinica, mas passamos os primeiros três dias, praticamente, o tempo todo na cama, saindo apenas para levar Queenie para passear ou comer na cozinha ao ar livre. Corto o cabelo de Keane com um par de tesouras que encontro em uma gaveta e ele me mostra sua rotina de cuidados pessoais, explicando as camadas e como ele mantém sua prótese. Memorizamos o corpo um do outro como mapas, aprendendo quais lugares evitar e quais lugares explorar. Dormimos. Fazemos amor. Conversamos. Transamos. Rimos. O tempo é como um curso intensivo, nos ensinando a estar juntos — embora tenhamos aprendido desde o início —, e voltamos para o *Alberg* com tudo o que descobrimos.

    A cabine do barco tem o cheiro das laranjas penduradas no saco de malha na cozinha, e sorrio ao ver o meu boné dos Cangrejeros pendurado em seu gancho ao lado da escada. O azul está começando a desbotar pelo sol e está moldado com o formato da minha cabeça. A estrela-do-mar da Praia dos Porcos presa por uma linha na beira da minha cama. A foto com Keane e eu na casa de retalhos está ao lado da foto em que estamos Ben e eu. Uma nova casa sendo construída ao lado da velha.

    — Eu pendurei a rede — Keane diz, vindo até a cabine, enquanto estou fazendo a cama. Ele coloca os braços em volta da minha cintura, por trás. — Mas dormir pelado com você, debaixo desse edredom fofo, vai ser a melhor parte.

    O calor sobe nas minhas bochechas, apesar de termos ficado mais tempo pelados do que vestidos nos últimos dois dias, e ele ri suavemente.

— Tenho um presente para você — ele vasculha sua mochila. — Comprei isso em San Juan, só que você me deu a caneca do Ben e eu fiquei com medo de que fosse muito e ao mesmo tempo não fosse o suficiente, mas agora... aqui está.

Ele me entrega um pacote do tamanho da minha mão, embrulhado em papel de presente de Natal. Enquanto rasgo o papel, Keane passa a mão pelo cabelo. Ele está nervoso. E também fico.

Dentro há um par de brincos com pedras brutas e não polidas, incrustadas em prata de lei.

— São diamantes brutos — ele diz. — Sem drama. Eu os vi em uma vitrine na Cidade Velha e eles eram simplesmente... você.

— São lindos.

— Como eu disse.

Eu rio enquanto lhe dou um beijo.

— Você pode ser um pouco menos charmoso de vez em quando?

— Eu te amo — ele deixa escapar. — E sei que deveria guardar isso comigo por mais tempo, mas é a verdade e não estou me sentindo nada charmoso nesse momento.

— Eu... eu não sei o que responder agora.

— Não é bem o que gostaria que você dissesse, mas...

— Não, quero dizer... tenho medo. Pronta para te amar, mas também não. Ainda penso no Ben às vezes e não sei como parar de fazer isso. E talvez isso possa arruinar tudo entre a gente, mas... quero tentar. — Deixo cair os ombros. — Essa foi a declaração menos romântica de todos os tempos.

Keane balança a cabeça um pouco.

— Eu não a colocaria num cartão.

— Também te amo. — As palavras saem no final de uma respiração e no começo de um sorriso. Eu não pretendia dizê-las em voz alta, mas já foi. — Eu não quero que você seja só um caso, Keane Sullivan. Quero que você seja de verdade.

Ele segura meu rosto, suave e carinhosamente, e me beija.

— Pode contar com isso.

❊❊❊

Pela manhã, pegamos uma série de ônibus para Fort-de-France, onde alugamos um carro. Quando voltamos para o sul, Keane não me diz aonde estamos indo, apenas quer que eu veja uma coisa. No topo de um penhasco de frente para o oceano, próximo da cidade de Le Diamant, ele me leva a um agrupamento de vinte estátuas de concreto, dispostas na forma de um triângulo.

— Em 1830, depois que a escravidão foi abolida nas ilhas — Keane diz —, um navio mercante estava trazendo uma carga de escravos secreta para Martinica. O navio estava mal ancorado no porto e bateu contra a Diamond Rock — ele aponta para uma pedra solitária que se projeta para fora do mar —, afogando quarenta escravos, aprisionados juntos e acorrentados no porão.

Há uma inclinação de derrota nos ombros das estátuas, aquelas sobrancelhas pesadas pela tristeza e as bocas voltadas para baixo. Elas estão de pé numa colina gramada sobre o vasto azul do oceano, congeladas no luto, uma tristeza eterna. Lágrimas enchem meus olhos.

— As estátuas foram colocadas para simbolizar a rota mercantil triangular do Oeste da África até o Caribe e as colônias americanas — Keane diz. — E elas apontam a cento e dez graus em direção ao Golfo da Guiné. Direto para sua casa.

Estou chorando sem parar agora.

— Construímos memoriais para honrar a memória daqueles que perdemos e para lembrar a tragédia de humanos tratando outros humanos como propriedade — ele continua. — Tenho pensado no que você disse sobre não saber como parar de pensar no Ben e... bem, nunca te pediria isso. Você já construiu um lugar para ele no seu coração, mas se você tiver um pouquinho mais de espaço...

Meu rosto está molhado, lágrimas caindo em meus lábios, quando o beijo e sussurro:

— Tem muito espaço para você.

De volta a Les Anses d'Arlet, passamos a tarde sentados a uma mesa de plástico sob uma tenda de festa, bebendo e ouvindo *reggae*. Os nativos não falam inglês e a tentativa de Keane de falar seu francês de colégio os faz rir, mas sobrevivemos. Queenie está deitada na areia e deixa um grupo de crianças fazer carinho em sua cabeça. Quando terminam, ela se levanta e sacode areia por todo lado, fazendo as crianças rirem e gritarem.

— Esse barco precisa de um nome — digo, quando estamos de volta a bordo do *Alberg* naquela noite. — Que tal... *Coração Valente*?

Keane franze o nariz.

— Como o William Wallace? "Eles nunca vão tirar nossa liberdade?" É um pouco... escocês. É claro, o barco é seu. Longe de mim te dizer o que fazer.

— Claro, porque você nunca fez *isso* antes.

Ele ri.

— O que você escolher será perfeito.

— Desde que não seja *Coração Valente*?

— Exato.

Eu me mexo, montando em seu colo para encará-lo, beijando sua boca enquanto telegrafo a mensagem com os quadris de que o desejo.

— Não precisa ter um nome exatamente agora.

— Não. — Dessa vez, sua risada tem um tom *sexy*, malicioso, e seus lábios estão no meu pescoço quando ele diz: — Não, não precisa.

Há outros barcos no porto, mas a lona da retranca é baixa o suficiente para que não nos importemos em descer para a cabine. Keane coloca uma camisinha e tiro a parte de baixo do meu biquíni. Nada de preliminares. Nada de palavras doces. Apenas a necessidade, rápida, dura e ofegante. E quando terminamos, espalho beijos suaves por todo o seu rosto e sussurro a cada um que eu o amo.

A diferença entre Keane e Ben, estou percebendo, é que Keane pertence a mim de uma forma que Ben nunca pertenceu. Ben me amava, mas ele sempre teve uma saída estratégica. Keane é meu pelo tempo que eu o quiser. Posso sentir isso em tudo o que ele diz, em tudo o que ele faz.

Pequenas fissuras

Nosso tempo em Martinica não tem hora para acabar e passamos dias explorando todas as partes da ilha.

Empacotamos a barraca e dirigimos até Presqu'île de la Caravelle, uma península do lado leste da ilha, com uma costa selvagem e abundância de praias de surfistas. Procuramos a cabana de mergulho, onde Keane conheceu Felix e Agda, mas encontramos apenas a casca abandonada, recuperada pela natureza, as vigas habitadas por andorinhões. Acampamos na praia para passar a noite e ficamos o dia seguinte aprendendo — ou reaprendendo, no caso de Keane — a surfar.

Em outro dia, dirigimos até Saint-Pierre, uma cidade destruída pela erupção do Monte Pelée em 1902. Pedaços das ruínas permanecem, fundações de prédios arrastados para o mar. Saint-Pierre é uma cidade bem menor agora, nunca se recuperou, muitos dos prédios continuaram interditados e uma catedral católica permanece vazia. Me lembro de Montserrat. Do quanto meus problemas são sem importância em comparação ao que lá aconteceu. Sou uma turista que vê o melhor do paraíso em vez do pior.

Estamos no nosso décimo segundo dia na ilha antes de trazer à tona o assunto de partirmos.

— Vamos ficar — Keane diz, enquanto tomamos café na cabine do piloto. — Podemos ficar na cabana de mergulho. Consertá-la. Criar algumas galinhas e cabras, e plantar nossos próprios vegetais.

Espalho geleia de goiaba em um pedaço de baguete.

— Ok.

— É mais fácil te convencer do que eu imaginava.

— Eu amo a Martinica — digo. — E não só pelo sexo.

— Não, mas sempre vou ter as melhores lembranças dessa ilha agora.

Estar com Keane é fácil. Não é preciso adivinhar seu humor e amo o quanto ele demonstra seus sentimentos. Sorrio. Digo a ele para calar a boca, mesmo amando todas as palavras. Ele liga o VHF e ouvimos a previsão do tempo de uma estação que transmite de Santa Lúcia.

— Nossa janela é agora — ele diz. — Ou então pegaremos a frente fria e teremos que ficar mais dois ou três dias.

— Quero ficar ancorada aqui neste porto para sempre.

— E quanto a Trinidad?

A essa altura, Trinidad parece tão longe do meu radar que quase me esqueci dela. Seguir a rota de Ben não importa tanto mais, mas preciso seguir com a viagem até o final. Preciso de uma conclusão. A única maneira de nos libertar é ir até lá. Suspiro.

— Vamos embora pela manhã.

Tiramos uma longa soneca à tarde na rede. Compramos uma lagosta gorda para o jantar, de um dos pescadores locais, e, antes que as louças sejam lavadas, brinco com Queenie no convés, enquanto Keane checa seus *e-mails*.

— Anna — há gravidade em sua voz, mas há luz em seus olhos quando ele olha para mim. — Me ofereceram um lugar a bordo de um barco de quase vinte metros durante a Semana de Navegação em Barbados, com possibilidade de me tornar parte da tripulação permanente.

Os cantos de sua boca se contorcem, querendo sorrir e, enquanto Queenie deixa cair a bola no meu colo, penso em como responder de uma forma que não revele as pequenas fissuras em meu coração. Keane e eu conversamos tanto sobre fazer algo novo, algo juntos, mas esse é o sonho dele. Ele está tentando não deixar transparecer, mas ele quer isso.

— Isso é excelente!
— E mesmo assim não estou sentindo uma vibração de alegria.
— Eu estou feliz. — Só que há um aperto em meu peito ao pensar nele indo embora. — Essa pode ser a chance que você estava esperando.

Ele balança a cabeça de maneira afirmativa.
— O dono quer que eu me junte a eles para a parte de voltas da regata e depois quer fazer a corrida de distância entre Barbados e Antígua.

Sua excitação é grande demais para ser contida e seu sorriso me faz imaginar se esse foi o último sorriso que suas outras namoradas viram, antes que os deuses do vento o carregassem para longe. Pisco, tentando segurar as lágrimas. Me sinto boba por ter pensado que ele pertencia a mim.

Seu sorriso vacila.
— Você está chorando.
— Sim, porque sou egoísta. — Esfrego os olhos com as costas das minhas mãos. — Me deixei acreditar que íamos construir algo juntos. Imaginei que talvez eu fosse o bastante para fazer você querer ficar.
— Você é, mas...
— A pior parte é que você não precisa explicar. Eu te entendo.
— Venha comigo — ele diz. — Vamos velejar até Barbados juntos e você pode explorar a ilha enquanto estou na corrida.

— E o que acontece quando você partir para Antígua? Ou quando os donos quiserem que você fique para ir a Key West, ou para a Tasmânia, ou para Dubai? Barbados não fazia parte dos planos do Ben e, com certeza, não faz parte dos meus.

— Esse não precisa ser o fim, Anna — Keane diz. — Eu vou voltar.

— Quando?

— Eu... eu não sei.

— Eu não posso ser o seu plano de contingência — digo. — Tenho uma etapa da viagem para concluir numa praia em Trinidad e, apesar de te amar mais do que jamais poderia imaginar, posso fazer isso sem você.

— Então, o que você está querendo dizer?

— Que ambos temos lugares para onde precisamos ir. Se for para ficarmos juntos... encontraremos o nosso caminho de volta.

Quando ele me beija, me entrego, porque beijá-lo tornou-se tão natural quanto respirar. Quando ele está dentro de mim, meu corpo implora para que ele fique quando minhas palavras não fazem isso. Mais tarde, quando ele está dormindo e estou sozinha no convés escuro — seu cheiro em minha pele e o rastro de seus dedos em meu cabelo —, choro até dormir.

※※※

Estamos fingindo que está tudo bem quando andamos pelo cais da cidade em direção às portas abertas da igreja de Saint-Henri, para a missa de domingo. Digo a Keane que quero que ele seja feliz. Que não quero que ele viva em arrependimento. Que nunca estarei mais longe que a uma ligação ou a um *e-mail*. Mas a mentira no meio disso é que quero que ele mude de ideia. Eu me ajoelho no banco da igreja ao seu lado, ouvindo-o recitar as orações que ele sabe de cor, e rezo por um milagre.

A todo momento me impeço de pedi-lo para ficar. Seria egoísta. Ele é egoísta. Eu sou egoísta. A ponto de anularmos um ao outro. E somos apenas humanos, colidindo com as muralhas escuras de nossas vidas, em busca da faísca que nos trará a luz. Esperando que não estraguemos tudo.

Quando é hora de Keane partir, ele pega o carro de aluguel. Ele me beija um milhão de vezes no cais. Até que ele não tenha mais tempo de sobra para chegar ao aeroporto na hora.

— Eu te amo, Anna. — Ele beija minha testa e quase me desfaço em pedaços. — Espero que você saiba disso.

— Eu sei. Também amo você.

Eu não o vejo partir. Ando pelo cais e sigo para o *Alberg*, sem olhar para trás. De alguma forma, estou de volta onde comecei — sozinha e infeliz —, mas também estou mudada. Mais forte. Sem medo. Talvez Keane e eu estejamos juntos um dia, mas não vou perder a minha confiança com a perda dele. E se esse for o legado de nosso relacionamento, é o bastante.

Rainhas piratas

Saio para o convés na manhã seguinte e encontro novos vizinhos — um grande catamarã e um veleiro fretado de quinze metros. Me acomodo na rede com uma torrada com geleia de goiaba e meu *laptop*. Entre meus *e-mails*, há um de minha mãe, reclamando que Rachel e seu novo namorado já estão pensando em morar juntos.

É muito cedo, mamãe escreve, *mas a Rachel nunca foi muito esperta em matéria de homens*.

Eu rio. Talvez nenhuma de nós seja muito esperta em matéria de homens. Mas isso não é verdade. Nosso *timing* pode não ter sido perfeito, mas Keane não era o homem errado.

Minha mãe não precisa de mais coisas com que se preocupar, então não conto a ela que estou velejando sozinha novamente. Escrevo minha resposta falando coisas sobre Martinica, descrevendo o memorial dos escravos e a erupção do Monte Pelée, o surfe e o acampamento. Tiro uma foto minha com Queenie, com Les Anses d'Arlet às nossas costas, mostrando a ela que estou bem.

Para que ela não sinta pena de mim, escondo a verdade de Carla, explicando vagamente que Keane recebeu uma oferta de emprego. Conto que deixarei a Martinica em breve e que estarei em Trinidad daqui a uma semana. A linha de chegada está tão próxima. Viajei mais de dois mil quilômetros.

Queenie e eu navegamos ao entardecer. A brisa está rigorosa e a distância para São Vicente é maior do que a travessia de Miami a Bimini, mas estou mais confiante agora do que antes, e meu piloto automático me dará uma folga.

É um pouco chato sem o Keane. Ouço música, termino o livro que estou lendo por todo o trajeto pelas ilhas e deixo uma linha de pesca, mas não pego nada. Enquanto Queenie tritura a ração da tigela, faço um sanduíche. Estou dando a primeira mordida quando ouço um som farfalhante e vejo que a vela mestra está caída no convés, bloqueando a escotilha.

— Ai, merda.

Subo os degraus e empurro a vela caída. O barco ainda está se movendo, mas numa velocidade menor, com apenas uma vela. Nada mais está quebrado — apenas a adriça que segura a vela mestra —, mas não consigo subir o mastro sozinha para consertá-la. E mesmo que conseguisse, não saberia como.

— Que diabos vou fazer? — pergunto para Queenie. Ela balança a cabeça, inútil.

Keane teria uma solução e penso em ligar para ele, mas não tenho sinal de celular e preciso resolver isso sozinha. Preciso de uma adriça improvisada.

— Adriça. Adriça — repito a palavra várias vezes, como se dizê-la fosse trazer a resposta. E traz. Porque presa ao cabo de segurança está a adriça do balão de navegação.

Desativo o piloto automático, coloco o barco a favor do vento e amarro a adriça no topo da vela mestra. A vela não sobe toda no mastro, mas é suficiente para chegar a São Vicente.

Santa Lúcia fica para trás durante a noite e durmo em intervalos de vinte minutos, examinando o horizonte em busca de desastres em potencial, antes de acionar cada alarme. A aurora aparece em tons de rosa e amarelo pelo céu e São Vicente eleva-se à minha frente. Estou cansada até os ossos e com fome, mas a alegria me invade como uma onda avançando pela areia da praia e danço pela cabine até Queenie latir.

Eu a levanto e me aconchego nela.

— A gente conseguiu — digo a ela. — Somos as rainhas piratas do Caribe.

Ben estaria orgulhoso. Keane também. Mas o mais importante, estou orgulhosa de mim mesma.

❊❊❊

O primeiro assistente de navegação de São Vicente, Norman, está à espreita em um pequeno barco cor-de-rosa, enquanto abaixo a vela e o motor na direção de Wallilabou Bay. Ele me chama no rádio, oferecendo sua ajuda com a amarração, e retorno dizendo que vou cuidar de tudo sozinha. Determinado, Norman corre ao lado do *Alberg*, insistindo em me ajudar.

— Me joga a corda! — ele grita. — Te levo para a amarração por apenas vinte dólares.

— Não, obrigada — tento manter meu tom agradável, porém firme. Vinte dólares caribenhos equivalem a 7,50 dólares americanos. Não é uma quantia absurda, mas não preciso de ajuda. Só que Norman não vai embora.

Outra mensagem chega pelo VHF, outro assistente de navegação, Justice, oferecendo um passeio guiado por Wallilabou e a lugares onde alguns dos filmes *Piratas do Caribe* foram filmados.

— Depois de te ajudar com a amarração, posso te levar lá.

— Eu não estou interessada, obrigada — respondo, mas ele também vem para me encontrar. Eles me lembram das rêmoras que nadam com tubarões, esperando os restos que caem da boca deles, mas não me sinto como o predador destemido nesse cenário. Especialmente quando Norman e Justice começam a discutir um com o outro, com aquele sotaque forte e incompreensível, seus barcos flutuando muito próximos do meu.

Um terceiro esquife se aproxima, e um quarto, e todos eles clamam, um mais alto que o outro, para que eu os contrate, me pedindo para jogar uma corda, me pedindo para comprar coisas e espiando dentro do meu barco de um jeito que me deixa extremamente desconfortável. Norman agarra meu cabo de segurança, reivindicando para si um serviço que não quero.

— Por favor, tire as mãos do meu barco — minha voz se perde no meio da discussão deles. Vou até o armário da cabine do piloto e tiro meu revólver sinalizador. Eu o carrego. Subo no topo da cabine e grito: — Eu não quero a porra de uma bola de amarração.

Os homens ficam em silêncio, seus olhos arregalados.

— Não quero um *tour*. Não quero um colar — minha voz está tão alta quanto consigo deixá-la e aponto o sinalizador para o porão do escaler de Norman. Eu jamais atiraria, mas enquanto ele achar que eu o faria, estou em vantagem. — Quero que você tire as mãos do meu barco e vá embora.

Ele levanta os braços em sinal de rendição e faz uma cara de *não estava fazendo nada de errado* para os outros. Esses homens só estão tentando sustentar a si mesmos e a suas famílias, mas aquele modo agressivo é demais.

— Todos vocês. Saiam de perto de mim.

Eles murmuram uns para os outros enquanto partem. Olham sobre os ombros, como se esperassem que eu implorasse pelo retorno deles. Me chamam de vagabunda louca. Minhas mãos tremem enquanto desço de volta para a cabine, viro o barco e navego para fora da Wallilabou Bay.

Minhas pálpebras estão pesadas de exaustão — tão cansadas que eu poderia chorar —, mas são apenas quatro ou cinco horas até Bequia, a próxima ilha na cadeia das Granadinas. Uma risada histérica me escapa quando percebo que mais cinco horas no mar não me perturbam mais. Abraço a costa de São Vicente até que eu esteja calma o bastante para erguer a minha vela com aquela gambiarra e desligar o motor.

❊❊❊

A água em Admiralty Bay é tão verde e translúcida que posso ver minha âncora enterrada na areia. Mergulho do trilho de popa e Queenie entra na água ao meu lado, patinhando em círculos ao meu redor, enquanto boio de costas sob o sol. Minha barriga está cheia de panquecas e, na água fria, São Vicente se esvai de mim como suor. Tiramos uma longa soneca na rede, vamos para a costa, para dar entrada na alfândega, e passeamos pela Belmont Walkway, uma estreita faixa de calçada que corre ao longo do quebra-mar. Comemos pizza de peixe-leão numa cabaninha azul e paramos nos Serviços Marítimos da Daffodil para lavar minhas roupas e contratar alguém para arrumar a minha adriça. Daffodil — uma empresária de sucesso que prosperou em seu trabalho como assistente de navegação a um império de serviços marítimos — garante que ambos estarão prontos até amanhã de manhã.

De volta ao barco, faço um desenho de minha cachorra e eu como rainhas piratas — Queenie com um tapa-olhos, e eu com sabres cruzados atrás da cabeça — e escrevo *State of Grace O'Malley* embaixo. Um longo tempo se passa sem que eu diga uma palavra. Fico sentada e satisfeita comigo mesma. Até sentir saudades de Keane não muda isso.

O porto está agitado, com iates, pescadores e balsas de outras ilhas, e uma mulher branca de um barco próximo me chama. Ela se apresenta como Joyce Fields de Port Huron, Michigan, e depois de gritar meu nome de volta, ela me convida para uma bebida. Coloco Queenie no bote e, menos de um minuto depois, um copo de ponche de rum é colocado na minha mão.

— Venha, sente-se. — Joyce é uma mulher robusta vestindo um maiô sem alças, que parece estar frequentemente à beira de cair. Seu bronzeado é forte e imagino se minha pele está igual à dela. Não sei se é por conta do rum, da ilha ou da combinação dos dois, mas Joyce está brilhando de felicidade. — De onde você é, Anna?

É uma pergunta simples, mas meu lar está bem aqui e agora.

— Da Flórida, acho.

Ela ri.

— Você acha?

— Eu meio que sou nômade no momento, mas iniciei esta viagem em Fort Lauderdale.

— Meu Deus, você é muito jovem! — Joyce parece uma mãe preocupada e é comovente. — Você percorreu esse caminho todo sozinha?

— Percorri uma parte dele sozinha, mas tive companhia pela maior parte da viagem.

— Viemos de Granada — ela diz. — Tiramos alguns anos para velejar pelo Caribe, mas gostamos mais de Granadinas e de Granada, então, a gente tem ido e voltado de lá pelos últimos seis meses. E você?

— Estou indo para o sul, para Trinidad, mas devo continuar. Não agora, porque preciso economizar dinheiro, mas... — tomo um gole de ponche, surpresa comigo mesma. Navegar para o canal do Panamá seria incrivelmente difícil sozinha e não sei se quero cruzar o Oceano Pacífico inteiro, mas nada está fora de cogitação. — É. Posso ir a qualquer lugar.

Janto com Joyce e seu marido, Mike, que vem de bote da costa com um balde de lagostas. Os monstros de casca laranja trazem uma ponta de saudade de Keane em mim. Tiro uma foto e envio para ele: *O que as pessoas pobres estão comendo agora. Sinto saudades de seu rosto e de todo o resto também.* Nós três comparamos impressões sobre as ilhas em comum que visitamos e rio de mim mesma como a mulher branca, louca e escandalosa de Wallilabou Bay.

— É difícil escolher uma favorita — Joyce diz. — Mas acho que a minha é Mayreau, logo abaixo na corrente. Praia maravilhosa, bares divertidos e o Parque Nacional em Tobago Cays é espetacular. Tartarugas por todos os lados. Você pode até nadar com elas.

Fico feliz de ter tomado rum o bastante para disfarçar a vergonha no meu rosto quando conto a ela que Martinica é a minha favorita. Não é de todo uma mentira quando digo que é por causa do memorial escravo e pela praia de Les Anses d'Arlet.

Antes que eu vá, Joyce tira a minha foto para seu *blog* de navegação e me convida para o almoço no dia seguinte. Um zumbido cálido se instala na minha cabeça e em meu corpo quando levo Queenie à costa para fazer suas necessidades. Durmo com a escotilha aberta para ver as estrelas e sonho com tartarugas marinhas.

❖❖❖

Alexander, da loja da Daffodil, aparece ao amanhecer, trazendo uma sacola de roupa lavada e uma manilha de reposição para minha adriça. Ainda estou tentando acordar por completo quando ele sobe o mastro e puxa a adriça errante de volta para o convés. Em minutos, a nova manilha está instalada. Alexander leva meu lixo para fora do barco. Ouço a previsão do tempo para ter certeza de ter uma janela.

Joyce sai no convés usando seu maiô e segurando uma enorme caneca de café, enquanto estou puxando a âncora.

— Já vai?

— Preciso nadar com aquelas tartarugas.

Sua risada chega até mim.

— Divirta-se! Tome cuidado!

— Você também. E obrigada pelo jantar!

Antes de sair do alcance de sinal de celular da ilha, checo meu celular, para ver se Keane me escreveu de volta, enquanto eu estava dormindo, mas não há novas mensagens.

Com a vela mestra em força total, o barco avança pela água. Passo por Canouan em direção à passagem sobre Mayreau. Considero navegar para Salt Whistle Bay, para ver porque Joyce ama o local, mas o que mais quero é nadar com as tartarugas. O vento do oceano fica mais forte, então coloco uma camada na vela mestra até chegar no sota-vento de Tobago Cays. Baixo as velas cedo e navego com cuidado, observando as marcas de navegação que me guiam pelos recifes. Há mais ou menos uma dúzia de barcos de todos os tamanhos e de diversas fontes de energia atracados na praia de uma ilha minúscula e desabitada, e estou amarrando o barco a uma bola de amarração quando um vigia do parque vem para coletar a taxa.

Quando entro na água clara e rasa e vejo minha primeira tartaruga marinha — quase perto o bastante para tocá-la, pairando na água como um pássaro em pleno voo —, tudo o que fiz para chegar até ali já tinha valido o esforço. A tartaruga me encara e nada para longe. Debaixo d'água, o tempo perde o significado, e sigo minha nova amiga, olhando-a mergulhar até o fundo e emergir, mostrando a cabeça na superfície. Nado até meus membros ficarem moles e meu estômago estar pronto para ser preenchido.

Queenie me traz a bola para eu jogar enquanto tomo sopa e como um sanduíche no convés de proa. Deixo-a segura na cama para passar a noite e caio no sono na rede, esticada sob as estrelas que permeiam o céu como confete.

Em meus sonhos, estou de volta a Fort Lauderdale, em meu antigo apartamento, com o rosto de Ben pairando sobre mim, seu quadril se movendo devagar contra o meu. Seu cabelo é macio entre meus dedos e posso senti-lo dentro de mim. Acordo do sonho com minha própria voz, um gemido, e com o coração acelerado. Meu corpo pulsando de um orgasmo durante o sono. Lágrimas de desapontamento e culpa, felicidade e confusão, enchem meus olhos. Especialmente quando percebo pela forma como seu corpo se movia contra o meu que não era o Ben de jeito nenhum. Era Keane.

Desisto de tentar dormir quando a primeira luz aparece no horizonte. Não está brilhante o bastante nem para chamar de nascer do sol quando levanto a âncora e sigo para o sul. Faço uma breve parada em Union Island, antes de deixar Granadinas para trás, e levo Queenie para fazer um passeio. Enquanto ela fareja uma palmeira raquítica, procurando lagartos, mando uma mensagem para Keane: *Odeio que todas as partes em mim sentem saudades de todas as suas partes.* Assim que envio, me arrependo. Mandar mensagens para ele não me ajuda a seguir em frente.

Uma hora depois, estou navegando novamente, com destino a Granada, a última parada antes de Trinidad.

Golfinhos me acompanham pelas duas primeiras horas e, com o piloto automático ligado, permaneço no convés de proa e os observo seguir com o barco. São golfinhos comuns — uma espécie que eu nunca tinha visto antes —, as costas de um cinza mais escuro do que a variedade nariz-de-garrafa, com laterais claras. Quando eles já se divertiram o bastante, desaparecem, e sou deixada para preencher as horas sozinha. Penso muito sobre meu sonho e fico imaginando se coloquei Ben de lado cedo demais e me apaixonei rápido demais por Keane.

Na Era Vitoriana, as regras da sociedade ditavam que uma viúva deveria vestir preto por um ano e um dia, depois transitar para meio-luto, quando elas poderiam usar cores mais vivas. Mesmo se os sentimentos reais da viúva fossem confusos, as regras eram bastante claras. Mas meu ano e um dia estão chegando muito rápido e não sei o que devo fazer, muito menos como deveria me sentir. Não há forma errada de estar de luto, mas dei um passo para trás. Estou brava por Keane ter partido e brava por Ben ter voltado.

Coloco uma *dance music* e afasto os dois da minha mente. Canto com toda a força de meus pulmões. Paro para me maravilhar com o fato de que, a oito quilômetros de distância, um ativo vulcão submerso chamado Kick'em Jenny está formando uma ilha. Daqui a milhares de anos, outra mulher vai estar navegando sozinha e outras pessoas poderão permanecer ali e fazer desse lugar um lar. E, mais uma vez, a Mãe Natureza põe minha pequena vida em perspectiva.

O pôr do sol é iminente quando subo a bujarrona e baixo a vela mestra para navegar pelo abrigo do porto de Hog Island. Granada me lembra as outras ilhas — montes verdes e praias douradas —, e estou chegando na boca do porto quando o alarme do motor dispara. Queenie começa a uivar e não sei o que fazer além de desligar o motor. Na cabine, subo a escada e abro a caixa do motor. O calor explode em mim, sinto cheiro de tinta queimada. Não há fogo, nem fumaça, mas com certeza o motor está superaquecido.

— Merda.

Esse é um problema pior do que a adriça. Não sou capaz de navegar em um porto cheio de barcos, chegar a uma parada e ancorar sem um motor. E, diferente de São Vicente, onde poderia escolher um assistente de navegação, não há nenhum em Granada. Considero ligar pelo rádio para pedir ajuda, mas o orgulho me impede. Não saber o que aconteceu de errado em meu próprio barco é vergonhoso. E, além do mais, está ficando escuro.

— Se conseguisse levar o bote à costa... Eu sei o que fazer! Eu sei o que fazer!

Abro um dos armários da cabine do piloto e pego uma corda. Corro para o deque de proa e amarro a corda em um dos cunhos. Percebendo que a corda está firme, baixo para o bote... e reboco o barco para o porto.

Encalhada no paraíso

Passo a maior parte da manhã seguinte na internet, procurando o que há de errado com o motor. Não sei se vai dar para pagar por um mecânico profissional. Só torço para que seja fácil o bastante para eu mesma consertá-lo. Ou talvez eu possa pedir para alguém de um barco vizinho me ajudar. Todos os sinais apontam que o mancal da bomba de água está travado, então, pego um ônibus local — uma *van* grande, com mais ou menos quinze pessoas espremidas dentro — até a loja de reparos mais próxima, em busca de uma nova bomba.

— Estamos à espera de um barco de entrega vindo de Trinidad — o mecânico me diz. — Vai estar aqui na terça ou na quarta-feira.

— Você acha que outra pessoa teria essa peça?

Ele dá de ombros.

— Posso ligar nas redondezas, mas é bem improvável.

— E quanto vai custar?

— Mais ou menos uns trezentos dólares americanos — ele diz. — Mais a mão de obra, se você quiser que a gente instale para você. Vai ficar mais ou menos quatrocentos e cinquenta dólares com a chamada de serviço.

Volto meus pensamentos para Provo, quando Keane e eu decidimos não gastar dinheiro extra, esperando por uma janela de tempo. Um viés retrospectivo e um ombro deslocado fizeram com que fosse uma má escolha na época, mas agora tenho dinheiro para comprar uma bomba d'água.

— Me avise quando você tiver a peça — digo. — Vou decidir sobre a mão de obra depois.

Já que não há nada que eu possa fazer até a bomba d'água chegar, decido aproveitar Granada. Paro no mercado em Grand Anse para estocar a cozinha de bordo, depois brinco com Queenie no convés enquanto cozinho uma panela de arroz, feijão e frango. Mais tarde, quando a música chega pelo mar vinda do bar em Hog Island e uma conversa vivaz em um barco próximo faz a noite ficar muito agitada para dormir, balanço na rede com Queenie.

Sua mala de ferramentas também sente a sua falta, envio a mensagem para Keane.

Faço sem pensar e ele não me responde, assim como não respondeu as outras mensagens. Talvez no meio do oceano as minhas palavras se percam no espaço. Talvez uma mala de ferramentas seja um preço pequeno a pagar pela escapada de Keane. A dúvida tem um jeito de se arrastar nos menores lugares e fincar raízes, mesmo que não acredite que Keane algum dia partiria dessa forma. Ainda assim, preciso parar de fazer isso. Preciso deixá-lo ir.

Mando um *e-mail* para minha mãe e para Carla, para avisá-las que alcancei Granada. Celebrando a marca da travessia de dois mil e quinhentos quilômetros. Dividir minhas vitórias sobre a adriça quebrada e o motor com problemas. Anexar a foto que Joyce tirou de mim em Bequia. Não dediquei muitas palavras para descrever os lugares em que estive e as pessoas que conheci, estou guardando tudo para uma grande história depois.

Carla me responde quase de imediato.

> Anna,
> Você parece tão diferente. E não só porque você está sorrindo. Você se parece com a Anna de que me lembrava. Estou com saudades, mas amo ver o quanto você foi longe, geográfica e emocionalmente. No bar, temos mantido o seu progresso num mapa, mas sei que perdemos alguns lugares pelo caminho. Mal posso esperar para ouvir todos os detalhes, ainda mais aqueles sobre o Keane Sullivan, porque você se esqueceu de dar detalhes sobre isso também. Navegue em segurança. Beijos, Carla

No sábado, pego um ônibus para o mercado em St. George, onde passeio por uma rua abarrotada de bancas cobertas, repletas de vegetais, frutas, temperos e *souvenirs*. Compro algumas frutas que nunca tinha visto antes — graviola, mangostão e fruta-do-conde —, e vendedores oferecem camisetas, sacolas, garrafas de molhos apimentados e colares de temperos. O cheiro de frango me envolve enquanto bebo água de coco com um canudinho e compro saquinhos de temperos para minha mãe — noz-moscada, anis-estrelado, canela em pau e pequenas sementes pretas chamadas de cominho-preto. Encontro um vestido de verão de batique azul e um pequeno tambor de aço para Maisie. E me deixo levar para comprar três colares de temperos — cheios de macis vermelhos, canela, gengibre, cravos, nozes-moscadas e açafrão — por dez dólares caribenhos, adquiridos de uma senhora cujos braços estão cobertos por eles.

— Você pendura na cozinha ou no banheiro — ela diz. — Dura por três anos e a cada seis meses, mais ou menos, mergulhe-os na água para reavivar a essência.

Minha última parada é um vendedor de carne, onde compro alguns pedaços de rabo de boi, que, mais tarde, cozinho com arroz, feijão e repolho no vapor. Após o jantar, experimento a fruta-do-conde, separando a pele nodosa em gomos. A carne branca da fruta é macia e doce como creme, e cada pedaço tem uma semente. É muito trabalho por uma fruta tão pequena, mas vale a pena. Enrolo algumas das sementes em papel toalha e as coloco numa sacola plástica. Talvez arrume um pouco de terra e plante a minha própria árvore.

No domingo à tarde, um grupo de viajantes de todas as partes do mundo enchem seus botes com isopores de cerveja e os levam para a praia em frente ao bar Roger's Barefoot, onde uma banda de *reggae* está tocando. Fico olhando da cabine quando uma senhora branca com cara de vovó, usando um largo chapéu de palha, com rolhas penduradas na aba, passa com seu bote e grita:

— Venha para o *show* dos botes!

Pego Queenie, algumas garrafas de cerveja, um saco de *chips* de banana e me junto à festa. Amarro meu bote ao que pertence a um cara branco, careca e de quase trinta anos. Seu cachorro, um vira-lata desgrenhado, preto avermelhado, sobe no barco para conhecer Queenie antes que eu termine de amarrar o nó.

— Me desculpa por isso — ele diz. — Gus é um cara amigável.

— Sem problemas. Queenie está feliz em ter companhia.

— Sou Dave. — Ele chega mais perto para apertar minha mão.

— Anna.

— De onde você é?

— Tecnicamente, da Flórida — digo —, mas pertenço àquele barco ali.

Ele ri.

— Gosto da forma como você coloca as coisas. É bem verdade. E veja só: eu pertenço àquele barco ali.

Sigo a linha do seu dedo para uma versão menor e mais detonada do meu barco de nome *Four Gulls* pintado na popa.

— O seu é o segundo *Alberg* que vi desde a Flórida.

Dave explica que ele passou a maior parte do ano no Caribe, mas que trabalha como *bartender* em Cleveland o verão todo para financiar seus hábitos de navegação. Conto que fugi de casa e ele ri. Depois do *show* dos botes, fazemos um *tour* por nossos *Albergs*.

— Caramba! — ele diz. — O seu é muito mais limpo que o meu.

— Talvez. Mas aposto que o seu corre.

— O que há de errado?

— Quase certeza de que é a bomba d'água. O técnico disse que elas devem voltar ao estoque na terça ou na quarta.

— Há destinos piores do que ficar encalhada no paraíso. Se precisar de ajuda para instalar a bomba, ficarei feliz em ajudar.

Dave admira meu desenho de piratas e quando vê a foto da casa de retalhos, ele pergunta se Keane é o meu par. Finjo balançar e virar uma Bola Mágica 8.

— Não posso prever agora.

Ele ri.

— Longas distâncias podem ser mortais.

Vamos do meu barco para o dele, fazendo um curso em zigue-zague pelo ancoradouro e círculos nos espaços vazios entre os barcos. Estamos rindo como crianças quando um senhor sai de dentro de sua cabine para gritar com a gente.

O *Four Gulls* está lotado de coisas — ferramentas, velas extras, roupas por todo lado, um ventilador quebrado preso ao corrimão —, como se um fosse um armário que acabou de explodir. Não dá nem pra imaginar como Dave consegue caber com seu cachorro num espaço tão lotado.

— Eu poderia culpar uma onda traiçoeira — ele diz. — Mas é que... está meio bagunçado.

Colada na cabeceira de sua cama, está uma foto dele com uma loura bonita.

— Longa distância? — pergunto.

— É — ele levanta o punho fechado e bato o meu punho contra o dele. — Ela vai chegar em umas semanas. Tenho que começar a limpar logo.

— Acho que você deveria jogar tudo fora e começar de novo.

Ele ri.

— Ou botar fogo no barco todo e usar o dinheiro do seguro para comprar um novo.

Dave abre umas garrafas de cerveja que trouxe de Ohio. Bebemos e jogamos dominó até o sol se pôr. Ele me leva até o meu barco, enquanto as luzes das âncoras se acendem pelo porto.

— Bem na hora do toque de recolher — ele diz. — Me dê um grito quando você pegar a bomba d'água.

Considero mandar mensagem para Keane enquanto me arrasto para minha cama, mas não há muito sentido em fazer isso. Mesmo que a culpa seja dos satélites, parei de ter esperanças de receber uma resposta.

Na segunda-feira, Queenie e eu pegamos o micro-ônibus para o Parque Nacional de Grand Etang, onde saímos para uma longa caminhada na floresta tropical. Na terça, pulo de uma elevação até a piscina no final da cachoeira Annandale. Na quarta, o gerente de serviços da loja de reparos marítimos me liga para me dizer que a minha bomba chegou.

✱✱✱

Dave vem até o barco na manhã seguinte e me ensina o passo a passo de como remover a bomba quebrada e instalar a nova. Não demora muito.

— Tenho certeza de que já montei móveis mais complicados que isso — digo.

— Pois é — ele diz. — É até meio ridículo pagar pela mão de obra.

Ele checa duas vezes para ter certeza de que todos os parafusos estão apertados e me dá um sinal de aprovação com o polegar.

— Você fez tudo certo, garota!

Com o motor consertado, o barco está pronto para Trinidad.

Passo o resto do dia preparando refeições para a travessia, para que eu não precise cozinhar se o tempo ficar difícil. Limpo a cabine. Arrumo meu equipamento. Preparo um canil improvisado para Queenie, caso ela precise ficar confinada no mar. Dave vem para o jantar e me leva até seu barco, para comermos um hambúrguer de despedida. Ele frita os hambúrgueres na grelha, mal passados, e os cobre com queijo.

— Caramba — falo com a boca cheia. — Eu não consigo me lembrar da última vez que comi um *cheeseburguer*.

— Não é? Amo frutos do mar e tal — ele diz —, mas escolho comer um hambúrguer entupidor de artérias em vez de peixe a qualquer hora.

Ligamos na previsão do tempo enquanto comemos e celebramos a previsão de mar calmo com copos de um forte ponche de rum. Ao anoitecer, Dave me leva de volta para o meu barco e me dá um abraço de despedida.

— Poderíamos trocar *e-mails* — ele diz —, mas não costumo checar muito o meu *e-mail*.

— Tudo bem. Estou começando a entender que algumas pessoas chegam em nossas vidas quando você precisa delas e se vão quando é a hora — digo. — E se eu tiver que trocar minha bomba d'água de novo, vou pensar em você.

Ele ri e me abraça mais uma vez.

— Tenha uma boa viagem.

Agradeço a ele. E é hora de ir.

Um milhão de pedaços cintilantes

Algumas vezes, o universo distribui recompensas. Talvez por algo tão pequeno quanto passar o fio dental todos os dias ou escolher papel no lugar do plástico. Ou talvez amar tanto alguém os ajude a ficar vivos por um pouco mais de tempo do que ficariam. Qualquer que seja a razão que o universo tenha escolhido para mim, sou premiada com a noite mais perfeita de todas. Um céu tão claro que todas as estrelas devem estar visíveis, e a luz da lua é tão brilhante que reflete na água, se espalhando em um milhão de pedaços cintilantes. Tinha sido assustador cruzar a Corrente do Golfo dois meses atrás, mas esta noite não tenho medo do mar. Não tenho medo do meu futuro. Mesmo se o vento soprar forte e as ondas se agitarem, estou pronta para isso.

A brisa permanece estável e constante, e a noite passa da única forma que pode. Uso o piloto automático para comer ou ir ao banheiro, mas a maior parte do tempo estou acordada, com as mãos no timão. Em algum momento, entre sexta-feira e sábado, passo a leste das plataformas de petróleo — duas pequenas cidades brilhantes no meio do nada. A marca da metade do caminho. No horizonte, entre o balanço das ondas, as luzes de Trinidad começam a aparecer.

Viajar quase três mil quilômetros pode não ter um grande impacto para a humanidade, mas faz a rachadura no meu mundinho ser remendada. Minha felicidade é muito grande para ser contida. Queenie dá um suspiro de satisfação, seu queixo peludo descansando na minha coxa, e fico suspensa em um perfeito estado de graça.

O sábado chega com uma luz dourada, raios de sol se espalhando pelo céu como uma proclamação. A ilha torna-se cada vez maior e mais verde, enquanto chego mais perto. A ansiedade cresce dentro de mim. Trinidad é maior que a maior parte das ilhas que visitei. É mais urbana e desenvolvida, por isso, não sei o que esperar dali. Mais ou menos a 1,5 quilômetro da costa, enrolo as velas, ligo o motor e envio uma mensagem pelo rádio para a guarda costeira, no VHF, com meu tempo estimado de chegada.

Venezuela e Trinidad se alcançam com longos e estreitos braços de terra, e a faixa de água salpicada de ilhas que as separa — os estreitos Boca del Dragón — tem só dezenove quilômetros de largura. Passo por duas pequenas ilhas, Huevos e Monos, e por dentro do ancoradouro em Chaguaramas, um pequeno porto industrial no lado noroeste de Trinidad. Os píeres se projetam no porto para os petroleiros e as dragas, e as marinas são florestas de mastros, cheias de veleiros com bandeiras do mundo inteiro. A frota pesqueira está agrupada na parte mais profunda do porto, perto de prateleiras de armazenamento a seco cheias de barcos a motor. É improvável que tenha notícias de Keane, mas quando faço a ancoragem a caminho das docas da alfândega, mando uma mensagem para ele, de qualquer forma. Apesar de tudo, ele é a primeira pessoa a quem quero contar.

> Eu consegui.

Passo uma boa parte da tarde resolvendo as burocracias com a imigração, a alfândega e conseguindo um visto veterinário para Queenie. O processo é um anticlímax. Eu deveria estar estourando champanhe. Em vez disso, assim que os papéis estão em ordem, levo o barco para uma rampa em uma marina. Ligo para minha mãe enquanto faço um passeio com Queenie pelo estaleiro.

— Estou tão orgulhosa de você — ela diz, e ouço o riso na sua voz. — Sua identidade estava tão atrelada ao Ben que eu tive medo de que essa viagem... Bem, pensei que você estivesse indo na direção errada.

— Provavelmente, quando comecei. Mas não agora.

— Quando você volta para casa?

— Não sei ainda — digo. — Preciso resolver o que fazer com o barco.

— Você poderia vendê-lo — minha mãe sugere. — Usar o dinheiro para ir à faculdade ou se manter até arrumar um novo trabalho.

— Talvez — digo, mas vender o barco está fora de cogitação. É a minha casa. — Manda um beijo pra Rachel e pra Maisie, e diga que as amo. Espero ver vocês em breve.

Desligo o celular e considero o champanhe ou comer uma refeição chique em algum lugar, mas, depois de vinte horas no mar, estou cansada. Me deito para uma soneca e não acordo até o dia seguinte.

❖❖❖

O domingo amanhece com trabalho a ser feito. As coisas pequenas vêm primeiro. Tomo um longo banho quente num banheiro de verdade. Limpo o barco. Lavo as roupas. Paro num mercado e compro leite, ovos, queijo e iogurte. Escolho uma garrafa de champanhe vencida, uma caixa de aperitivos para Queenie e um saco grande de M&M's para mim — um luxo que não tive desde que deixei a Flórida —, o qual como sentada na grama do estaleiro, enquanto Queenie corre e rola. Ela se joga ao meu lado, ofegante e empoeirada, e viro meu rosto para o sol. Queria que Ben pudesse me ver. Queria que Keane estivesse aqui. Mas estou começando a entender que a tristeza e a felicidade podem ficar lado a lado dentro de um coração. E que esse coração pode continuar batendo.

Enquanto estou sentada, vejo um grupo de trabalhadores do estaleiro comprando seu almoço num vendedor em uma bicicleta com um anúncio de DOUBLES QUENTES pintado na lateral do carrinho. Curiosa, tiro a poeira das mãos e entro na fila, sem nenhuma ideia do que vou comprar.

— *Doubles* é a comida nacional de Trinidad — um dos trabalhadores me explica, abrindo o embrulho do seu almoço para que eu possa ver. — É como um sanduíche, com dois pedaços de *bara*, o pão e *channa* no meio. Daí você adiciona molho *chutney* doce ou de pimenta, ou os dois.

Ouço o próximo cliente pedindo um *doubles* com molho *chutney* de manga, pepinos e pimenta. Quando é a minha vez, peço o mesmo e descubro que é como uma das versões indianas do taco, mas com pão frito, recheado com grão-de-bico. A manga é doce, o pepino, fresco, e até a pequena quantidade de pimenta é mais apimentada do que eu imaginava.

— Ai, é tão apimentado! — Meus olhos se enchem de água e meu nariz escorre, fazendo os nativos rirem. Lavo depressa a sensação com um copo de refrigerante.

— Talvez menos pimenta na próxima vez — o primeiro trabalhador diz.

— Com certeza — digo. — Obrigada por me ajudar com o pedido.

Meus lábios ardem e minhas mãos cheiram a *curry* quando paro na loja de suprimentos no porto, para a próxima compra da minha lista. A maior delas. Compro uma tinta dourada e um pequeno pincel. De volta ao barco, passo a maior parte do tempo na internet, procurando uma letra bonita.

Sei muito mais sobre o meu barco agora.

O que inclui o nome dele.

Com uma toalha úmida sobre a cabeça, para evitar que o sol do Caribe queime a minha nuca, balanço no bote, desenhando as letras — primeiro a lápis, depois, pintando-as. Demora um tempão e meus dedos começam a doer, mas, quando termino, a popa brilha.

Me troco, visto um vestido, coloco os diamantes brutos que Keane me deu e paro nas docas ao lado do meu barco para a minha cerimônia particular de batismo. Queenie sentada aos meus pés, parecendo solene, o que me faz rir enquanto estalo a rolha da garrafa de champanhe. Não sei como batizar um barco, então, apenas peço aos deuses do vento que abençoem todos que já navegaram a bordo deste barco, incluindo Ben. Especialmente Ben.

— E que qualquer nome que este barco tenha tido antes seja riscado de seus livros e que seu novo nome encontre um lugar em seus corações — sussurro o nome do barco e derramo um pouco de champanhe no casco. — Que este barco traga bons ventos e boa sorte para todos que o navegarem.

Estou me sentindo bem bêbada, meu interior borbulhando com o champanhe, quando ligo para Barbara Braithwaite. Mas antes que pudesse dizer qualquer coisa, ela corta o silêncio:

— Da última vez que falamos, fiquei ofendida pelo que você disse, com a insinuação de que não respeitava as escolhas do Ben — ela diz. — Mas... você estava certa. Charles e eu queríamos o que achávamos melhor para ele, nunca consideramos que ele pudesse querer outras coisas.

— Me desculpe por ter gritado com você.

— Talvez eu merecesse.

— Talvez.

— Ben era meu único filho, meu coração e... bem, quando ele morreu, queria ficar com todas as coisas dele e mantê-las por perto — ela diz. — Quando o advogado nos disse sobre o barco...

— Você ainda não pode ficar com ele — digo, desta vez com mais gentileza.

Ela ri um pouco pelo nariz.

— Não estamos mais contestando o testamento do Ben. O barco é seu e algumas coisas no galpão que sei que ele gostaria que você tivesse — sua voz falha. — Você o fez feliz pelo tempo que ele conseguiu, e por isso... bem, não posso odiar você. E acredite, eu tentei. Obrigada.

— Obrigada por compartilhar seu filho comigo, mesmo quando você não queria.

— Adeus, Anna. Fique bem.

Ela desliga e é mais uma porta que se fecha. Eu não acho que voltarei a ver os pais de Ben novamente e não tenho nenhum interesse em visitar seu túmulo quando ele sempre terá um lugar em meu coração.

Meu entusiasmo acaba quando entro no bote e sigo os contornos da costa, até uma praia isolada em Scotland Bay — a praia onde Ben e eu nos casaríamos. Queenie salta para a praia e arrasto o bote acima da linha da maré para impedi-lo de se afastar.

A areia é macia sob meus pés e carrego a caixa cheia de fotos da velha Polaroid de Ben, a flor de hibisco seca do nosso primeiro encontro, o punhado de cartas picantes de amor e o bilhete de despedida.

Cavo um buraco na areia com minhas mãos e coloco tudo dentro, junto com o livro de cartas náuticas de Ben. Terei que comprar outro, mas tenho a minha própria rota agora.

Acendo um fósforo.

As fotos fazem pequenos barulhos de estouro quando queimam. Pequenos fogos de artifício para lamentar o que poderia ter sido. Pequenos fogos de artifício para celebrar a vida de alguém que amei um dia. Alguém que sempre amarei.

Me sento ao lado da fogueira — uma interseção de quem fui e de quem sou agora — até o passado virar cinzas.

Enterro os restos.

Enquanto arrasto o bote de volta para a água, meu telefone começa a apitar loucamente no meu bolso. Paro, imaginando cenários terríveis. Que minha mãe teve uma emergência médica. Que Rachel sofreu um acidente de carro. Alguma coisa aconteceu com Maisie.

A tela está cheia de mensagens.

Estado de graça

Saio da cabine na manhã seguinte, com um pouco de ressaca e apertando os olhos no sol, e encontro Keane Sullivan de pé nas docas ao lado da proa do barco. Ele me olha, e seu rosto está exausto e com a barba por fazer, mas não sorrir para ele é como tentar empurrar uma onda. Quando nossos sorrisos se encontram, meu coração dança feliz dentro do peito... como eu amo esse homem!

— *Estado de graça.* — Ele lê as palavras pintadas na parte de trás do barco. — É um nome bonito e perfeito para o seu barco.

— Nosso barco — digo, enquanto ele entra a bordo e faz carinho em Queenie, cujo corpo todo se contorce de felicidade. Sei exatamente como ela se sente. Ela lambe o queixo dele e pula para fora de seus braços. — Você não deveria estar a caminho de Antígua?

— Deveria, mas depois da última corrida, reservei um voo.

— Como foi a regata?

— Foi tudo como eu esperava — ele suspira. — Foi incrível, Anna. Eu estava com tudo. Como se o acidente nunca tivesse acontecido. Mas... não era o bastante. Quero dizer, sem você lá na chegada, qual é o sentido?

Diminuo o espaço entre nós e o beijo com força. Antes que pudesse me afastar, seus dedos estão em meu rosto e em meu cabelo, sua boca procurando por perdão e a minha, cedendo. Ele sussurra que me ama, sussurro o mesmo de volta e nos beijamos até perdermos o fôlego. Sorrindo. Nossas testas se tocando.

— E agora? — pergunto.

— Bom, falei com o meu amigo na Flórida sobre conseguir minha cidadania americana e ele me ofereceu um lugar como professor para pessoas com necessidades especiais — Keane diz. — E Jackson Kemp se ofereceu como patrocinador assim que quisermos começar nossa ONG.

— Sério?

— Tem algo a ver com ter sido chamado de filho da puta em São Bartolomeu.

Eu dou risada.

— Não tinha ideia de que levantar fundos seria tão fácil.

— Mas agora, Anna — ele continua —, tudo o que quero é parar de correr atrás das coisas um pouco e velejar. Não me importa para onde, já que estou com você.

— Adoro o som dessas palavras. — Piso na escada e desço para a cabine. Keane me segue. — Então, você deveria saber que, enquanto estava fora, aprendi algumas coisas.

Procuro sua camiseta, puxando-a por sua cabeça. Ele estremece, enquanto meus dedos exploram a lateral do seu corpo.

— Primeiro, que nadar no mar com tartarugas é uma das melhores coisas da vida. Uma das melhores.

Ele abre os botões da minha camisa e beija meu pescoço.

— Tartarugas. Tá.

— Segundo — deixo meu *short* cair no chão, enquanto ele me observa —, trocar uma bomba d'água é mais fácil do que parece.

— Vou guardar as minhas perguntas sobre isso para depois — ele diz, puxando pela lateral da parte de baixo do meu biquíni.

— E terceiro, posso viver sem você.

— Eu... — Suas mãos se afastam e ele passa os dedos no cabelo, as sobrancelhas se juntam num ar confuso. — Não sei o que dizer sobre isso.

— Você não tem que dizer nada. Porque, em quarto lugar, não quero passar por isso de novo — digo, desabotoando sua calça *jeans*. — Então, da próxima vez que você me deixar, Keane Sullivan, é melhor você ter um bilhete de volta em mãos.

Dias depois, saímos de Chaguaramas e vamos para o norte, todo o arquipélago do Caribe à nossa frente. Levanto a vela mestra e Keane olha nosso novo livro de cartas náuticas.

— Aonde você quer ir?

Há ilhas que não visitamos na vinda — Mayreau, Saba, Neves, Tortola — e que gostaria de visitar. Ou poderíamos voltar para os lugares que amamos. Poderíamos fazer as duas coisas. Não temos cronograma. Não temos horário.

Entro na cabine e me sento ao seu lado no banco. Queenie se arrasta para o meu colo. O destino, na verdade, não importa.

— Você escolhe.

Keane pensa e me lança um sorrisinho tão malandro que me pergunto o que acabei de fazer.

— Me diga, Anna — ele diz, colocando os óculos escuros e ajustando nossa rota. — O que você acha de velejar para a Irlanda?